北朝鮮 はるかなり 下

成蕙琅《ソンヘラン》

萩原遼［訳］

金正日官邸で暮らした20年

文藝春秋

北朝鮮はるかなり　下　＊目　次

第三部　待ちうけていた運命――11

50　「トンムの出身成分は進歩的地主だ」　13
51　金正日のありがたい忠告　18
52　「忠誠病棟」と化した国　23
53　宣誓の集い　26
54　問答式学習競演　28
55　作家・芸術家たちの生態　30
56　アンダーウッドの犬　38
57　わが妹蕙琳《ヘリム》　46
58　親友の兄嫁を見初めて　59
59　息子の誕生に狂喜する王子　64
60　〝国母〟金聖愛《キムソンエ》がきた日　68
61　北朝鮮最大のタブー　71
62　若き日の指導者の姿　77

第四部　金正日官邸で見たもの——81

63　正男《ジョンナム》の家庭教師として　83
64　ただひとりの友だちもなく　88
65　金正日とのたった一度の対話　93
66　ジュネーブ行きの大部隊　97
67　屋根裏部屋からの監視　104
68　食卓での出来事　109
69　「水に落ちたネズミ」の話　117
70　崔銀姫《チエウニ》・申相玉《シンサンオク》の茶番劇　121
71　金正日はなぜ主席にならないか　125
72　悪名高き「パーティー」考　128
73　理想主義者の父の死　130

74 賄賂を要求する教官 135
75 愛と哀しみのモスクワ 138
76 一九八二年九月二十八日 144
77 四次元空間に消えた息子 157
78 官邸の信号板システム 173
79 ヒットラー崇拝は嘘 178
80 忘れられない「カラチカ」 184
81 ジュネーブ再訪 187
82 第十三回青年学生祭典の悲哀 190
83 「うちにも公衆電話があるよー」 195
84 独身男性たちの集団見合い 198
85 南玉《ナムオク》の結婚騒動 201

86　高級監獄の無期囚たち　206

第五部　苦悩の末の決断　209

87　十月の元山《ウオンサン》海水浴場　211
88　金正日が激怒した！　217
89　取り消された制裁　219
90　足のつめがはがれるほどに　222
91　去っていったわが娘　224
92　最後の微笑《ほほえみ》　228
93　完全無欠の休息　236
94　継母の序列の謎　240
95　かかってきた国際電話　242
96　四十七年ぶりの再会　247

97　ああ、正男《ジョンナム》よ！　253
98　平壌《ピョンヤン》への帰還か脱出か　255
99　蕙琳《ヘリム》を捨てて　259
100　エピローグ「わが息子、わが国」　262

著者独占インタビュー
涙の激白「私の息子を殺したのは誰だ！」　268

解説・訳者あとがき　287

北朝鮮はるかなり　下

金正日官邸で暮らした20年

北朝鮮・韓国関連図

ロシア
図們
延吉
穏城
琿春
長春
中華人民共和国
会寧
茂山
豆満江
白頭山
瀋陽
清津
鏡城
長白
普天堡
惠山
咸鏡北道
満浦
鴨緑江
江界
両江道
吉州
花台
金策
慈江道
咸鏡南道
熙川
丹東
朝鮮民主主義人民共和国
新浦
義州
新義州
妙香山
平安北道
咸興
鉄山
寧辺
定州
孟山
東海
(日本海)
高原
平安南道
順川
大同江
虎島半島
平城
陽徳
元山
江西
平壌
江東
西海
(黄海)
南浦
中和
松林
黄海北道
江原道
金剛山
軍事境界線
載寧
信川
沙里院
平康
黄海南道
金化
海州
華川
束草
白翎島
開城
板門店
春川
江原道
ソウル
大韓民国
仁川
京畿道
忠清北道
忠清南道
大田
慶尚北道
永川
大邱
全羅北道
昌寧
慶尚南道
光州
釜山
全羅南道
南海
日本
済州島

主要登場人物家系図

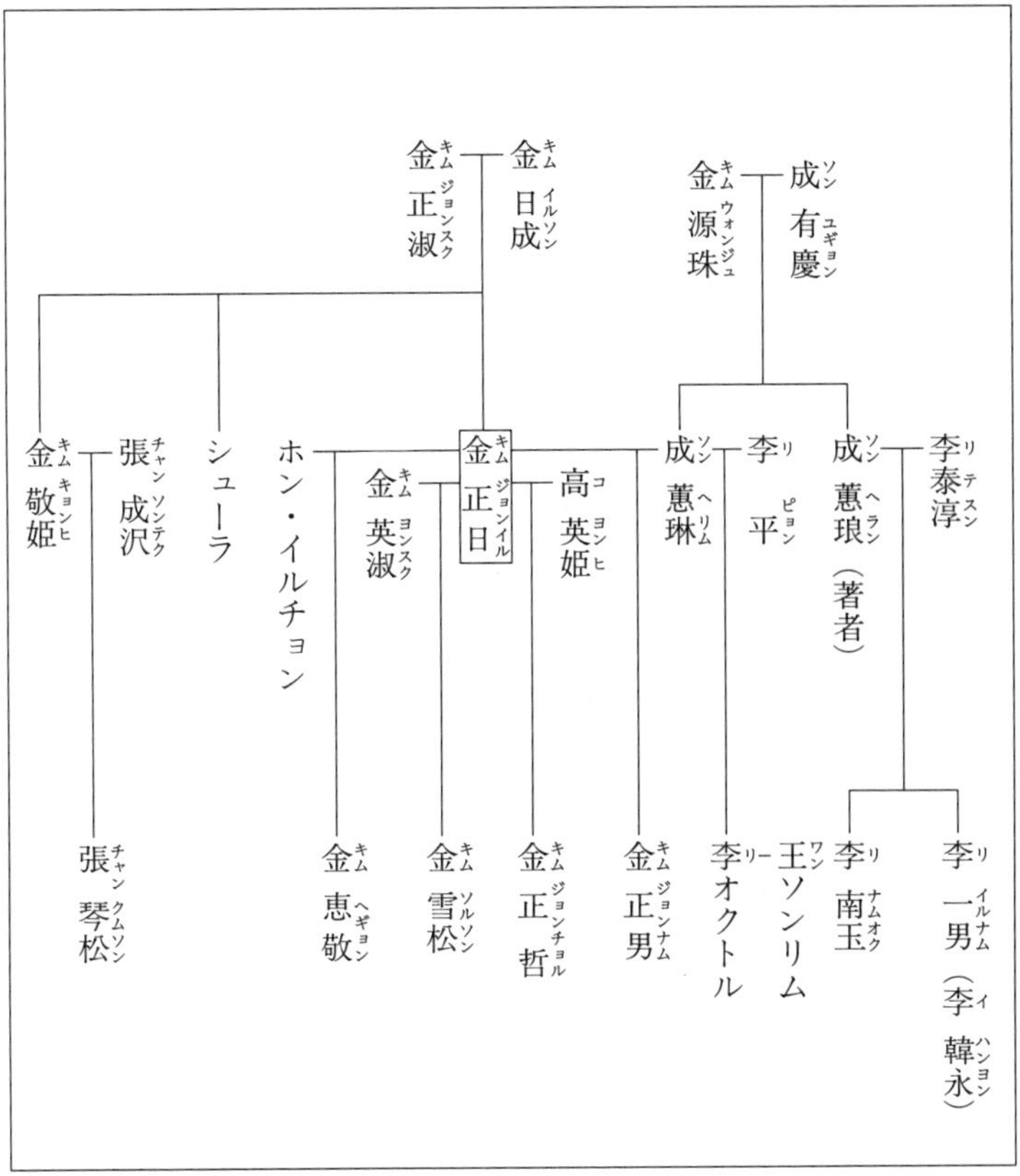

編集部作成

第三部　待ちうけていた運命

50「トンムの出身成分は進歩的地主だ」

一九七一年の第五回党大会のとき、私たちの出版社では四十三人の非党員が入党の連絡を受けた。入党の準備をせよとの内部的な通報である。私がいちばん最後に入っていた。履歴書や家族関係を新たに書き出したあと、党秘書がある日私を呼んだ。父の職場の職位が正しいかどうか、たずねられた。私は東平壌紡績機械工場の副支配人だと答えた。すると、すぐそちらに電話せよというのである。

私が電話をかけて副支配人を呼び出すと、相手は、「そんな人はここにはいませんよ」と無愛想に切ろうとした。私が娘だと名乗って、「けさ出勤したのに、なぜいないのですか？」とたずねると、「お父さんが追放されたことを知らないんですか？」とプツンと電話を切った。

党秘書は、一カ月前に父が降職され船橋《ソンギョ》被服工場の労働者になってそちらに移ったことを明かし、お父さんは何もいわなかったようだなあ、といった。

父は私たちに面目なくて何もいえず、黙って毎朝ふだんどおり出勤していたのである。

その年の大晦日、一九七一年十二月三十一日夜十一時が過ぎて私は西城《ソソン》区域党入党審議室に入っていった。問題のある人の文書はうしろに置かれている。十三、四人の疲れた感じの審議員たちが眠りからさめたように私を眺めている。文書を見れば、私が問題の対象者だということがわかったのである。審議は形式的な質問ばかりで長くはかからなかった。私は一世一代の決意と思想的覚悟を披瀝《ひれき》しながら審議員たちを満足させる立派な回答をした。それぞれ幹部らしく、党専従活動家らしく、革命家らしい謹厳な顔がやさしく私を迎えてくれるようであった。私は大きな山を越えたかのように吐息をついた。私も党員になったのだ。区域党秘書が党員通知書という小さな紙切れを封筒に入れながらいった。

「あなたの出身成分〔生まれによる全住民の分類。地主、貧農、知識人など数十種に分類される〕は進歩的地主です。祖国統一と対南革命に特別な貢献をすることを期待し、わが党は特殊な条件であなたを入党させるのです」

私はこの紙を受け取って仔細に眺めた。

「出身成分　進歩的地主」

私は十三人の審議員たちをかわるがわる眺めながらわれ知らず叫んでいた。

「私になぜこんな規定をするんですか？　革命をやれといいながら、革命の打倒対象である地主という名前をつけられればどういう結果になるんですか？　私は父の土地を見たこともありません。うちの父はその土地をそっくり進んで小作人に返してあげて、革命に参加したのに、なぜいまになって私の出身が地主なんですか？」

深刻な顔つきになった十三人は水を打ったように静かになった。区域党の秘書が何か沈痛な声で説明をしていた。私は何も耳に入らなかった。私は見えないコンクリートの壁に額を打ちつけながら立っているようだった。

「これは一体なんですか？　こんなことが一体どこにあるんですか？」

時と場所をわきまえない非政治的なふるまいであったが、私は区域党の秘書が手渡そうとした入党通知書を払いのけて、泣きながら審議室を飛び出した。雪の降る大晦日の夜、子供たちが寝ずに街灯の明かりの下で遊んでおり、祝日の配給を肩にかついだり頭にのせて通り過ぎる幸せな夫婦たちが目に入った。祝日の特別警備の栄誉勤務に立っているある職場の守衛室からは、高笑いの声が聞こえてきた。区域党本部からさほど離れていない長慶洞《チャンギョンドン》の私たちの出版社の四階の党秘書室に灯がともっていた。私が帰ってこないために退勤できない党秘書。私は歩みを止めた。あの人のところへ行って何といおうか。そのとき私はとんでもないことをしているような、たいへんなことを仕出かしたという恐怖にとらわれた。

三年前のあの春の日の朝も、私はまさに同じような場所に立っていた。

「成《ソン》トンム〔仲間、友人という北のことば〕まだ知らないのですか？　事故がどういう意味なのか？」

物理編集員の後輩の池《チ》トンムが目をむいて叫んだ。

「どういうことなの？」

私が屑箱のゴミを捨ててきて、誰かと雑談をしていたときだと思う。

「こんなところにいる場合じゃないといっているんですよ。私たちもみないっしょに行くんですよ」

彼は私の咸興《ハムフン》行きの通行証をもらいに安全部〔警察〕に飛び出していった。

（あなたを葬式に連れていくといってるんですよ、あなたの夫の）

ということばがいえないために顔を赤らめていたのだ。私はそのときと同じ狼狽感をまさにいま体験しているのだ。たいへんなことを仕出かした、というその当惑。

「成《ソン》トンム、そこで何をしているのかね？　早く上がってきなさい」

四階のガラス窓から党秘書が叫んだ。元チェコ留学生で機械技師、名前は忘れた。好人物だったのだが……。

区域党からすでに電話が届いていて、彼は私をいらいらしながら待っていたのだ。私はヒステリーを起こしたから刺激してはいけないという注意が、区域党から与えられていたことをあとになって聞いた。党秘書は初級党〔細胞〕にすべてを任せて、何も考えず早く家に帰りなさいと私の供給物資（祝日のとき、職場から与えられる贈り物）の包みを手渡してくれた。祝日の特別警備週間に入るときには社屋がすべて閉鎖されるために、先に退勤する部署の仲間たちが私の分を党秘書に預けていったのである。

私はがらすきの電車にひとり乗った。当時、平壌《ピョンヤン》では夜通し電車が走っていた。一時間に一本ではあるが。

すでに新年になっていた。文化人アパートにある私の家の父の部屋に灯がともっているのが見えたが電車を降りず、平壌大劇場の裏にある親友用貞《ヨンジョン》の家に行った。彼女は第四回党大会のときすでに党員になっていた。彼女の夫は党の専従活動家であった。灯を消して眠りについていた彼らは、額をつき合わせて私の話を真剣に聞いてくれた。用貞は私と同じくらい憤慨した。

「そんなことが一体どこにあるの？　ほんとうにあなたはよくやったわよ。あなたのお父さんとお母さんが革命家であることはまちがいないわ。なぜ、はるか昔の地主のレッテルをあなたにまで貼りつけるのよ」

彼女は夫に、自分がまるで私の身内ででもあるかのように感情を高ぶらせた。彼女の夫は「落ちつきなさい」といいながら彼女の膝を叩き、すぐにはことばが出てこないようだったが、少し間を置いてニヤリと笑った。そして声を立ててもう一度笑った。

「イルナミ〔一男《息子》〕のお母さんがかんしゃくを起こしたのはいいことだ。だからといって入党を放棄することもできないし、一度われわれも考えてみることにするよ」

彼は妻のほうに顔を向けていった。

「その問題はあとでもう一度提起することにして、まず党員にならなければいかんねえ」

「いま解決しなければ、あとで誰がしてくれるのよ？」

用貞は夫を追及した。

「上のほうで改めることができなければどうしようもないさ。それでも党員にはならなきゃ。そういった特殊な成分は党の内部文書にだけ書いて、本人には明かさなくてもいいんだがなあ」

私はこうして党員になった。

51　金正日のありがたい忠告

入党手続きによれば候補党員は一年を経てから正党員になる。候補党員の期間に過ちを犯したり、思想的に準備不足だと評価されれば、候補の期間が延長されることもあれば、剝奪されることもある。そのため候補党員の期間は試験の時期、あるいは試練の時期でもある。候補党員になってまもなく、党中央の連絡部から相談したいといってきた。初級党の秘書に呼ばれて行ってみると、見知らぬ人が私を見て握手を求めた。北ではすべての人が会うたびに握手をする。一日なんべん会ってもそのたびに握手をする。相談の要点は、私に対南連絡部に行って対南活動すなわち対南工作に行く覚悟があるかというものであった。何カ月か前に宣誓をして入党し、候補党員の期間であった私はほかに答えようがなかった。

「党が要求するならいかなる課題であろうと遂行いたします」

判で捺したような党的忠誠を示したのだが、これは他人のいいなりでなく、私が長いあいだ心の中でつちかってきた考えでもあった。だから私の決意を相手に真摯に熱烈に伝えることができた。

「よろしい。トンムの祖国統一の願いと、党的準備の程度を十分に知ることができました。私たちはトンムのような前衛的同志を求めていました。うれしい、とてもうれしいです」

彼はまた固く握手をして私を帰した。私は合格したのだ。「政治的信任」というものはあたかも供養米〔供養のために社寺に奉納する米〕のようなもので、それさえ用意しておけばたとえ私が死んでも子供たちの将来は切り開かれ、遺児たちは特権層として生きられる。そうした恩恵を受けることになるのである。しかし、私の選択がどれほど単純で純真であったかを悟ったのはずっとあとのことである。

「工作員の忠臣たちが、あなた以上にしっかりした人がみんな変節していることを知ってるの？　あなた、気は確かなの？　あのかわいそうな子供たちは、革命家の遺児どころか変節者の子供になるのよ……」

私は蕙琳《ヘリム》のことばにひと言も答えられなかった。そのとき蕙琳は金正日とひそかに住んで、子供を産み、母を引き取っていた。私は彼女がどのように暮らしているか聞くこともできなかった。その当時（一九七〇年ごろ）、王子〔金正日のこと〕が自由奔放だという噂が広がっていたが、私の妹も彼の〝犠牲〟となったのだと、わが家庭の過去の誇りを捨ててでも目の前の危機を救うために、蕙琳は王子の権勢を受け入れたのだと私は判断していた。

彼女はときたま夜中に生地や子供たちのおやつを持って敬臨洞《キョンリムドン》の家に立ち寄った。そして、この叔母にとてもなついているわが家の子供たちの寝姿に目を留めてときどき涙を浮かべた。父は彼女のきまり悪そうなまなざしに気がつき、あるときは顔も見ないようにして寝たふりをしたり、あるときは私たち姉妹がひそひそ話をしているのを邪魔しないように、ドアをトントンと叩いてドアの隙間から「変わったことはないか?」とひと言いっては自室に引き上げるのであった。父のその声は悲しい慈愛の情として私の耳に長く残った。

ある日、蕙琳《ヘリム》がまたやってきた。あわててドアを叩くので何事かと不安に思って開けると、下着の上にオーバーを引っ掛け大急ぎでやってきたようで、私を部屋に押し込んだ。彼女は息を弾ませて、やや興奮した状態であった。

「姉さん。死ぬようなところへ行ってはいけないんだって。『ろくでなしめ! ずっと冷遇しておいて、入党もさせないで、党員になるやいなや死に場所に行かせるんだって?』というのよ。絶対に行ってはいけないんだって。いったん行ってしまうと、引き上げさせるのがたいへんなようなのよ。あなたの職場を移してあげるといってるわ。文章を書く部署に」

その当時、科学院の出版社は党中央の学校教育部の傘下にあり、指導者〔金正日〕はまだそこまでは、ああしろこうしろといえる立場ではなかったのだ。党中央の連絡部は彼にはいっそうなじみがなく、彼が力を行使できるのは文化芸術部の傘下までであった。こうして何日かのちに、私はシナリオ創作社の作家として配置された。

研究者の夢が消えて出版社に配置された時期に四・一九〔一九六〇年四月十九日、韓国の李承晩独裁政権が打倒された日〕を迎えた。片時もわが故郷ソウルを忘れることができなかったその当時、私は悲憤慷慨しながら迎えた四・一九をテーマに毎日文章を書いた。

四・一九をテーマに書いたシナリオを妹蕙琳が見て、演出家の朴鶴《パクハギ》のところにもっていって見せたことがあった。結果は、社会主義リアリズムにはまだ到達していないが、批判的リアリズム〔北朝鮮の文学概念のひとつ〕としてはよくできているといわれたそうである。いずれにしても私が文章を書きはじめたのは、四・一九のころであった。

私はシナリオ創作社というものが念頭になかった。そこは特別の実力もないくせに演出家と組んで成功する〝たやすい道〟だと見ていた。軍隊でサークルをちょっとやった人だとか、作家にふさわしい人格も備わっていない人たちの集まりのように思っていた。

それまで科学者たちの中だけで生活してきたまだ若かった私の目には、みなが私をちらちらと盗み見している〝遊び人〟のように思えた。私は正式に小説を書く作家同盟の創作室に行きたくてひとり小説を書きはじめた。意外なことに短編「革命前衛」が懸賞小説に当選した。まだ女流作家が珍しかった作家同盟は私に身にあまる期待を示し、勇気を与えてくれた。私はすでに四十歳だった。私が小説を書く部署に行くようになったとき、金正日《キムジョンイル》は「そこはもっとよからぬ遊び人がいるだろうから」男に注意せよと忠告をしたそうである。私は修道女のようにいつもうつむいて、ほとんど一年間誰もそばに寄せつけなかった。

金正日のこのような忠告を、私は肉親的な配慮だとありがたく感じた。彼自身にまつわる噂を意に介せず、彼が女性にたいし封建的な考えをもっているということすらいいほうへと解釈していた。ときおり妹が伝える印象によって、金正日はたいへん繊細であるということや、ユーモアがある冗談好きの人間だということを知ることができた。とりわけ「死ぬようなところなんかに行ってはいけない」という彼の最初の憤慨は、私にとって忘れられなかった。これが彼の人間性だと感じた。

52 「忠誠病棟」と化した国

シナリオ創作社の私たちの創作室に、咸《ハム》氏の姓をもった義勇軍出身者がいた。小柄でおとなしそうな人だった。彼はたびたび欠勤し、ほかの人とはとくに交わらなかった。創作室では、みんながその人に特別な配慮をしているように見えた。

「咸トンムはどこが具合が悪いのですか？」

私はこっそり聞いてみた。

「頭の具合が悪いんだよ」

咸鏡道《ハムギョンド》の方言でそう答え、手をこめかみに当てて手と自分の頭をそっと回すのである。何の意味なのかよくわからないのでぽかんと眺めていると、その人は照れ笑いを隠しながらいった。

「いい人ですよ。温かく接してあげてくださいよ」

嚙み合わないとんちんかんな問答である。咸トンムは勤労動員も免除されていて、いつも室長のところへ行ってこそこそと何か訴える。

「じゃあ早く休みなさい。具合が悪ければ明日は休みなさい」

室長はそういって彼の出ていくドアを開けてさえやるのだ。室長先生もソウルの人である。

「咸《ハム》トンムは『コンダル』だなあ」と私は思った。コンダルとはもともと「怠け者」という意味であるが、ここでいうコンダルはそれとはちがって、子供たちの仲間に入れない子供をからかっていうことばだった。彼がふたたび長期欠勤した。人びとは彼を格別話題にはしなかった。私は彼が不治の病にかかったのだろうとひとりで勝手に思いこんでいた。ある日の午後、人びとがあわてふためいて部屋を出たり入ったりしながら騒いでいた。

「さあきみはまず先に入って、きみはこれをもって車に乗って」

私に手を振った職業同盟の班長が、あれこれ仕事の段取りをせかしていたが、やがて私と室長だけを残して全員があわただしくどやどやと出ていった。

「先生、あの人たちはどこへ行くのですか?」

その人たちの動きだけではどこかで事故が起きたのか、誇張していえば葬式でも執りおこなうのではないかといってもおかしくないような雰囲気だった。室長先生は回転椅子を回し、沈んだ顔で舌打ちした。

「咸トンムがまた発作を起こしたんだよ」

私はそのとき、彼は障害者なのだと自分なりに判断した。

「なぜみな、いっぺんに出ていったんでしょう? 安静にしていなきゃだめなんでしょう」

「奥さんが病院に連れていこうとしたんだが、ひとりの力ではいうことを聞かないという連絡がきたんだよ。腕力の強い人がいなきゃならないんだ」

「惜しいトンムなんだがねえ。花嫁みたいにおとなしくて、立派な人なんだが。病院から出てまだいくらもたたないのに、またあの状態なんだよ」

「………」

室長はひとり言のようにつぶやいた。私は彼が精神病院に運ばれていったことを理解した。精神病院は陽徳《ヤンドク》と義州《ウィジュ》にあった。彼を義州まで送った同僚たちが二日後に戻ってきて、私は咸トンムがかかった「忠誠病」という、初めて聞く病名を耳にした。ひと言でいって、首領の偶像化がその極に達し、精神に異常をきたすことを忠誠病というそうである。彼があまりにも純真だったために、そのような異常な精神現象を引き起こしたのだ。

精神病院には厳然として「忠誠病」患者の病棟があるという。その病気が普遍化して、個人崇拝という社会病理が「精神病理」に直結しているのである。それを知った人びとは口にすることをはばかって首ばかりを振るのである。

咸トンムの事件は七〇年代の話である。八〇年代、九〇年代になり、社会のあらゆる領域で宗教化した首領絶対偶像化は、北朝鮮社会全体をひとつの大きな「忠誠病棟」と化したといっても誤りでないであろう。

53　宣誓の集い

文化芸術界では宣誓の集いというものがある。朝出勤すると、各部署で金日成《キムイルソン》・金正日《キムジョンイル》の肖像画の前に並んで立つ。誰かの音頭に従って歌をうたう。

長白《チャンベク》の険しい山並み、吹雪に立ち向かって
革命の数万里の道を歩いてこられた
この偉大なる恩徳は万代永遠《とわ》に輝くだろう
人民は忠誠をもって首領をうたう

一節二節三節まである。そして細胞秘書がスローガンを叫ぶ。

「……親衛隊、決死隊となろう！」

すると全員がこぶしを握った片手を胸の前に突きだして、

「親衛隊、決死隊」

を三度ずつ叫ぶのである。戦時でもない、軍隊でもなく、速度戦《ソクトチヨン》〔金正日の提唱した生産現場や工場現場での仕事のやり方のひとつ。速戦即決型のやり方〕の青年突撃隊でもない、作家芸術家たちの一日がこのようにして始まるのである。

宣誓の集いが終われば、前日の生活を総括する一日党生活総括がある。しかし自己批判しなければならないような誤りが毎日それほどあるだろうか？　総括するネタがないのも苦しい。十大原則の中から前日の総括とは重ならない条項をひとつ手帳に書き留め、それにあわせて自己批判の筋を作っていく。できるだけ単純で、問題があまり広がらないようなネタを探し出すために苦労した。党会議の思想水準が「小学生の読本」の水準に落ちていくのは必然である。

「私はきのう、宣誓時間に遅刻をいたしました。出勤しようとしたところ、家の鍵が見つからないために遅れました。これからはこんなことがないように、鍵を一定の場所にきちんと置いておくようにいたします」

こんな具合の意味のないやりとりで毎朝一時間以上が失われていく。結局一、二年後に一日党生活の総括は一週間の総括に変わったが、週間党生活の総括も似たような水準だった。

結局これは、唯一的指導体系を強化する強力な方法だった。実際に指導者〔金正日〕は多くの報告書を好きなときに選んで検閲することによって、人びとがどのように暮らしているかというその輪郭をつかむのである。北朝鮮の鉄の規律、一分の隙もない組織力は、すべての人が最高権力者とこんなやり方で直結している体制独特の生理からきたものである。

54　問答式学習競演

一九七〇年代半ばに「問答式学習競演」という学習方法が現れた。どの職場で始まって一般化したのかは知らないが、抗日遊撃隊の学習方法だというこのやり方は、出発点においてこそ多少は肯定的な面があったかもしれないが、下部末端にいたっては笑うべき結果をもたらした。

二つの組に分かれて、討論形式で勉強をするという方法なのだが、赤組と青組に分かれてクイズ対決のようにおこなわれるのである。それが高じると、各チームから選手を出して相手側の選手に圧勝するために学習提綱を丸ごと暗記する。すなわち暗記競争となってしまった。助詞ひとつでさえまちがえないように答案を覚えるのだが、誰もついていくことができなかった。結局、どちらの側がどれだけきちんと覚えたかが、問答式競争の勝敗を分けるのであった。

学習は選手ばかりがやるのではない。問答式学習は全員に要求され、全参加者が最小限の暗記をしなければならなくなった。

問答式学習競演の弊害はあれこれの「笑い話」を生んだが、誰もこれをやめようとか、是正しようという意見を出せなかった。多くを黙認し、がまんし、見ざる聞かざるを決めこんでも、この問答式の競演からは逃れることができなかった。私が職場を辞め、家に引きこもってしまった理由のひとつでもあった。

55　作家・芸術家たちの生態

もともと牛山荘《ウサンジャン》は南浦《ナムポ》から二里ほど離れた山の中にある休養所であった。いつごろからここが作家たちの創作基地となったのかはっきりとは知らないが、数多くの社会動員令（作業動員）から作家たちを多少なりとも切り離すために配慮された措置だと思われる。平壌《ピョンヤン》の各機関は、その建物の所在地の区域人民委員会の行政的指示を受け、勤労動員は区域人民委員会が組織する。いくら高い中央機関にいる者でも、区域が命令する田植えや秋の穫り入れ戦闘〔北では工事の完成や目標の達成などを戦闘と呼ぶ〕、そのほか全人民が動員される勤労動員から逃れることはできない。

家庭をもった女性たちは牛山荘に長くとどまることができないために大同門《テドンムン》の前にある創作室に出勤するのだが、勤労動員や「文芸総」（文学芸術総同盟――作家同盟はその傘下にあった）から頼まれる各種の講演会や集会のために文章を書く時間が取れなかった。そこで家庭婦人たちも筋書きが決まれば牛山荘に行って書いたのである。

普通江《ポトンガン》駅から少年号（少年たちが戦後、屑鉄を集めて作った汽車だという）に乗って終点の西海岸の港湾都市南浦まで行き、さらに一時間以上歩く。途中に降仙《カンソン》製鋼所や大安《テアン》電気機械工場などがある工業地帯があり、駅ごとに多くの人びとが乗り降りした。重工業の発達したわが国の体制の優位性、この労働者たちがわが国を食わしているのだという肯定的視点が、作家となった私の使命感を刺激した。社会主義リアリズムの文学は作家にどれほどきびしい任務を与えていることか。時代の肯定、典型の創造、体制の擁護に役立つ文章を書かねばならないという普遍的な要求があった。

しかしそのうちにわかってきたのは、首領の偶像化、党を褒め称えるテーマを探さねばならないということだった。元老作家たちまでもテーマの貧困で不振状態におちいっていた。みな似たり寄ったりの文章ばかりなので人民の不満が高まっていることを知ってはいたが、ただひとつの根である「革命伝統」と、ひとつの精髄である「唯一思想」ばかりを全社会が追求する状況の中で、作家たちはどうすることもできずため息をつくばかりだった。

私は文学原論をただの一ページも読んだことはなく、文学的範疇に属する概念もほとんど知らなかった。作家という職業は自分をあますところなくさらけ出さなければならないものだが、私にいったい何ができよう？　他人に広げて見せるに足る何かをもっているのだろうか？　私に階級文学を書ける思想があるのだろうか？

初めて牛山荘に出発する汽車の中で、私の心は希望にふくらむ半面、同じくらいの不安にとらわれていた。

三号庁舎〔対南工作の部署がここに収まっている〕の召集におどろいて妹は、私を出版社から作家の部署に移してくれはしたが、かつて妹は私が何か熱心に書いているのを見て、こんなことをいった。

「いまさらその年で作家を始めて、たかだか三流作家として生きるよりは、自分の専門である数学を堂々とつづけるほうがいいんじゃないの？」

彼女のことばにはいつも私をうなずかせるものがあった。青い松林の中に白い休養所の建物が見えた。私は思いに沈んで十三閣〔ほかにも多くの創作室があり、数字をつけて一閣、二閣……と呼んでいた〕の石段を上っていった。

作家たちには十平方メートル内外の一人部屋が与えられた。水道やシャワーの設備がついていたが水は出なかった。松の香りと新鮮な空気に包まれた素朴で清潔な部屋だった。縁側、敷居、机、寝台、白木の木目が手にやさしいぶ厚い扉、素朴な取っ手、とりわけかちっと内側にはめこむ錠があるのが安心感を与えた。女性部屋は他の部屋が満員のときも優先的に確保されており、男女の区分が厳格につけられている。「昔の作家」が大部分を占めるこの集団の配慮の行き届いた秩序がよくわかった。

食堂は隣りの青い木陰に覆われた平屋で、渓谷の水が白く砕けて流れ、橋げたのない橋を渡っていったところにあった。目にまぶしい木綿のテーブルクロスの上にきらめくコップや、調味料の小壺などが置かれた食卓が数十個、幾何学的に整頓されたそのあいだを縫って、清潔な糊のよくきいたエプロンをかけ、白い接待員の帽子をかぶった村の娘たちが行ったり来たりしていた。

作家たちの宿泊と食事はほとんど無料だった。米七百グラムにスープ、キムチ、卵、魚か肉、生野菜を食べることができた。金は国家が負担した。当時のわが国の状況からして、こうした創作基地を与えられた作家はかなり高い待遇を受けていると思ったのが、私の牛山荘《ウサンジャン》の第一印象である。

ズボンのすそをたくし上げ、小川から洗濯のたらいをかかえて上ってくる、端正な顔立ちのお年寄りが詩人の尹時哲《ユンシチヨル》（党中央文学課長をしたことがある）小説分科委員長だという。彼は人民俳優舞踊家の愛人と暮らしていたが、本妻とは離婚ができず、社会的には指弾され降職されながらも愛人と別れず、妻が病死したあとに牛山荘にきて、十年あまり家には帰っていないという人である。社会主義ラブストーリーとして作家たちのあいだでは親愛感をもたれていた。

長編作家たちはここで五年、七年と暮らしながら文章を書くのであるが、衣食住の心配がなかった。作品を出さなくても月給をくれるからである。パンのための文章が名作を生むということばに照らしてみると、この至れり尽くせりぶりが不振作家の多い原因ともなっていたのだろうが、作家に生活の心配がないということは体制のおかげだった。

牛山荘は安心して文章の書ける場所であったとはいうものの、作家たちは不満を抱いて暮らしていた。文化的な楽しみというようなものは何ひとつなく、お茶の一杯でも飲みながらくつろげる空間もない、風ばかりがさわさわと吹きすぎていく松林の中で、彼らは家族とも離れて僧のような生活に耐えていた。衣食住の心配がなければ文章が書けるというものではないのではあるまいか。映画も音楽も、目を楽しませる雑誌もなかった。

その当時、外国の音楽を聴くことは禁止されていたが、私は小さなテープレコーダーとロシア民謡のテープをもっていった。こっそりとひとりで聞いていたが、隣りの部屋にいる人に聴かれて、仕方なくテープレコーダーを一日貸してあげた。この作家はそのテープレコーダーをもって山の中に行き、丸一日じゅうそのテープをくりかえし聴いていた。テープレコーダーが故障したといって返しにきたが、しばしも休まずに回しつづけたために部品がいかれてしまったのである。

一九七三年ごろの作家たちの立場といえばこんな状況にあった。外国の小説も読めなかった。ある女流作家が、日本からの帰国同胞から日本語の世界文学全集ひと揃いをこっそりと買ったことで逮捕された。外部世界にたいする渇きは死活的な問題だった。

参考新聞という、細胞の秘書や「幹部たちに限る」と銘うたれた一枚物の新聞があった。たかだかわが国の選手がどの国際試合で負けたとか、どの国で政変が起きたとかいう程度の報道や、ソ連にパンが切れたなどという〝誹謗〟を書いたものにすぎないが、その新聞を手に入れて読むのさえ容易ではなかった。作家たちは抗日武装闘争を素材に書いていればまともに見られるが、それ以外の一般テーマを選べば、とりわけ恋愛問題などをとり上げれば「ピントはずれ」の愚か者扱いされた。抗日武装闘争の素材が一体どこにそれほど無尽蔵に転がっているのか。こまごまとした嘘を作り上げてはその主人公に首領様をすえるのである。

私たちがいるところから山ひとつ越えたところに、四・一五創作団が入っている高級なホテル式の創作室があった。本格的かつ巨大な実話捏造創作団である。彼らは秘密宗教のセクトのように外部から遮断されていた。彼らは私たち十三閣の作家の何倍もの特別待遇を受けていた。

四・一五創作団について知ったかぶりをしたといって捕まった人がいる。

「あそこの人たちとは、せいぜいあいさつぐらいにして別れるのが上策で、面と向かって話すのは慎まねばならない」

このようにいわれていた。四・一五創作団から木の枕ほどもあるぶ厚い小説が数十巻出された。

最高級の紙と厚い特別の装丁、金箔の文字で描かれた〝不滅の歴史〟は金日成《キムイルソン》主席の個人崇拝のために書かれた〝実話〟小説であった。それを読む人といえば試験を受ける中学生か、どれほど嘘をうまくでっちあげられるかその能力を検証しようとする作家、専門家ぐらいのものだった。

その他にも牛山荘《ウサンジャン》の谷間には数多くの別荘が散在していた。審議員たち、党中央の指導員たち、映画人たち、演出家たち。ともあれ、牛山荘行きのバスにはいつでも平壌《ピョンヤン》の作家芸術家たちが長蛇の列をなしていた。この莫大な費用を国家が負担するのは「体制の優位性」ではあるが、配慮される芸術家たちはむだ飯食いが大半だった。これは国の損失であり、こうした北朝鮮の非生産的な投資が国を貧しくした原因となったのである。文芸部門の生産品がいくら豊かに生産されたといっても、物質文明に寄与する科学技術的成果とはならなかった。

私の作家生活は長くはつづかなかった。しかしこの短い期間に数多くのことを見、そして学んだ。都会で生まれ、都会でばかり育った私はその年まで農村を知らなかったし、現実を知らなかった。作家たちには現実体験という好ましい課題が義務づけられていた。国が旅費をくれて、工場、農村地帯に思いのままに行かせてくれた。主婦である女性作家たちには制約があったが、私の父は子供の心配はせずに行きなさいとみずから朝夕食を作ってくれ、孫たちの面倒を見てくれて、私を家事から解放してくれた。作家の等級によって出張費（旅費）が出るのだが、私はそのとき新人作家としては高い待遇を受けていた。

北朝鮮では降職されない限り月給を引き下げてはならないという原則があった。私が研究所から出版社に移ったとき、この原則に沿って高い記者級数をもらった。そして毎年試験で決められる記者級数によって進級もできた。

私はまず重工業の中心地といえる興南《フンナム》地区に行った。龍城《ヨンソン》機械工場や興南製錬所をおもに取材したが、その年になるまで「上のほうばかり」で生きてきた私に、労働現場は新たな認識と自己省察の機会を与えてくれた。肉体労働で社会的富を生産するこうした基本階級を優遇する思想の進歩性を、理論ではなく現場で体得する実感。煤煙とほこりの中で、高熱炉の前で、一生を肉体労働に従事しながら生きていく彼らの存在を知らずに生きるのが、どれほど恥ずかしいことであるかを悟った。

私は何か特定の取材をしたというよりも、「思想修養」をして帰ってきた。農村における体験はよりいっそう生活に密着していた。秋の穫り入れを終わった女性たちから聞くことのできた「土ほど率直なものはない」ということばや、素朴なひと言にこめられたユーモア、楽天性は、人民こそ文学と芸術の宝庫であり、無尽蔵な語彙の泉であることを実感させてくれた。トウモロコシがどのように実を結ぶかも知らない私の耳元に、三十歳の女性の管理委員長はささやくのである。

「人間と同じだよ。トウモロコシができるのだって、動物が子供を産むのと同じことなのよ」

といっていたずらっぽく笑う。いまなお水車が回っていて、私の祖母の時代とそれほど変化がないように見える農村の家で、トウモロコシごはんに塩水のスープを飲み、灰汁《あく》で洗濯をする彼らの姿を見た。石けんがないので、髪は米のとぎ汁で洗ったり、豆腐を作る水で洗うというのだが、今風にいえば最高のバイオシャンプーというわけである。一九七五年のその当時、すでに農村では物資が枯渇し着るものも履くものもなかった。農村では作業班長や、管理委員長、単位責任者に女性が多かった。男よりもがまん強く、ホラも吹かないと郡の党組織で話しているのを聞いた。

56　アンダーウッドの犬

昔のインテリ（日本帝国主義時代のインテリ）がいちばん多く残っていたところが作家同盟かもしれない。第五回全員会議、八月宗派《チョンパ》闘争、五・二五教示をことごとく経験したあとにも作家同盟には朴世永《パクセヨン》（一九〇五年生まれ、カップ〔プロレタリア文学団体〕の作家）、尹福鎮《ユンボクジン》（一九〇五年生まれ、児童作家）、厳興燮《オムフンソプ》、朴泰遠《パクテウォン》（一九〇六年生まれ、小説家）こうした方々が残っていた。

　朴世永は背がとても低く、干からびたおじいさんだったが、とても明朗でまめな人だった。平《ピョン》壌《ヤン》の創作室にいちばん早く出勤して、掃除を引き受けていた。先生は北朝鮮の国歌である愛国歌を作詞した方である。戦争直後、大同江《テドンガン》の船着場には衣服を剥ぎ取る追い剥ぎが一時よく出た。夜おそく退勤の途中、朴先生がものさびしい砂原で若い男の追い剥ぎに出くわした。

「この野郎、この寒いのに綿入れ服を脱いで、わしはどうやって帰ればいいんだ？」

　追い剥ぎは、ぐずぐずいわずにさっさと綿入れ服を脱げといった。

「おい、わしの家まで行って脱いでやるよ。いっしょに行こう。この寒いのにじっとしていられるか。おまえ愛国歌を知ってるだろう？　朝の鮮やかな国……。わしがそれを書いた人間だよ。

絶対に脱いでくれてやるから……」

すると、追い剝ぎがペコンとお辞儀をして逃げていったという逸話がある。

女性作家たちはいちばん奥の部屋を占めていた。いつかある童謡作家と私がおたがいの知っている昔の童謡をうたっていた。創作室はがらんとしていた。

……そばの花が咲くころには、コオロギがきりきりきりきり……

朴世永先生が扉を叩く気配もなしに入ってきた。

「いやあ、きみたちその歌どうして知っているの？　昔々の歌なんだが」

びっくりして興奮した様子である。

「これはわしの歌なんだよ。何十年ぶりかなあ。さあ、うたってみてよ」

老先生は私たちといっしょにその歌をうたうのだった。「もういっぺん、もういっぺん」と私たちが忘れた歌詞をひとつひとつ正確に教えてくれて、指で指揮を取りながらじっと聞いていた。歌が終わると、先生は感慨無量の面もちで背中を軽く叩いて、あわてて出ていった。思想闘争ならぬこんな瞬間もあったのである。

こうした方々は暇つぶしのために出勤をしていたのだが、一級作家の賃金がきちんきちんと支払われていた。牛山荘《ウサンジャン》では長編作家の李明進《リミョンジン》先生が同様の年齢だった。南浦《ナムポ》にある平安南道《ピョンアンナムド》作家創作室に所属していたが、牛山荘が近くだったために、先生ははじめから牛山荘で暮らしていた。スパイ容疑を受けて三年もの監獄生活を送り無罪釈放された経歴の持ち主で、そのために作家たちは彼に一目置いていた。日本帝国主義時代に東亜日報の記者をしたこともある方で、いわゆる古いインテリなのにどうしてあれほど純真なのか。作家たちは親近感をこめて「最高」と呼んで先生の童心を称えた。その先生がスパイの疑いをどのようにして晴らすことができたのか。そして原状復帰することができたのか？

「しゃべってはならないんだ。拇印を捺して出てきたんだよ」

　こんなことはこの先生でなければ不可能なことで、作家たちはみな感嘆していた。

　食堂ではどこでも好きなところに座ることができたが、接待員の便宜を考えたのか、食卓の順に座るのが誰いうともない秩序だった。ひとつのテーブルは四人掛けだった。ある日、私は李明《リミョン》進《ジン》先生と同じテーブルについた。私といっしょに行った李貞淑《イジョンスク》先生が向かいに座っていた。私は初対面のあいさつをした。平壌創作室に新しくきた小説分科作家だと。李明進先生はいう。

「わしはあなたを知っているよ。お父さんお母さんもよく知っているよ」

　貞淑先生が皮肉っぽくいった。彼女は五十歳くらいの女流作家の元老だった。

「先生、目が早いですね。この人はきのうきたんですよ……」

「そう、わしは目が早いよ。この山奥で人の出入り以外に何か新しい話題があるのかね？　わしはソウルでこの人の家に会議で行ってたんだよ。あの明倫《ミョンユン》町のあなたの家、瓦屋根が堂々とした大きな家だったじゃないかね？」

　私ははらはらした。私の家は金持ちだといわれているような気がしたのである。貞淑先生は私の心配を悟ったのか、笑いをこらえながら話題を変えた。

「ほらサンチュサン〔ちしゃの葉で包んで食べる食べ物〕がきますよ。先生、サンチュサンはお好きですか？」

接待員が両手にお盆をもってやってきた。ちしゃが見えた。

「そう、大好きだ……」

李明進先生はサンチュサンを包んでいるあいだ、口をつぐんだ。ちしゃを大きく包んで口いっぱいにくわえた先生は、出し抜けに手で包みを口に押し込みながらフンと頭をうしろにのけぞらした。貞淑先生は何か奇抜な考えが出てくるのか、といったふうに先生のことばを待っている。

「アンダーウッドがサンチュサンをよく食べてねえ……」

「………」

「あの西洋の男はほんとうに大きく包んで食ったもんだ」

「どのアンダーウッドですか？」

とんでもない話であった。貞淑先生の質問に李明進先生が答える。

「どのアンダーウッドかって？　宣教師のアンダーウッドだよ」

しつこい貞淑老女がまた聞く。

「先生、なんとおっしゃいました？　どうしてアンダーウッドとサンチュサンを召し上がったんですか？」

「そう、わしはあちら（南朝鮮）で昔、そんな連中としょっちゅう会っていたんだ」

貞淑先生は吹き出してお昼も食べられなかった。アンダーウッドといえば、北朝鮮の党学習教材に、朝鮮を侵略するためにやってきたアメリカのスパイ、アンダーウッドと書かれてあり、第五回全員会議でもスパイ朴憲永《パクコニョン》がアンダーウッドの指示を受けたとされている恐ろしい名前であった。

「いやだ。あのおじいさん、気は確かかしら？　あれほどスパイの汚名を着せられて監獄に行った人なのに。全然こたえてないようよ。次からはいっしょに座るのをやめましょう。いまだにあの人、なんにもわかってないんだから……」

私たちは女性部屋に帰って腹をかかえて笑った。貞淑《ジヨンスク》先生は煙草の箱をつかんで立ち上がった。

「私は男性作家の部屋のところへ行ってくるわ。この話をしてちょっと笑いたいのよ」

私は牛山荘《ウサンジヤン》や出張先からわが家に帰ると、そこであった話をひとしきり父に聞かせた。留守中、面倒をかけた父をねぎらう気持ちもあって、退屈しのぎにでもなるかとも思ったのだ。父はとても喜んで話を聞いてくれた。私は李明進《リミヨンジン》先生の話をした。あたりをはばからず明倫《ミヨンユン》町の大きな家の話が出てはらはらしたことや、アンダーウッドがどうしたこうしたという政治的な配慮に無頓着な先生の鷹揚さを笑いながら。

ひとしきり聞いていた父がいった。

「そう、昔わが家の犬のトクをくれたのはアンダーウッドだ」

「えっ、お父さんもですか？」

「わが家に十二幅の屏風があっただろう？　それは李王家からアンダーウッドに下賜されたものだったんだよ。あのとき、大きな寝台も二つ買ったんだ」

「お父さんも」

もっと聞きたかったが、父がなにをいい出すか、どういうふうに話が展開していくかわからず目で制した。かつて記者だった時代にアンダーウッドとサンチュサンを食べたという老作家と、アンダーウッドの犬を飼ったという父。なんと興味深い話だろう。しかし、そのアンダーウッドという「スパイ」の名前がくりかえし出てきたそのころ、私は被害妄想にとらわれていて、聞きたいことも十分に聞けない状況にあったのだ。

私の短い作家生活は、父のさびしい老年にひと筋の光となった。父は私が文章を書くことをとても喜んでくれた。私に少しでも時間を与えようとして食事の仕度をし、孫の衣類を洗ってくれたり、アイロンがけしたり、着させてくれたり、学校に出かけて父兄の役目もしてくれた。そればかりか、人民班〔隣組〕からやれと下りてくる仕事をみな引き受けてくれた。古紙の回収、古鉄の収集……。

「もっと寝てなさい、もっと寝てなさい」

父は明け方そっと台所に立って中から鍵をかけて朝食を作り、中庭の清掃もした。人民班では中庭清掃という早朝の清掃があった。これは世帯主清掃ともいって、だいたい男が出てきてアパートの中庭をほうきで掃くのである。白内障の手術をして視力がおちてそろそろと歩いていた父は、この清掃を引き受けてくれた。

私が出張に出るときには、町内の主婦たちは、父を助けて清掃をかって出たり、配給の受け取りにもいってくれた。他人を手助けすることは北朝鮮の風習である。しかしなによりも父を喜ばせたのは、創作室の作家たちが父のもとに遊びにくることであった。

わが家の隣りに歴史作家の朴泰遠《パクテウオン》先生が住んでいた。先生は半身不随のうえに完全失明で、寝たまま夫人に口述筆記させて小説を書いていた。『鶏明山川は明けるか』の三部作はこうして完成し、先生のお宅には毎日作家たちの出入りが絶えなかった。はじめは朴先生宅で父と会った作家たちは、わが家にも出入りするようになり、父は彼らと楽しい時を過ごしていた。

私は牛山荘《ウサンジャン》で短編小説を書き上げ、審議に付して平壌《ピョンヤン》に戻ってきたが、やがてその小説が問題にされて党委員会で事件化していることを知った。厭戦思想をはらんでいるとされて、その短編が審議員によって政治問題化したのである。戦争鼓吹《こすい》の北朝鮮の政策のもとでは、厭戦思想は修正主義であり反動思想の烙印をおされていた。

私はこれ以上文章を書く気はなくなった。もともと作家ではないのだ。書きたいことが書けなければ原点に戻ろうではないか。

妹の蕙琳《ヘリム》の息子正男《ジョンナム》の教育問題が持ち出されていたころだったので、私は数学を教える家庭教師として官邸に入り、世間からは身を隠してしまった。もちろん金正日秘書の提議だった。一九七六年春のことである。このときから私は、高い垣根に囲まれた金正日秘書の官邸の中で二十年間、幽閉生活を送ることになった。

正男の家庭教師として特殊住宅に入るため娘の南玉《ナムオク》を連れて家を出た日、父は敬臨洞《キヨンリムドン》の四階のベランダから私たちをいつまでも見送ってくれた。私は父の心中を知っていた。

（おまえは、作家稼業でもしながら子供たちといっしょに外で生活するほうが向いてるよ……）

権力の中に入っていく私を残念な気持ちで見ていた父は、今日の私の運命を予感していたのだろうか。

57　わが妹蕙琳《ヘリム》

蕙琳《ヘリム》は一九四九年ソウル師範付属小学校を卒業し、豊門《プンムン》女子中学校に入学した。一九四八年、南北連席会議に参加するために三十八度線を越えて平壌《ピョンヤン》に行った母は、その年女学校に上がる予定だった私をソウルの進明《チンミョン》女子中学に入るようにと、そして翌年卒業の蕙琳は豊門女子中学に入学せよとの便りを送ってきた。進明中学には母の昔の親友である李応淑《イウンスク》先生がおられたし、豊門にはやはり昔の親友である貞淑《チョンスク》先生がおられたからである。

父は西大門《ソデムン》刑務所にとらわれ、母は北朝鮮平壌にいて家じゅうが左翼だったから、子供たちの上級学校進学に支障をきたすのではないかと心配して、この先生方を信頼し依頼したのである。

進明女子中学校は高宗皇帝の後宮である厳妃《オンビ》が設立した学校である。豊門女子中学は閔妃《ミンビ》の一族である閔大植《ミンテシク》が設立した学校で、自分の母の名前をとって豊門とつけたということを聞いた。李朝末期の皇室の意を受けたこの女学校は、解放以後、潮のごとく押し寄せてきた西欧化の波に押しやられ、京畿《キョンギ》高女や梨花《イファ》高女のような第一級の学校の陰に隠れていたが、それなりに礼儀正しい学生を育てているという自負をもっていた。しかし私たち姉妹は気乗りしなかった。師範付属でわれこそはと威張っていたわが家の三兄妹は、兄が普成《ポソン》に行ったこととあわせて、こんな二級の学校に引き下がらざるをえなくなったのである。

　戦争が起きたとき、蕙琳《ヘリム》は豊門女子中学二年生だった。母に連れられて北へ逃れ、平壌をへて鴨緑江《アムノクカン》まで行き、そこからさらに中国東北部へ移り、彼女は私といっしょに疎開公民の学校に通った。もともとソウルにいたときからわずらっていた肋膜炎が再発した蕙琳を、母が一九五一年に中国東北部にやってきて平壌へ連れて帰った。

　戦争は苛烈だったが、当時平壌の学校はみな開校していた。彼女が通った平壌第三女子中学は、かつて一九二〇年代に母が通った平壌女子高等普通学校の後身であり、もとの場所でもとの校舎に新しい看板をかけた平壌の名門女学校であった。

　蕙琳は三年生に編入し、少年団の委員長を務めた。学校の少年団委員長といえば、その学校の政治組織（少年団）の頭として全学生の代表でもあった。赤い筋が三本入った少年団委員長の肩章は、中学生の社会では最高の輝かしい星であり、道行くすべての少年団員が敬礼をささげた。少年団は政治性が至上のものとされる北の社会においてはおろそかに扱えない政治的後継者だった。ソ連のピオネール（少年団）の伝統を受けつぎ、統制のとれた組織で堂々と華麗な行事をとりおこなう。少年団によって編成された祝賀隊は、国家的な政治集会の雰囲気を盛り上げる重要な役割を担《にな》っていた。

　こうした集会では、団旗を掲げた旗手に導かれて瀏亮《りゅうりょう》たる喇叭の音とともに団員が行進を始めると、団の委員長はその隊列の先頭に立って進むのである。こうした少年団委員長の地位もさることながら、十六歳の蕙琳《ヘリム》は道行く人が足をとめて振り返るほど、ずば抜けた美貌とすらりとした体つきの少女であった。

戦争の時期はとりわけ社会主義国との親善関係が良好だったために、平壌《ピョンヤン》は外国の賓客たちを招いた連帯集会のない日はなかった。中央民青国際部は第三女子中学団長を利用することに熱中し、蕙琳は勉強そっちのけで駆けまわった。当時は南朝鮮の民青《ミンチョン》の活動家たちが中央民青の高いポストについていた。そのために両親や蕙琳を知る人が多かったのだ。

一九五二年、第三女子中学を卒業した蕙琳は金日成《キムイルソン》綜合大学予備科に入学した。母は彼女を外国文学部に行かせる計画だった。金日成大予備科は平壌の南の郊外平川里《ピョンチョンリ》にあって、私が通っていた特設予備科のある趙村《チョチョン》とは一里ほどの距離があった。平川里には大きな変電所があり、爆撃が激しかった。趙村から眺めていると、平川里の空からは爆弾が一日に数限りなく落とされる。誰それが死んだとか、畑の草取りをしていた女学生の足が吹き飛ばされたとかのニュースが伝えられてくるたびに、私は身がすくみ、肩が痙攣するように震えた。

一九五二年の秋、予備科は順川《スンチョン》郡の青竜里《チョンヨンリ》に疎開していった。私が栢松《ペクソン》里《リ》の学部に入ったとき、彼女は向かい側の山の麓にいた。蕙琳が病気になって寝ているというしらせがしきりに伝えられた。食べることも起きあがることもできないというのである。しかし学科の終わったあとも私は越冬準備戦闘のためにめったに外出できなかった。やっと訪ねていくと彼女は私がなかなかこないことに腹を立て、背を向けて寝たまま返事もしない。

「お母さんのところに行きなさい」

というと、くるりと向き直って、

「私、お母さんのところへ行くわよ」

そのことばを待っていたかのようにすぐに起きあがって座りなおし背嚢をまとめた。平壌は爆撃も激しく母は寮に入っている。娘がこんな状態で母のもとに行っても、母ひとりの配給でどうやって食べさせることができるだろうか？　新聞社の人たちの顔色をうかがいながら、どうするのだろうか？　母の困惑した姿が目に見えるようだった。彼女もその事情を知らないわけではなかったが、末っ子の甘えで私にはいいたい放題のことをいった。東北地方に疎開していたときもそうで、駄々をこねた末に母がとうとうたまりかねて東北まで連れ戻しにきたのだ。

母は彼女を新聞社の寮に連れていき、自分は胃病を口実にして食べないことにした。配給の米七百グラムを彼女に食べさせ、母は雑穀で重湯を作って食べていたが、しばらくそんなふうにしていると気力がなくなって足がフラフラし、まっすぐ歩いているつもりがだんだんわきのほうへよろめいていくといったありさまだった。

母が寮で人目を気にしてびくびくしながら娘を養っている姿に同情したまわりの人たちが、当時平壌に芸術学校が設立され学生を募集していて、そこへ行くと白いごはんも出るし待遇もいいそうだよといって、あとのことはともかく、まずそこの寮に行かせることを勧めた。そんなわけで蕙琳は芸術学校へ行くことになった。

芸術学校の教員たちはほとんどがソウルからきた演劇人たちだった。蕙琳はたちまち彼らの目にとまり気に入られた。蕙琳《ヘリム》の美しさを先生方が噂し、それが芸術家の集団の中にも広がって、そこでも蕙琳の噂でもちきりになった。

ところがあまりにも有名になりすぎたのである。当時、芸術学校は俳優劇場の付属建物にあったのだが、その隣りは大使館村であり、道路をはさんだその向かいは幹部の私宅村だった。そのため舞踏会のときは大使館の外交官たちもやってきたりするのだが、その誰もが蕙琳と踊りたがった。そして自分たちのパーティーに蕙琳を招待した。ベレー帽をかぶった年輩の独身男が待ち伏せていたりすることもあれば、チェロを弾く同い年の若者が恋わずらいにおちいったり……。父や母には誇らしさよりも不安のほうが強かった。

とうとう道路の向こうの私宅村の、息子をもつ幹部の奥さん方が目をつけるようになった。作家の李箕永《リギヨン》の家から婚約だけでもしてほしいという提起が舞い込んだ。当時やっと十八歳の蕙琳なので、両親は最初とんでもない話だと聞き流していた。李箕永は一九二〇年代のカップ出身の作家で、当時の北朝鮮では韓雪野《ハンソルヤ》と双璧をなす元老だった。『土地』『豆満江』などの成功作によって党の信任が厚く、朝鮮のゴーリキーともいわれて人びとの尊敬を受けていた。朝ソ文化協会の委員長であり、作家同盟の委員長でもあった。ソ連が社会主義の祖国であったその当時、朝ソ文化協会の重みはたいへんなものだった。

先方からは卒業するまで勉強させるから口約束だけでもしてほしいと何度もくりかえし求めてきた。当時もその後も、どの家でも娘をやりたがっているほどの政治的、経済的、文化的にトップの家で、息子が三人いた。

道行く人が足をとめて振り返るほど、ずば抜けた美貌と
すらりとした体をした蕙琳は男性のあこがれの的だった

私の父母がその要請を受け入れたのは、たんに相手が世間でいうところの「トップの家」だったからということではない。作家の李箕永《リギョン》が落ちついた人であるということを評価したのである。芸術学校を卒業した蕙琳《ヘリム》は十九歳のとき、作家李箕永の長男の嫁となった。

蕙琳の結婚式の日

私はまだ大学生であった。寒い日であった。東平壌の紋繍里《ムンスリ》の家。水道も下水道もない一間の部屋。向かいと共同で使っていた猫の額ほどの台所。そういうひどい家に住んでいるときであった。寄宿舎から帰ってくると、父も母も花嫁の蕙琳もいなかった。両親はその日も職場に出勤したようだが、花嫁はどこに行ったのか。

いつもと変わりなく奥の座敷には新聞に被われた朝食のお膳がそのまま置かれていた。醬油瓶やごはんを炊く鍋、味噌壺までも食卓にのせるのが母のいつものやり方であったが、きょう娘を嫁入りさせる家というような雰囲気はどこにも見いだせなかった。私の気持ちはあれやこれやでむしゃくしゃしていた。

三年課程の芸術学校を卒業して、それがどれほどのものなのか？　白米八百グラムが食べられるからといって、新聞社の寮にいた母の判断で行かせた学校である。彼女はこれからまだ大学に行かなければならないと考えていたのに、思いがけず幹部の家に目をつけられ、あれよあれよという間に押し流されてこうなってしまったのだと思うと、権力の圧迫に抗しきれずに彼女を奪われていくような気持ちも捨てきれなかった。父や母がまちがったことをしているという気持ちにはなれなかった。世の中を生きていく知恵は私よりはるかに豊富なはずであるが、率直にいえば父や母は疲れはてていて、先行きに何の自信もなく、いずれは「きちんとした家」に嫁がせる娘だからいまが潮時と決心したのだと思う。

蕙琳は私より一歳年下であるが、私はいつも彼女が私よりはるかに幼く未熟だと思っていた。私より気がきかない彼女を私なりに支えてやらねばならないというふうに考えていたのではなかったか。

しかしあまり暖かくないオンドル部屋で両足を投げ出し、壁にもたれて座っている私のほんとうの不満は、このようなもはや意味もない、いまさらどうすることもできないことより、私たちのあまりの貧しさと、相手の家と格のちがいすぎる私たちの立場にたいする嘆きに似たものであったのだ。

父は製菓工場の支配人で、母は労働新聞の部長クラスであった。二人とも中央供給〔すべての物資が配給制の北では身分によって品物の質や量に差がある。中央供給は中央機関の幹部用で一級から五級までランクづけされている〕の三級の幹部である。中央供給の三級といえばこの社会では上流であった。

ところが私たちの家にはきちんとした部屋に家具ひとつなかった。戦争の時期に使っていた背嚢が押入にあって、ときにはこれが配給の米袋の代用となり、いつもは下着類を丸めて放り込んでおく。父も母も着たきり雀で、私はいうまでもない。この困窮の原因は、誰もがみな貧しかったからだとばかりはいえなかった。母があまりにも生活に無関心で要領が悪く、なるようになれとその日暮らしをしていたからである。もちろん私に母を責める気持ちはまったくなかったのだが。
母は職場で働くことしか念頭になかった。母には暮らしに安住するという気持ちがないのである。暮らしなんて一体なんなのさ。母の胸の内から中身は抜け落ちて殻ばかりが残っているのである。生死不明の息子「モンイ〔長男・日著のこと〕を失った」母の望みはただひとつ統一のみ。一日も早く歳月が流れていくことを待ち望みながら生きているのである。娘の嫁入り仕度など夢にも考えたことはなく、そもそもそんな仕度など不可能な状況だった。蕙琳《ヘリム》を一体どうやって嫁に出すのか。

私は母の背嚢をひっくりかえしてみた。足の甲まで継ぎのあたった靴下に、作業ズボンのモンペ姿の私の身なりがもう少し何とかならないだろうかと思ったからだ。何もなかった。父のホームスパンの上着が洋服掛けにかかっているだけだ。しかし妙に短い。手にすると、裏には紅い木綿の裏地がついていた。めくってみると女物で、仕立て直してあるが母のものにしては小さく、私にちょうど合っているようだった。

きょう私が着ていけるように母が気づかってくれたんだなあと、すぐさま綿入れ服を脱ぎ袖を通してみた。ほんとうに私のものだった。鏡を見ると、中国東北部で買った中国製のぶ厚い冬の下着を着こんでいるからか、ごわごわの木綿の裏地のせいなのか、まるでドンゴロスを着ているようだった。どっちにしろ綿入れ服よりはいいし、それにあれほど忙しく、物もない中であたふたと誰かに頼んで仕上げてもらったその労苦を思うと、母の温かい心遣いがじんときた。

靴下だけが心配だった。同じ立場の家ならば、それほど神経を使うこともないだろうが、蕙琳《ヘリム》の嫁ぎ先は北朝鮮でいちばん裕福な家だ。その家の娘が大同《テドン》橋を渡るのを一度見たことがあるが、襟に毛のついたソ連製の綿入れ外套にかかとの高い長靴を履いていた。私の服装などお話にならない。朝ソ文化協会の委員長のうえに国の代表的な作家である李箕永《リギヨン》氏は、代表団の団長としてソ連や社会主義諸国をまるで自分の家のように出入りしていたときだった。

急に声がした。向かいの家の女性が一枚の紙切れを差し出した。

「工場でこれをお母さんから預かってきました」

彼女は印刷工場の文選工で、母が工場に下りていけば容易に会える職場の同僚だった。

（夕方七時に俳優劇場の前に直接行きます。お父さんもそちらに行くことにした。洋服掛けの洋服を着ていきなさい）

最後まで職場で仕事をして両親二人は幹部私宅の前にある劇場に直接行くという文面だ。娘を嫁がせるとはいえなかったのだ。いくら暮らし向きが苦しくとも、そんなことをいったら職場の人たちに一席設けるのが常識だった。花嫁の家では宴会はやらずに送り出し、簡略な式をおこなうだけだということを説明するのがいやさに、ふだんどおり退勤時間まで勤めて定時に出てくるつもりなのだ。

私たちは俳優劇場の前で落ちあい、宴会場所の家に行った。蕙琳は朝その家に行ったという。準備があるからくるようにといわれて行ったそうだ。

母は外套を着ていたが父はジャンパーのままで、私はドンゴロスのようなホームスパンを着ていた。目立ったのは父の靴ひものない靴であった。靴ひもを売っているところなどどこにもなく、それがないことに関心すら示さない、そんな状態であった。靴ひもがないからといって革命に何の支障があるのか？　そんなもの誰が作る必要があるのか！

　私は靴下のせいで、そして総じて劣等感のせいで、祝いの席などというところから千里万里の彼方に逃げ出したかった。

　当時からすでに結婚式のような式典は簡素化するようにと党の指示があった。とりわけ幹部たちは問題にされないためにも敏感であった。嫁ぎ先の応接室のお膳に向かって座っていた客は、せいぜい二十人ほどだった。花嫁はベールをかぶらないのがふつうとされており、蕙琳《ヘリム》もまたベールなしで嫁入り先がととのえてくれたのか借りてきたのか、白いチマチョゴリだけで現れた。私はチマさえあれば足の甲を隠すことができるのにと思い、手で継ぎの当たった靴下を覆い隠そうとして全神経がそちらにばかり傾いた。

　主礼〔媒酌人〕にあたる人が、二人の結婚を宣言し、革命につくす家庭を作り幸せに暮らすようにという簡単な祝賀のことばがあって式らしきものが終わると、母は職場へもう一度行かなければならないといって先に脱けだした。父は泰然と座っていた。私は花嫁が席を外した機会にそのあとについていって、彼女の部屋で一息入れていた。

　しばらくひとりで休んでいると、蕙琳が腹立たしげに入ってきた。

「姉さん早く行ってみてよ。お父さんがみんな吐いちゃったのよ……向こうの廊下に」

　空き腹に久しぶりの酒を飲んだために、父は婿の家の廊下の床一杯にもどし、そのわきに酔っぱらって座っていた。婿になる人がわきをかかえて助け起こそうとしているのが見えた。あいさつすべき妹の婿の家にきて、家柄のちがいによってすっかり自尊心を傷つけられていた私にとって、このことは頬を張られたよりももっと情けなかった。不快な排泄物のどぶにはまったよりもひどい臭い。その始末をしながら私は「こんなふうに生きて一体なにになるんだ」と思った。

蒼白な顔の父を助け起こし、靴ひものない靴が脱げるのではないかと心配しながら家を出ようとすると、東平壌に行く客が車に乗っていけといった。顔も知らない人たちと狭い車中に身を寄せ合いながら乗った。父はうなだれていた。

「あの花嫁の父親は土台が悪いんだってね」

暗闇の中でこんなやりとりがされている。

「母親も日帝時代、東京の留学生だったんだからわかるじゃないか」

私たちがその花嫁の家族だとわかると会話はぴたりとやんだ。

母はこのように蕙琳を嫁入りさせたのだが、彼女をもう一度勉学の道に戻そうと一年間気をもんだ。赤ん坊を産んで家事にうずもれた蕙琳を、母は当時新たに設立された演劇映画大学に入学させることができなくてやきもきしていた。嫁入り先では結婚後も勉強させると約束した手前、反対できなかったが、当時の北朝鮮では既婚女性を大学に受け入れないことが原則であった。母はこの原則を打ち破って、唯一既婚女性を大学に入学させたのである。母の努力のほどは、文化宣伝省の門を一日に十六回も叩き、通いつめて交渉に及んだという事実ひとつをとってみても推測できる。演劇映画大学は文化宣伝省の傘下にあった。

母が身をもってその障壁を打ち砕き、がむしゃらな意志によって彼女を大学に入れた。そうしなかったならば、蕙琳《ヘリム》は苦しい嫁の立場に押しひしがれてただの飯炊き女になってしまっていたことだろう。北朝鮮は例外や私的なものが通じない国である。それにもかかわらず文化宣伝省が譲歩したのは、母の要求がたんに娘を大学にやりたいという学歴獲得のための個人的欲望ではないということを理解したからである。生涯をかけて主張してきた女性観、女が社会に服務することによってのみ真に生きる価値を取り戻し、男女平等を享受できるという理念を母はもっていた。

「誰それの嫁というものに何の意味があるのか」

自分の娘の将来がこれで閉ざされるのであれば、離婚させる覚悟さえもっていると判断したからだったのだろう。

演出科を専攻した蕙琳は、卒業最終年度に劇映画「分界線の村で」の主人公に抜擢された。分界線（三十八度線）の村に生きるある越南者〔韓国に逃亡した人〕の妻が、自分の恵まれない政治的立場をどのように克服して、党を信頼しきっぱりと生きる道を切り拓いていくかというストーリーである。金日成《キムイルソン》首相が高く評価したことによって、この映画は北朝鮮初の人民賞を獲得した。

「朝鮮女性の典型的な性格創造の模範」という北朝鮮映画史に画期をなした映画であった。このときから蕙琳は朝鮮芸術映画撮影所のスターとして、全北朝鮮で誰知らない者のない有名女優となったのだ。

58　親友の兄嫁を見初めて

北朝鮮には美女が多い。南男北女〔南朝鮮には美男子が多く北朝鮮には美女が多い〕ということばがあるように……。朝鮮芸術映画撮影所は北朝鮮の美女の総集結地であった。当時はいまのように芸術集団が多くなかったからである。人形のようにかわいい女の子たちがひしめいていたという。

すでに蕙琳《ヘリム》は三十歳を過ぎていた。彼女はおしゃれをすることも知らず、化粧の仕方も知らなかった。いつも物陰にばかり隠れてものもいわなかった。美容院に行くこともなく、髪の毛はうしろに束ね頭の上に上げて大きなピンを刺し、雄鶏のしっぽのように毛の先がぴらぴらとゆれていた。しなを作ることも知らない地味な女である。しかし演出家たちは作品のたびに彼女を主役にした。

その六〇年代末、金正日《キムジョンイル》は撮影所にしばしば現れて映画を指導していた。というより、むしろ映画を楽しんでいた〝お上〟（金正日）が蕙琳を見初《みそ》めた。金正日にとって成蕙琳は初対面ではなかった。南山《ナムサン》高級中学在学中に、しばしばオートバイに乗ってけたたましく李箕永《リギヨン》たちの住んでいる通りに入ってきた金日成《キムイルソン》首相の十代の息子は、親友の兄嫁である十九歳の若妻をおどろきの目で眺めたのであろう。当時の北朝鮮ではどこにも見当らない非社会主義的な優雅な若妻、厳格な婚家の生活風習に従って伏し目がちな表情。長いエプロン姿は、封建時代のような異彩を放っていたのだ。金正日が盗み見したその襟足のパーマもかけず無造作に束ねた自然の髪、その髪の下の素肌はなんと豊かな若さと女性の可能性をたたえていたことだろうか……。私はのちに、食卓の片隅から蕙琳《ヘリム》の襟足の後れ毛をぼうっと眺めている金正日《キムジョンイル》のまなざしを何度か目撃した。哀れみと追憶がこめられた曖昧なそのまなざしを……。

お客が来れば、台所からも部屋からも出ようとしなかった恥じらいの姿もよかったが、やむなく迎えなければならなくなれば丁重に「王子」を扱うことも知っていた彼女の礼儀正しさとその徳性もこれもまたよかった。

父親を継母に奪われ、孤独のうちに出歩いてばかりいた思春期の多感な金正日にとって、その「兄嫁」の印象が母性への郷愁のようなものを呼び覚ましたのかもしれない。すらりとした背丈、なだらかな肩、演出家たちがいつも横顔ばかり映していた彼女の「ととのった鼻筋」は、柔らかく端正な唇とともに蕙琳の顔の特徴だ。眉間には影がさしたかのようにかすかに哀愁が漂っており、母親から受け継いだ貞淑さと優しさは、穏やかな気品をたたえていた。

荒々しいことが革命性であるかのように錯覚していた北朝鮮の社会では、こうした品位を敵対視した時期があった。それが資産家階級特有のものとして、人相だけから人を冷遇する理由にもなった。

蕙琳は数多くの映画の主役をつとめた中堅の女優であったが、成分がよくないために俳優の等級もあがらず、党員にもなれなかった。爪の先ほどの問題でも批判台に上らされた。成蕙琳と崔《チェ》部実《プシル》がいなければ批判会が成立しないともいわれた（崔部実は一時、科学院の副院長をしたことのある崔三烈《チェサムヨル》博士の娘で、母親は日本人である。彼女の父親は金昌満《キムチャンマン》に媚びへつらったという理由で追放された）。

しかし、ひとたび〝お上〟が蕙琳に関心をもっていることを察知するや、彼女に「功勲俳優」の称号を与えて入党させ、外国の映画祭に派遣した。

一九六八年、プノンペンの映画祭に出席した蕙琳は帰国して高い評価を受けた。映画「霧の流れる丘」は思想的宣伝のあおりを受けて非難されたとはいえ、蕙琳はシアヌーク殿下も出席した映画祭で期待どおりの成果をおさめたようである。当時、映画俳優で演劇映画大学の出身者はきわめて珍しかった。映画祭では、蕙琳が手記を一気に書き下ろしたり、インタビューにもよどみなく答えたことにおどろきの声が広まった。そのころまでは女優といえば、顔ばかりがきれいで頭は足りない人間であるという考えが一般的であった。

映画祭でシアヌーク殿下は金日成主席に敬意を表し、外交関係の面でも北朝鮮に有利な立場を表明した。映画部門を指導していた金正日は映画祭の結果に満足し、蕙琳の役割を誉め称えた。映画祭の政治的成果を父親に報告できた彼は蕙琳に絶大な政治的好意をもつようになった。

金正日は当時、父親の信任を受けなければならない差し迫った状況に置かれていた。継母金聖《キムソン》愛《エ》が金日成のナンバー2として登場し、金正日を怒鳴りつけていた時代であった。金正日の蕙琳にたいする好意は強い関心へと発展し、結局惚れてしまったのではないだろうか。

1968年、プノンペンの映画祭に出席した蕙琳（左端）は
期待どおりの成果をあげ、金正日は大いに面目を施した

北の社会は社会主義思想がどの国よりも濃厚な共産国家と呼ばれているが、伝統的な儒教文化圏に特有な倫理観が支配的であった。首領様（金日成）自身が儒教教育を受けてきたこともその要因で、彼の知識の基本は孔子のことばであったからである。こうした父親のもとで、自分より六歳も年上の既婚女性と家庭をもつことになった金正日《キムジョンイル》は、自由奔放な個性の体現者と見ることもできる。彼は蕙琳《ヘリム》と暮らすために離婚の手続きをさせたのだ。

彼は極秘裏に蕙琳と暮らしながら子供を育てた。

59　息子の誕生に狂喜する王子

私はそのとき眠りにおちいっていた。騒がしい自動車のクラクションで目をさました。ブー、ブ、長く一度、短く一度。はっと起きあがり窓際に近づいて下を見下ろした。外は暗がりであったが、大型の乗用車がちょうど窓の下に停まっているのが見えた。暗闇の中で洋服ダンスに手を入れ、藍の毛織りのワンピースを探し出してあわてて身にまとった。ドアをそうっと開けて、ボタンをかけながら階段を下りていった。玄関の前に出たとき、誰かが運転台からこちらを眺めているのがぼんやりと見えた。私たちのアパートの向かい側には独身者の寮があったが、その一階の寮の食堂は二十四時間湯気が立ち上り灯がともされていて、多くの窓から明かりがもれていた。夜業の交代の労働者のためにそのアパートはいつも明るかった。

駆け下りていったのであるが、すぐに近づくことはためらわれた。知らない人かもしれない、あるいは推測どおりの人であっても、すぐ近づいていくことが軽はずみなことのように思われた。車の窓がおろされたようで、丸顔のきれいな顔がまっすぐに私のほうに向けられていた。私はおそるおそる近づいてやや距離をおいて立った。写真で何度か見たことのある金正日《キムジョンイル》であった。

「こんばんは」

「あなたはどうして私が誰だかわかったのか？」

「……そんなふうに思ったのです」

彼の顔にはいたずら混じりの微笑が浮かんだ。

「こちらにきて座りなさい」

彼は自分の横に座るように手招きした。私は車体のうしろに回らずに、前から回って彼の横に座った。その人は自分の前でもじもじしたり、隠れようとする人を嫌うと聞いていた。

「たったいま蕙琳《ヘリム》が男の子を産んだんだ！」

彼は横柄にいった。目鼻立ちのととのった彼の顔には喜びがいっぱいにあふれていた。蕙琳が病院に入るとき彼と約束を交わしていたという。病院に入れない彼が、病室の外からヘッドライトで合図を送れば、室内の電灯を点滅させて男の子か女の子かを知らせることになっていたという。

毎晩、正日は病室の外からヘッドライトを照らした。ついに蕙琳が、男の子を産んだという信号を送ると、「王子」は未明のその時刻に病院中が吹きとぶほど警笛をブーブーと鳴らし、車を駆って矢のように消えていったというのである。

このようにして走り去った王子にはその喜びを分かち合う人がいなかった。だからまっすぐに私のところへきたということをのちに知った。世間の人は、放蕩な王子が既婚の女性を妊娠させてやむをえず子供が生まれ、一時的な同棲相手の蕙琳がその子供を育てたと速断するかもしれない。しかし孤独であった金正日《キムジョンイル》は、母のようでも、姉のようでもある蕙琳《ヘリム》と暮らしながら、初めてわが家、わが家庭と呼べるものをもつようになったのである。そしてそうした脈絡の中で「わが子の誕生」を何にもまさる喜びとして受け入れたと私は思う。

正男《ジョンナム》は健康でふっくらとした顔立ちのよい子供であった。正日がこの息子をどれほど愛していたかはとうていことばではいい表せないほどである。若い王子は母親のように、むずかる赤ん坊をねんねこにくるみ帯で背負って寝かせつけようとし、泣きやむまで背負ったり持ち上げたりして、泣いている赤ん坊をなだめるように話しかけながらつきあうのであった。

　こうした正日を蕙琳はかわいそうな人だと思い、母を亡くし自分の落ちつき場所もなく育った彼の幼年時代や、父親の絶対的な権力のもとでも孤独にさまよっていた青春時代を理解してやったのである。蕙琳はつねに彼を哀れな弟のように思っていた。のちに正日が脱線するたびに、蕙琳はこのような感情をもってあるときは腹を立てたり、あるいは面倒を見てやっていたのである。

　高い塀の中の金正日と私たち母子の結びつきはこのようにして始まり持続した。こんな私たちは彼を手がかりにして権力をほしがったわけでもなく、物資をほしがったわけでもなかった。私たちにとって飽衣飽食に何の価値があっただろうか！　私たちの本心を金正日は見抜いていたからこそ最後まで私たちを好遇し、支えてくれたと私は思っている。

　母は赤ん坊が二カ月になると金正日の家（当時は一戸建ての小さな平屋の招待所（迎賓館または小人数用の高級ホテル））に入って子供の養育を引き受けた。ソ連製の乗用車ジルの横とうしろの窓は濃い青色のカーテンで遮られていて、外からはのぞけず、中からも外が見えなかった。母が赤ん坊をその車に乗せて病院に通うとき、この不幸を背負って生まれてきた孫の行く先がどうなるのか、母の気持ちはいつも暗かった。

60 〝国母〟金聖愛《キムソンエ》がきた日

烽火《ボンファ》診療所は金日成《キムイルソン》とその家族および最高位の幹部たちを対象とする病院である。正男《ジョンナム》が生まれると、こちらからは何もいわなかったのに、病院のほうで小児科に別のドアを取りつけて正男専用の小児科病棟を作った。正男は生後四カ月から大腸炎を患いはじめた。乳母を採用することができなかったために、あちこちの乳母の乳を混ぜて飲ませたので消化不良を起こしたのだ。金《キム》正日《ジョンイル》は人目をはばかって病院の小児科に診せることを許さなかった。当時、私の母と妹がしきりにもどしている赤ん坊を抱いて、困りはてて足をどんどんと踏みならしていたことが忘れられない。病んだ赤ん坊を病院にやることができないならば、これから一体この子をどのように育てていけばいいというのか……。

ともあれ、四カ月ぶりに子供が病院に入院するときには、骨に皮をかぶせたようにやせ細ってぐったりとした赤ん坊を抱いていったという。昼も夜も赤ん坊の額に注射針を刺して点滴をしながら、私の母はしだいに困難を増していく生活の先行きに暗澹とするばかりであった。

そうしたある日、病院がにわかに騒がしくなり、金聖愛《キムソンエ》が小児科を巡察にくるといって医師や看護婦が緊張して部屋を出ていった。母は密室に隠れて子供の治療を受けている最中だったが、その密室こそ正男専用の小児科病棟にほかならなかった。これは一体なんなのか？　金聖愛がなぜ突然小児科の視察をするのであろうか？　金日成につぐ権力者である彼女が、目に刺さった棘《とげ》のように憎んでいる前妻の息子、金正日の裏の生活を調べ、物的証拠をつかんで金日成に密告するために正男を訪ねてきたのではないだろうか？　古今東西の歴史や宮中秘話に通じていた私の母は、さまざまの悪いきざしをいつも予想していた。母はようやくお座りができ、遊んでいる孫の前に背中を向けた。

「正男よ、正男や！　おばあちゃんがおんぶしよう、おんぶしよう」

赤ん坊をうしろ手にかかえながら背負った。母の手は震え心臓は早鐘を打つようにどきどきしており、いまにも権力の高みにある〝国母〟がドアを開けて入ってくるのではないかと思って、看護員にドアの外で見張っているようにいいつけた。

赤ん坊は日ごろほうきを何よりも怖がり、ほうきを見ただけでおばあちゃんにすがりつき、胸に顔を埋めてぶるぶる震えた。いまはまるでおばあちゃんのうしろからほうきに追っかけられているようだ。子供は鋭敏である。すぐにおばあちゃんの背中に這い上がり、脇の下に両手を差し込んですがりついた。

母はあわててねんねこで子供を隠し、どちらへ行けばいいのかわからず窓際でうろうろしていた。そうしているうちにあの女が入ってきて、被っているねんねこをめくってこの子は一体誰の子かといったら、どうすればいいのだろうか。目の前を流れる普通江《ポトンガン》をはさんで生い茂るポプラの林が病院の側までつづいている。母はそのポプラの林に目がとまった。あそこへ行って隠れよう。

病院の廊下は避けてベランダから庭に降りる階段を通ってあたふたと外へ出た。ポプラの林にやってきた母は、晩秋の落ち葉の時期で隙間だらけの林がうらめしかった。どこに逃げればいいのか？　正門の歩哨の前は、自動車でなければ絶対に通過できない。おまけに聖愛《ソンエ》女史がきたために病院の庭には護衛の車や軍官（将校）、保衛要員があちこちで目についた。母は垣根の近くに行って、人目につかないように建物の側に背を向けた。赤ん坊は満足に息もできずぴくりともしなかった。

「正男《ジョンナム》や、寝たのかい？」

母は赤ん坊のお尻を軽くたたいて緊張をほぐそうとした。赤ん坊はまだものがいえなかったが、祖母の呼びかけに応えるかのように体をごそごそと動かしながら、脇の下に差し込んだ手でにぎにぎをした。母は背負っていても安心できなかった。うしろから誰かがやってきて子供を奪っていくような気がした。それで子供の体を回して前にかかえた。

「正男やだいじょうぶだよ、だいじょうぶだよ。さあ、おばあちゃんがいるじゃないの」

母は孫を抱きかかえ、落ち葉をかさこそと踏みながら少しでも遠くへと足を運んだ。

これは多くのエピソードのひとつにすぎない。首班金日成《キムイルソン》の孫であり、金正日《キムジョンイル》の長男である正男を育てた私の母の三十年は、このように赤ん坊を奪われる恐怖に戦々兢々とする愚かな封建的「皇室秘話」から出発した。その生活に栄光はなく、誇りもなかったことはいうまでもない。

61　北朝鮮最大のタブー

金正日《キムジョンイル》と私の妹がいっしょに暮らしていることは北朝鮮最大の極秘事項と見なされていた。父にもこのことは内緒にしていた。はじめのころ、蕙琳《ヘリム》は三号庁舎〔対南工作の司令部〕の工作員に選ばれて出かけていったと父には告げていた。父はあれこれ推測していたのだろうが、ただの一度もそれについてたずねなかった。こんな不自由な事情のために、母は六年間官邸から家に帰らなかった。そんなことがどうしてひとつの家庭の中でつづけられたのか疑問視する向きもあるかもしれないが、四方八方から保衛員が私たち家族の言動を探っていることがわかっていたために、口を閉ざして生きるしかなかったのだ。名優成蕙琳《ソンヘリム》が身を隠していることについて世間では流言飛語が飛びかい、文化芸術界とりわけ撮影所周辺では、指導者（金正日）が彼女を略奪し同棲しているという噂がひそひそと広がっていた。

家系（首領と指導者の直系）について話すことは厳禁されていた。しかし、保衛部や党組織が注意や警告や処罰などの強権をいくら振り回しても、人間はしゃべりたがる動物である。

北朝鮮で成《ソン》という姓は珍しいため、成蕙琅《ソンヘラン》と成蕙琳はよく人の口の端《は》に上った。そして「二つの実」とか「美しい毒キノコ」といわれ、人びとが食べたら死ぬのだ。撮影所でも、私の職場でも噂話をした人が消えていなくなることがあった。友だちにも嘘をつかねばならない私は人を避け、蕙琳《ヘリム》や母の安否をたずねる人に会うことを恐れた。

正男《ジョンナム》が三歳になったとき蕙琳は発病した。このころ、金日成《キムイルソン》から正日《ジョンイル》に結婚せよという指示が下った。蕙琳は正日に結婚することを勧めた。そうなれば子供を奪われることなく、隠れて育てることができると思ったのである。

ある日、蕙琳が三歳になった子供を背負って庭の桃の木の下にいると、正日の妹敬姫《キョンヒ》がやってきた。兄を連れにきたというのである。言外には、兄の花嫁候補を迎えるためだというニュアンスがあった。それまでの正日を見ていると、彼は決して破廉恥な男ではなかった。蕙琳をあからさまに裏切るようなことはできない人間だった。その日が「宴の日」であることは知っていただろうに、金正日は昼寝ばかりしていた。敬姫がやってきても、妹に背を向けて寝てばかりいた。

「行こうよ、お兄さん。行こうよ」

姫君（敬姫）は返事もしない兄の体を揺さぶった。彼女は正日を起こして連れていった。蕙琳は子供を背負って桃の木のそばでぼんやりと佇んでいた。

女を迎え入れたのかやめたのかわからないが、蕙琳との生活はそれまでと変わらなかった。しかし純真でひたむきだった蕙琳は、ついに耐えられなくなった。不眠症、神経衰弱症、不安発作に襲われ、母は彼女を治療のためにモスクワに行かせた。子供は母が全面的に引き受けた。モスクワに残って勉強をせよと彼女に勧めてもいた。

王子金正日は、蕙琳を略奪して囲ったのだという説を、私はそのまま受け入れることはできない。彼らの結びつきを、私は自分なりにこのように整理している。私の妹は、当時私たち家族が置かれていた政治的な危機状況を救うために、王子が提供した権勢を受け入れることを決心したのである。彼女は権勢をつかむために不倫を犯すほどこざかしくはなかったし、そんな勇気もなかった。厳格な家庭のしきたりに従順な、現代的とはとてもいえないような子供だった。彼らの出会いは金正日の無制限の権力、自由奔放な度量によってなされたものだといえる。

それでは成蕙琳は打算によって金正日を受け入れたにすぎないのかとたずねられたら、私はそれだけではないと答える。二人は相性のいいカップルであった。もし彼らが市井《しせい》のカップルであったならば仲むつまじく、おもしろく生きていったことであろう。彼らは同質の感性、芸術的センス、機知によって、手のひらを合わせたようにぴったりと息のあった共通の感覚で楽しく暮らせる友だちのようだった。彼らの性格はちがっていたが歯車のようにかみ合っていて、あるひとつのものを割ってできた二つのようであった。

蕙琳は外では引っ込み思案だが、家では機知に富んだ会話をこなし、笑い声のたえないユーモアのある女性だった。他人の物まねは彼女の十八番だった。正日と蕙琳のやりとりは、他人のあだ名や目配せや悲鳴、口を突き出したりする仕ぐさだけで通じるセンスあふれるものであったが、ときに食卓でこっそりとかわしあう目の動きや、ふざけあっているように肩をぶつけあったり、そのあげくの爆笑が何を意味するのか、誰を笑っているのか、私はしっかりと見ながら座ってい

発病するまでに追い込まれた蕙琳がモスクワで入院している間、官邸での正男（右）の一切の世話は祖母がみた

るのにわからない時が多かった。おそらく正日はその後どの女性とも、政治的な話題でも芸術的な話題においても、蕙琳《ヘリム》とのあいだで感じたような共感を体験することはできなかったであろう。演出科を卒業した蕙琳は一俳優の枠をこえて映画の専門家であった。映画を好んだ正日は蕙琳の専門家的見識によって視野を広め、正日の映画指導を内部から助けた。映画という媒体がなかったならば、彼らは出会うこともなかったろうし、愛しあうこともなかったと思う。成蕙琳はその美しさだけで彼に選ばれたのではない。撮影所には蕙琳よりももっと若い、絶世の美女たちが部屋ごとに大勢いて、王子のまなざしばかりを待っていたのである。

　新しい映画ができると正日は時間を割いて二人でいっしょに見たし、時間がないときは、彼女にひとりで見て意見を報告せよという課題を与えた。金正日秘書の誇りである五大歌劇を指導する際は、配役の選定から舞台装置、俳優の演技からせりふひとつにいたるまで蕙琳のどんな些細な意見でも、金正日を満足させないものはなかった。金正日は蕙琳の芸術的資質と水準を認めており、政治的にも蕙琳を信頼していた。

　私たち姉妹はひとつのものの裏と表のようなものであった。私は北朝鮮を逃げ出したが、蕙琳は残った。これについても正日秘書はおどろかないだろう。彼は蕙琳を信頼していたからである。

　金正日は鬼神〔朝鮮でいう特別な才能をもった人間〕のような人間である。彼の前では、どんな状況であれ嘘をつくよりも真実を語ることのほうが有利だということを私たち姉妹は体得していた。

　ひとつの国の首班であり、いま全世界が関心をもっている金正日にたいして、枝葉末節のエピソードばかりを披露していると思われるかもしれないが、私が語る金正日は政治家や首班としての彼ではなく、私の生活の領域の中にいた家庭での金正日《キムジョンイル》である。彼についての私の感情も、二十年という人間的交流の中で培われてきた人間金正日にたいする感情であって、独裁者の悪名で呼ばれている金正日ではない。

私も他人のようにそうした視点から歴史的評価にもとづく金正日を書かねばならないならば、私には書く必要がなかった。どれだけ多くのことを書いてきたことか。「藤の木の家」から私たちの家庭の歴史を書きながら、私たちの生活に一時かかわりのあった人間金正日という限界をこえるものではない。これは私の限界でもある。

62 若き日の指導者の姿

「オニノイヌマニセンタクヨ」（鬼の居ぬ間に洗濯よ）

それは日帝時代の日本語の教科書にあった、昔のことばである。鬼に捕まった女たちが、鬼が出かけたあいだに久しぶりに羽根を伸ばして、いっしょに川のほとりに行って洗濯をしながらいうことばである。

七〇年代のある年の春、おぼろ月夜の晩であった。機嫌のよかった指導者が、鹿狩りに行くといって夕食のあと、元気よく出かけていった。彼を玄関で見送って蕙琳《ヘリム》と部屋に戻ったが、気が楽になった蕙琳が日本語で「鬼の居ぬ間に洗濯よ」とその場にぴったりの表現をしたのである。

私たちは彼女の寝室で両足を伸ばしてテレビを見たり、何か食べたりしていた。鹿狩りに行けば遠出する場合は何日もかかる。猟場が近いときでも、金正日が自然の中で自由な時間を送っているということだけで、蕙琳は自由を感じるのである。

どれだけの時間がたったのか玄関で、

「おーい、おーい」

と呼ぶ金正日《キムジョンイル》の声がした。私たちはびっくりして部屋を飛びだし、蕙琳《ヘリム》は彼を迎えに玄関へ出ていった。どうしたことかと迎える蕙琳に指導者は、

「事故が起きたんだ。ちょっと待て」

あわてた気色で電話に近づいた。蕙琳は電話から少し離れて立って、何ひとつたずねることもできなかった。

「南山《ナムサン》病院か？　産婦人科に代われ」

蕙琳は直感的に妊婦が車にひかれたのだと思い、恐ろしくなって後ずさりして部屋を出たが、それでも電話の声に耳をそばだてていた。

「生まれたのか？　無事か？　母親も？　みんな生きているのか？」

こんなことばが聞こえてきた。それは彼が事故を起こしたこと、それにもかかわらず母親が早産して二つの命とも無事であることを伝えていた。

「おい、生きてたんだって」

指導者は喜んで声を張りあげた。そして、恐ろしいことばが聞きたくなくておびえて出ていってしまった蕙琳を探した。

「ああだいじょうぶだ。えい、どんなにびっくりしたことか……」

いまだ興奮のさめやらぬ正日を慰めるために黙ってそばにじっと立ちつくす蕙琳に安堵の吐息をつくと、やにわに誰かに向かって悪口を浴びせかけた。

「くたばりぞこない野郎のがきども。ちゃんといわなきゃだめじゃないか、いまが鹿の分娩期だ

ってことを。狩猟禁止だってことをいってくれなきゃわからんじゃないか……」

そのときになって、蕙琳はやっと鹿を撃ったことがわかった。

「おれが撃ったんだ。引き金を引いた瞬間、鹿が逃げずにその場にぺたりと座り込むじゃないか。それで、あっ、しまった、はっと思ったが遅かったんだ」

鹿が目を薄くあけてぺたりと座り込んだとき、稲妻のように分娩期だということが思い出されて銃口を上げたが、すでに銃弾は飛びだしていたのだ。近づいてみると幸いなことに弾は軽傷を負わせていただけだったが、鹿は倒れていた。指導者は急いで鹿を運べと命じ、南山病院に送り込まれた。いまはどうなっているか知らないが、当時北朝鮮には動物病院がなかった。そこで政府の病院の産婦人科で鹿が早産し、医療陣がその未熟児を保育器に入れて命を救い育てたのである。目が落ち窪み、たいへんなことを仕出かしたかのように飛び込んできた若き日の金正日、私は彼がいまなお、そうした人間であることを信じたい。

第四部　金正日官邸で見たもの

63　正男《ジョンナム》の家庭教師として

　私は母が官邸に入ったのちも仕事をつづけ、敬臨洞《キョンリムドン》のアパートで父の世話をしながら暮らしていた。運転手が紙切れに走り書きされた母親の手紙をときおり届けてくれ、私もその便でわが家の消息などを知らせるだけであった。正男《ジョンナム》の教育問題を母が提起してきたとき、六歳になった正男の両親は、外部から教師を呼ぶよりも、伯母、すなわち私を採用するのが合理的だということで合意をみた。

　あれこれの秘密がもれないよう行動範囲をきびしく制限されていて、子供は外の世界を見ることができず、塀の中ばかりで育った。金正日《キムジョンイル》が許可をして合法的に行ける場所は烽火《ボンファ》診療所だけであった。それもカーテンで窓をすべて覆った「囚人車」に乗って。

　金正日はこのように育っている息子を不憫に思い、自分の力の及ぶ限り息子のためなら何でもした。金正日はこの世のどの父親よりも息子を愛していた。父が息子をあれほど愛することができるのかと私はおどろいた。息子の面倒を見ている私の母を大事にしてくれたし、家庭教師を引き受けた私にたいしても手あつく扱ってくれた。

一九七六年三月十八日から私は正式に家庭教師として官邸入りした。科目は国語、算数、歴史、ピアノ、ロシア語。学習室はパパと呼ばれる金正日《キムジョンイル》の副官室に定められた。最初の授業から金正日は学習の規律が厳格に守られるように取りはからってくれた。正男《ジョンナム》の宿題ノートにサインをし、意見を書きもした。このようにして三年間で人民学校の四年の課程を終えることができた。それに貢献した伯母の役割を金正日は評価してくれた。私は家庭教師をしながら衛戍《ウィス》区域の中に新たに建てられた別荘に子供たちを連れて引越し、さらにはそこも遠いからといって官邸の中で寝泊りできるように部屋をととのえてくれた。

金正日の三人の家族と母、私の家族はともに直径二・五メートルの円卓を囲んで食事をした。一般の家庭でも家長は別のお膳を設けるのがならわしだったわが国の習慣とは異なるこうした食事の仕方は、ヨーロッパ的というよりは人民的なものという印象を受けた。私の息子は全寮制の万景台《マンギョンデ》学院〔戦前の日本の陸軍幼年学校のような軍幹部養成のエリート校〕に通っていて、のちにすぐ留学したために、基本の家族は金正日、正男、蕙琳《ヘリム》の三人のほかに私の母と私と私の娘の都合六人であった。

蕙琳がモスクワに長く入院していたために、金正日は息子といっしょにかなりの期間、私たち三人家族を相手に食事時間や食後のひとときを過ごした。彼は母の昔話や私の職場の生活などに耳を傾けた。私はしだいに誰もあえていえない世情をわかりやすく述べ伝えることが習慣になった。私がへつらうことなく、社会の実情や意見を積極的に表現することにたいして好感をもったからだと思う。母は「王に接触する場所では慣例を外れてはいけない」というゲーテのことばを借りて、私が出すぎることのないようにこっそりと注意してくれた。

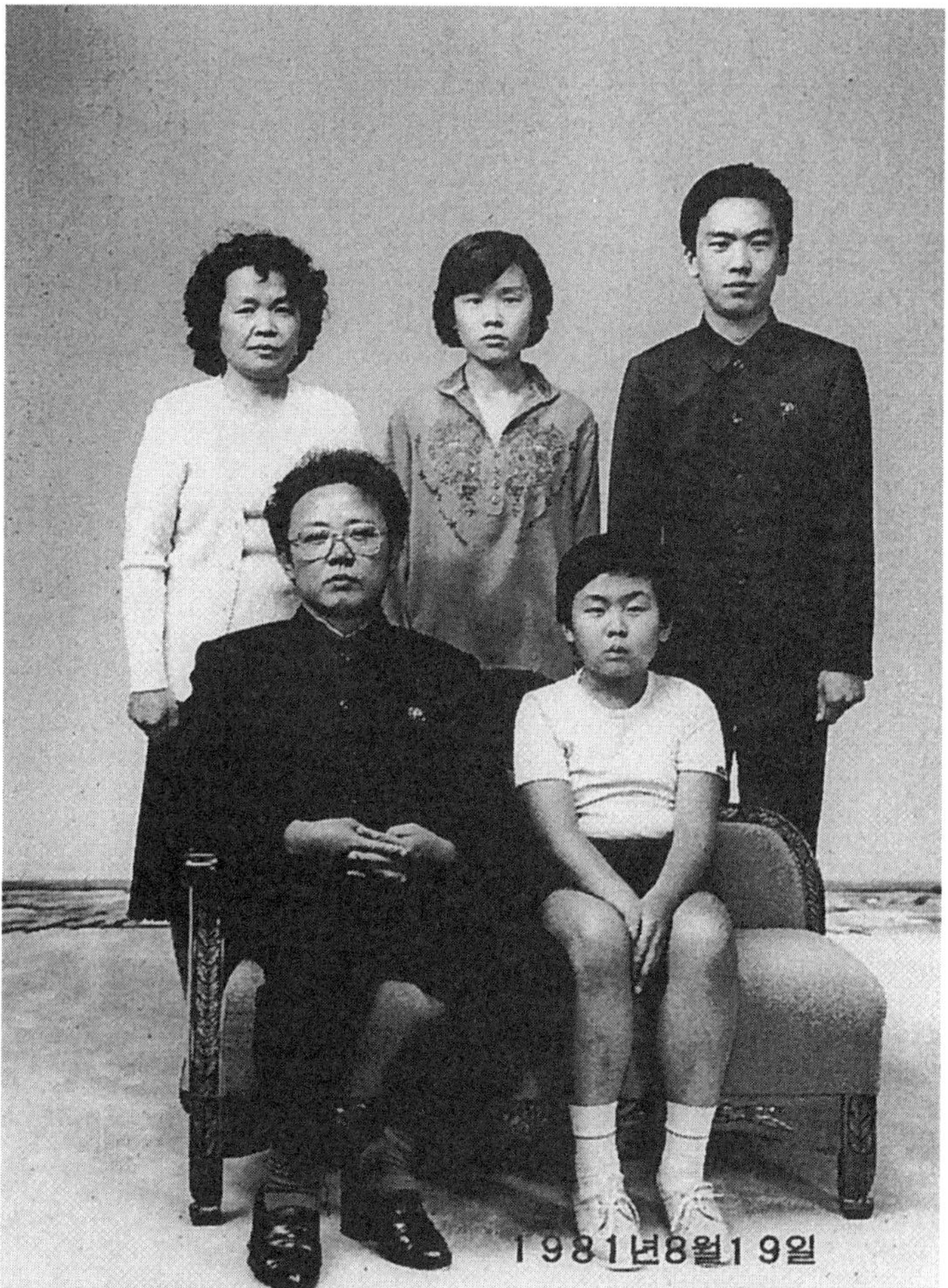

金正日（前列左）は息子・正男（同右）や私の母、私の家族（後列）を相手に食事時間や食後のひとときを過ごした

しかし母は八十年を生きた自分の人生経験から、金正日《キムジョンイル》は純粋な人間であり、知力や人情のある人間だと評価していた。若くもなければ美しくもない伯母、つまり私があの気難しい指導者に憎まれなかったのは、私が秀れていたというよりは指導者のもつ特異な気質が作用していたと母は見ていた。

「あの人はかわいそうな者の前では立ちすくんでしまう」

父なし子たちを連れて自分たちの屋根の下に入ってきて住んでいる私を、哀れに思っているのだと母はいった。彼は文化的なものを好み、知識を尊重し、美を愛した。気品を感じることも知っていて、それはすぐに気分に表れた。しかしその気難しい感度にあわせるのはむずかしい。折り目正しく控えめな粋、品位に接するとたちまち顔じゅうがほころび、少しでも恥ずかしいことや、卑怯なことには大声を張りあげた。どんなことでも出すぎれば憎み、足らなければばかにした。放縦な女は侮辱した。これは彼が好色だということとは別個の問題であった。

もし金正日が貧しく権力のない家に生まれたならば、おそらく芸術家になっていただろう。政治に忙しかった彼の父親は息子を放任し教育を受けさせなかった。彼は無制限な権力と豪奢の中で、母の愛も気遣いも知らず、誰からの干渉もなしに本能ばかりが成長した。権力ほど教育のさまたげになるものはない。よからぬ習慣をつづけながらも堕落しないのは、いかにたいへんなことだろうか。しかし金正日は本質的に堕落した人間ではなかった。

私はふと彼がそなえている見識について考えてみたことがあった。その始原はどこなのだろうか？　人間の見識は一代で作られるものではないだろう。彼がもっている文化的見識は、彼の剝き出しの行動や粗暴な性格とどのように並存しているのだろうか。彼の上の世代の金日成《キムイルソン》主席、祖母の康磐石《カンバンソク》女史、祖父の金亨稷《キムヒョンジク》先生、彼の父系は二十世紀初頭のわが国の一般水準から見れば知識層に属していた。金亨稷先生は崇実《スンシル》中学を出て、日本から雑誌を取り寄せて読むほどの知識水準にあったし、医学に造詣の深い教育者であった。康磐石女史の家庭も知識層で、その当時の時代文化を先導していたカトリック信者の家庭であった。

金正日はこうした家系と無関係なはずはない。彼の長所である寛容さ、他人によくしてやりたがる善意、人情の深さはもって生まれた性格であり血統からきたものだと思う。彼が悪人視される要因である残忍性、気難しさ、横暴さなどは後天的な性格だと思うのだ。無制限な権力、無教育、母の不在、北朝鮮社会の無知と権威主義が生み出したのがこのような性格である。こうした相反する性格のせいで、彼はむら気や一貫性のない難解な気質をのぞかせるのである。

64　ただひとりの友だちもなく

個人授業は七六年から七九年までつづいた。最大の権力、最大の愛のもとに正男《ジョンナム》の授業は秩序正しく人民学校の課程を終えようとしていたが、これは大前提が誤っている論理展開のように、早めに終止符を打って別のところから始めなければならないという問題をはらんでいた。正男は塀の外の世界と徹底的に隔離された状態で、ただひとりの友だちもなく、みんなといっしょに走り回って遊ぶ楽しさも知らず、歪んだ育てられ方をしていた。自分の息子を世間に出すことのできない父親金正日《キムジョンイル》の立場をわれわれは理解していたが、この非人間的生活を強要している金正日に賛成することはできなかった。蕙琳《ヘリム》の病気の原因もここにあった。母は正男を連れて遠く離れた郊外に行って草つみをしたり、牛や山羊を見せたり、飛び跳ねて遊んでいる子供たちのそばに行ってみるように促してやった。正男は遠くから、その子供たちを牛や山羊を見るように眺めるばかりで、近づくことができなかった。子供たち同士が交わすことばも知らず、縦の人間関係以外体験したことのない正男に横の教材は何ひとつなかった。

私の母の構想は、正男と私の娘の南玉《ナムオク》を正規の教育課程に入れるために、時機を逃さずモスクワに行かなければならないということに落ちついた。正男をモスクワに行かせて自分の母親といっしょに正月を過ごさせるべきだと、母は金正日に提起した。当時の状況では、金正日から子供を切り離して外国に勉強に行かせることなど論外だった。金正日は決して息子を自分の懐から出そうとはしなかった。彼は理性よりも情が先立ち、血肉の情がより強かった。

私の母はいった。

「ちょっとのあいだだけ行かせて、子供を手放すことに父親の感情を慣れさせてから提起しなければだめよね。はじめから外国に行って勉強させるといえば怒るだけだろうから」

多くの随行員を連れ、母はその〝団長〟となってモスクワに向かった。これがいかなる困難の中でなされた最初の出発であったかは神様もご存知ないだろう。六個の歩哨詰所に守られた遮断幕の中で、八年間閉じこめられていた正男を連れ出すために母はすさまじい執念と熱情を傾けた。それは無期懲役囚を釈放させるよりもっとむずかしい闘争であった。私の母がいなかったならばこの子は、官邸の塀の中にいて巣穴を出入りするだけの孔雀や白兎、灰色兎同然の生活を送り、あるいは「苑南洞《ウォンナムドン》のでぶ」〔一九五〇年、ソウルの苑南洞の大学病院の前にいた肥満者〕となってしまったであろう。

承認された期間はわずか一、二カ月にすぎないが、モスクワに行った母には、はじめから別の構想があった。モスクワのバビロフ通りの家の近所にある学校に正男を試験的に無条件で入学させたのである。その年に限ってモスクワはしばしば零下三十度から四十度に下がる寒さだった。家の中の人以外に会ったこともない正男は、教室に入っていこうとしなかった。あらかじめ打ち合わせていた、経験豊かなソ連の女性教師が巧みに子供を門の中に迎え入れた隙に、連れていっ

南玉（右）以外にひとりの友だちもいない正男は、官邸内で徹底的に隔離されたままの状態で育った（1978年）

た人たちは正男《ジョンナム》を「押し込んで」帰ってきてしまった。

二時間ほどたっただろうか。正男はズボンが凍ったために足取りをこわばらせ、ぷんぷん怒りながら家を探しながら歩いて帰ってきた。トイレがあまりにも汚くて入れず、零下三十度の寒さの中、ズボンにおしっこをもらしたまま、オーバーを取りに戻ることもできず帰ってきたのである。正男はもう二度と学校に行こうとしなかった。母はソ連ではだめだという判断を下した。手術室のような清潔なトイレばかり使ってきた子供を説得することができなかった。モスクワから帰ってきた母は考えた。

「ソ連がだめならどこかほかのところ、トイレが清潔な国で勉強させることができないだろうか。ジュネーブに行けないだろうか……」

その当時、ジュネーブに金正日《キムジョンイル》の別荘があることを聞いていた。

「スイス？　便所が清潔だろうね。ジュネーブには国際学校がある。インディラ・ガンディーもそこに通ったんだって。有名な学校だから、もしかしてお父さんがやらしてくれないだろうか？」

こんなふうに金正日の心がスイスに傾くように、母の緊張した誘導作戦が始まった。一日十二回も気分が変わる気難しい金正日秘書の顔色を食事のテーブルのすみでうかがいながら、どんな小さな失敗も犯すまいという慎重さで、少しずつ少しずつ彼の関心をそちらに誘導していく。白いこめかみに青筋が立っていた母の姿はすさまじいばかりであった。

母は当時、わが家に始終やってきて正男をとても愛していた妹の婿、つまり金正日秘書の妹金《キム》敬姫《キョンヒ》の夫である張成沢《チャンソンテク》課長をたいへん信頼していた。彼は母のこうした気持ちに深く同情し、自分ができることなら何でも役に立ちたいと心からの支援を約束してくれた。金正日《キムジョンイル》が彼をいちばん信頼し、そのことばに耳を傾けていたときであり、張課長が母の側に立ってくれたことがジュネーブへ行けた決定的な動機となった。母はこの恩を生涯忘れなかった。

張成沢課長は人道的な問題については全力をつくす正義感の強い人であった。自分が信頼されて頼まれた仕事にたいしては信義を守り、あの恐ろしい君主金正日と事実上の北朝鮮の「女王」であった自分の妻金敬姫のあいだにありながら、みずからの人間性を失わないよう努力していた。ちょうど駐ジュネーブの公使になった李哲《リチョル》（当時は外交部の儀典局長であった）を抜擢し、張課長が率先して彼らが先発隊となってジュネーブに乗り込んでいった。

このようにわずか数行で書いているが、当時推進していた私たちの「事業」が、どれほど不安で漠然としていたか説明するのも困難である。そのときどきの気分によって、こうも変わったり、ああも変わったりする子供の父親、金正日の気分にすべてがかかっていたからである。先発隊が学校や居住条件など、ジュネーブでの教育のための実務的な準備を終えて帰ってきた。私たちはああこれでやっと出発できると胸をなでおろした。

65　金正日とのたった一度の対話

正月の朝、運転手が私を迎えにきた。

「先生様がお呼びです。朝食でもいっしょに食べようと。お正月ですから……」

これは意外なことであった。当時家族はすべてモスクワに出かけていて、家には誰もいない。正月だというのに、空家になぜ金正日がやってきたのだろうか？

食卓に向かい合った私はすぐにわかった。金正日が初めて正男《ジョンナム》を自分の手元から離して正月を迎えるのである。正男が生まれてこの方、彼にとって正月は特別な祝祭であった。息子が一歳ずつ大きくなり、よく食べることや、すくすくと育っていることが彼にはこの世で何よりも大きな喜びであった。権力も好きだし、物欲もあるし、女性も好きだが、これまで彼にとっていちばん確実な愛の対象は長男であり、聡明な正男であった。このことと彼の権勢意識がどのようにつながっているのかはとうてい理解できないにしても。

長男を重視しあれほどかわいがる彼の慈愛は、どこか彼自身の心の深いところを占めている生来の本能のようであった。彼は正男のいないさびしさのために自分の気持ちを抑えることができず、例年のように指導者同志を奉る祝日に準備された「行事の場」を抜けだして私を訪ねてきたのである。私はそのとき平壌に残っていた唯一の正男《ジョンナム》の血筋であり、正男が行っているモスクワの家族の「残りかす」であった。

私の前に座っている人は家のない意気消沈した旅人のようだった。先生がこんな正月の朝に誰もいない家にくるとは思いも寄らなかった管理員たちは、餅もつかずに朝寝を楽しんでおり、かろうじて豆腐鍋を作ったりして、あわてふためいてお膳をととのえた。素朴な朝の食卓は彼の沈んだ気分に合致していた。彼は別のところでぜいたくしていたせいか、ふつう家では祝日や誕生日のようなときでも贅沢な食べ物を出すと本気で怒った。そして食べ残しはすべて集めて、家の中で働いている人たち（車庫、ボイラーの人たち）に食べさせてやれ、と目をむいて命令した。彼が恐ろしげにおどしあげないと、ちょっとしたことばも実行されないのが北の風習である。恐ろしくおどすのはそのためであった。

食卓ではあれこれ社会で交わされている話を私に質問し、私も彼にできるだけ実情を知らせるために誠意をもって事実を申し上げた。農村に靴がないという話、平壌《ピョンヤン》市内にもゴムひもがないという話、芸術家ばかりがいい暮らしをして科学者は後回しになっていることなど。その日の対話で記憶に残っているのはこのようなことである。それは私がいつか機会があれば報告しようと心に決めていた話であった。人びとがしばしば捕まえられるので社会が落ちつかないこと。作家の中にも当時捕まえられた人が二人いた。彼らは私が創作室に出入りしていたころ、私たち姉妹の話をやりとりしていて、蕙琳《ヘリム》が「お上と……」というようなひそひそ話がもれたかしてそんな結果になったという直感が私にはしていた。

彼は私のことばに耳を傾けてうなずいていた。私のことばに好意的に対応し、私が心おきなく、もっといろいろな話をするように励ましてもくれた。

「商店に買うものがないという事実をひと言いっただけで、保衛部に捕まえられるならば……」

彼は大きくうなずいた。

「先生、人びとを捕まえないようにしてください。保衛部は、少しでも多くの人を捕まえることが自分たちの成果ででもあるようにふるまっているんですが、そんなことをすれば人民をみな反動に追いやってしまいますよ……。いま捕まえられている作家たちを釈放して現地体験によって鍛錬をさせ、もう一度作家に戻れるようにしてください」

何カ月かのちに、その作家たちは現地体験をおこなって創作室に戻ってきた。作家たちの中では指導者同志がいかに自分たち作家を大切にし、寛大に配慮してくれたかという賞賛がわきおこった。彼には陳情を受け入れる能力があった。

例外的なひとつのエピソードとして、このことは長く記憶してきた。私はそれ以上二度と彼にこんな話をする機会をもつことはできなかった。のちにこのことを聞いた母は私を叱った。

「あなたは、はらはらする話がよくいえたわね。そんな大それたことを。恐ろしくなかったの……」

ほんとうに恐ろしいことがそれ以前にもあったし、そののちにも数多くあった。金正日は怒ればあのぶ厚い大きなガラス窓がびりびりと震えるほど大声を張りあげた。何のためにそれほど怒っているのかわからないときが多かったが、それは彼の感情が〝自家発電〟をしている姿で、些細なことからこじれて膨張していくのであった。七〇年代の末から顕著に悪化した彼のこうした〝癇癪〟は、外でくりひろげられる権力力学の反映でもあっただろうが、いっぽうで俗にいえば、そのころ新しい女が現れたようである。

66　ジュネーブ行きの大部隊

出発の日が近づいてくると、父親金正日は娘を嫁に出す昔の母親のお定まりの嘆きよりももっと純粋な悲しみにとらわれていた。酒を飲んで彼は子供のように泣いた。

「おれはみんな知ってるんだ。おまえたちが正男《ジョンナム》をおれから切り離そうとしていることを。おれはみんなわかってるんだ」

おまえたちとは私、蕙琳《ヘリム》、私の母を指している。みんな知っているということは、はじめから彼はみんな知っていたのだ！　私たち母娘三人は一度だって彼に逆らったことはないが、ほんとうは、このあぶくのような矛盾に満ちた生活から子供を救い出し、出発させることばかり願っていたことを、彼はずっと前からわかっていたのである。彼の涙は本心からのものであり、彼のことばは事実であった。私たちも泣いた。私たちの出会いははじめから悲しみをはらんでいたし、平坦なものではあり得ないことはみなが承知していたからだ。

モスクワからジュネーブへと行き先が変わり、私たちの宿願であった正男を教育する道が開かれつつあったときも、彼の母親蕙琳は何も知らずにモスクワの病院に入院していた。並大抵ではない仕事を成就するために私たちが味わっている日々の苦労を、彼女に知らせるのは治療のさまたげになると思ったからだ。

一九七〇年代の初頭から一年に何回も蕙琳《ヘリム》がモスクワに行くために、男やもめのように金正日《キムジョンイル》はいつも正男《ジョンナム》を抱いて寝ていたが、その間、正男と私たちが住んでいた家を離れたことはなかった。家を空けるときは、私たちの生活をすべて取りしきっていた党中央の副部長クラスの「課長」に電話がまずきて、それから息子の正男に、父親が戻ってこない理由が話される。

「先生は出張に行かれました（家の中では私たちは金正日を先生と呼んでいた）」

「パパは出張に行ったのよ」

父親を待ち焦れる息子を慰めるためであった。受話器に響く金正日の声は慈愛と悲しみが入りまじった、あれこれと息子を気づかう父親の声であった。

正男が三歳になったころ、すでに金正日には首領金日成《キムイルソン》が定めた女金英淑《キムヨンスク》がいた。さらにもうひとり、ほとんど十年かけて金正日の心をとらえ、ついには切り離すことのできない「鉄峰里《チョルボンリ》の女」となった高英姫《コヨンヒ》が控えていたが、しかし正日は息子のいる家を大事に守り、さらに改築や増築をし、護衛中隊のメンバーを増強した。

金正日が「わが家」と呼ぶ場所が何カ所もあるわけではなかった。すでに事実上離れてしまった蕙琳を彼は変わることなく妻として待遇し、心の奥深いところで慈んでいた。彼と蕙琳のあいだをつないでいる琴線は信頼と友愛のようなものだった。

蕙琳が順安《スナン》飛行場から出入国するとき、金正日はどんなに遠くにいても飛行場に現れて出迎えや見送りをした。だいたい私がいっしょだった。彼の車に同乗することもあり、別の車に乗ってついていくこともあった。順安飛行場の特別待機室のわきに車を停めて待っている彼の姿を見ながら、私はしばしば金正日がさびしく、かわいそうな人間だという感じがした。

ジュネーブに出発の日、金正日がいつも車を停めていた順安飛行場の、まさにその地点にあった父親の車が黒い点となって見えなくなると、正男は飛行機のガラス窓に頰をくっつけたまま泣いた。この子は飛行機が何千里かを飛ぶあいだ、ずっと悲しげに涙を流していた。子供ながら勘の鋭い正男は、こんなふうにパパと永遠に別れてしまうという予感のようなものがあったのかもしれない。

一等室をすべて占領し、そのうしろの「補助一等席」まで私たちのメンバーでうずまっていた。金正日は自分のさびしい胸の内を慰めるためにしっかりと頭かずをそろえ、随行員を編成した。党中央の副部長が三人、いつも録画機までかついでいる写真技師、映写技師、運転手。随行員は「サウジの王子様の行列ご一行」ぐらい多かった。代表団一行の表向きの「団長」は正男で、内部的には私の母を金正日が団長に任命していた。一九八〇年三月のことである。

ジュネーブの別荘に到着し荷物をほどくまもなく、正男に毎日のように平壌《ピョンヤン》から電話がかかってきた。父と子は電話線を通じて思い切り泣いた。子供を新しい生活に早く適応させ、気持ちを切り替えさせなければならないのに、この電話は正男に父恋しさを募らせるばかりであった。

随行員たちは正男が電話をしている周囲にかしこまって立ちつくし、指導者同志の慈愛にあふれた声が何千里を越えて聞こえてくるのに感極まっていたが、母は私にだけはやるせない胸の内を吐露した。

「これはまともじゃない。こんなことをしていたら、子供の教育なんてできるわけがない」

到着報告や入学手続き、計画の承認のために局長（李哲《リチョル》）を呼んだ。李哲が平壌《ピョンヤン》に戻るとき、正男《ジョンナム》は父あてに録音したテープを〝絶対秘密〟の封印封筒に入れて渡した。母はこれが「災いのもと」になると直感して張成沢《チャンソンテク》課長と話し合った。張課長はそのテープを手に入れた。テープはのっけからこう始まっていた。

「パパ、ぼくを連れていってよ。ぼくはここがいやだ。早くぼくを連れていってよ、パパ。ぼくはパパがいないと生きていけないんだよ……」

泣きながら幼な子が録音したテープを、張課長も涙なしには聴くことができなかったという。目を真っ赤にして母に訴えた。

「おばあさん、これはだめですよ。これを上（金正日秘書）に差し上げれば、すぐに大将（正男）を連れ戻しますよ……」

正男はお付きの者から「大将」とか、「大将同志」と呼ばれていた。三人の副部長が話し合って、やっとの思いで大将をジュネーブの国際学校に入学させた。最初は私の娘の南玉《ナムオク》も正男といっしょのクラスにしばらくのあいだ入れることにした。南朝鮮大使館の「ナンバー二六」をつけた車が子供たちを乗せて出入りする国際学校では、当時先鋭化していた南北情勢から見て、いつ何時「安企部」が私たちの子供をさらっていくかもしれない。いっときも気の休まるひまがなかった。

ジュネーブの「大将」に毎日のように平壌から電話があり、父子は声をあげて泣いた（ローザンヌ、1981年）

私は子供を連れて学校に行っては教室のうしろに座って子供たちを見守った。熱心な父兄が毎日二、三人はいたが、私のように毎日欠かさず「授業参観」する人はいなかった。一カ月が過ぎると、担任の先生の顔色からそれをつづけることはできなくなった。それからは子供だけ教室に入れて、車の中から「スイス駐在」の南朝鮮の傀儡《かいらい》の車二六番ばかりを監視した。

正門が何カ所もあるので、ひとところにばかり座っているわけにはいかない。そして自動車に乗らないアジア人がひっきりなしに出入りしていて、日本人と韓国人を区別することもむずかしかった。その気になりさえすれば、車なしでいくらでも拉致することができるだろう。こんな危険な状況が正男《ジョンナム》の父親に知られれば、すぐさま連れ帰ってこいというだろうし、母と私は綱の上にとまった鳥のようにはらはらしどおしであった。

私たちが信頼している李哲《リチョル》公使（当時は公使だった）は、毎日のように新しい情報を教えてくれて、私たちが「敵の視野」に入ったというのである。

ジュネーブのコロンジュ。そのすばらしい別荘で、子供たちを国際学校に入れることができた幸運をつかんだのだが、母と私はうれしいどころか、被害妄想にかかって一日も安らかな日を送れなかった。そのうえ正男には、八年間の異様な塀の中の生活の後遺症が如実に現れた。子供たちにとけこめないのだ。ことばがわからないのもさることながら、子供たちを嫌ったのである。

「大将同志、こういたしましょうか？　はいはい、大将同志ああいたしましょうか？　はいはい」と持ち上げる大人ばかりを見てきた正男は、つっけんどんで自分をまったく敬ってくれない子供たち、いっしょに遊んでもくれずに見て見ぬ振りをして自分たち同士で遊んでいる子供たちに近づいていこうとはしなかった。休み時間のベルが鳴ると、子供たちはみんな外へ駆けだしていくが、正男は教室にじっと座って絵ばかり描いていた。正男が描くのは平壌《ピョンヤン》の漫画で見た「アメリカ野郎の頭目」であった。

母は正男の太りすぎをなおしてやることが急務だと判断し、国連の保健機構の紹介でその方面の権威ある博士のところへ連れていき、通訳のことばをひとつひとつ書き取りながら運動や食餌療法、肥満退治の処方箋をもらってきた。そして医師の指示どおり体操や水泳をさせ、週末のたびに二、三時間の登山、冬にはスキー場に連れていった。母のこの熱意と徹底ぶりは想像を絶するものだった。正男は半年後には首も細くなり、すらりとした子供になった。ここまでくるまでに母が傾けた苦労は、誰にもまねのできない過酷なものであった。

67　屋根裏部屋からの監視

道路をはさんで国際学校の正門と校庭が見えるアパートの屋根裏部屋を賃借りした。子供たちを登校させたあと、李哲《リチョル》と私はその屋根裏部屋で、交代で双眼鏡をのぞいて正門と校庭を監視することにした。しかしお話にもならない無駄な行動だった。スーッと通り過ぎ、スーッとやってくる韓国大使館の二六番の車にかりに子供たちが乗せられてしまったとしても、私たちにはまったく感知できなかったろう。この当時「コロンジュの家が敵の視野にとらえられた」という李哲の判断によって、国際学校に近いベシュ通りに住所を移したところであった。コロンジュの家はプールと庭園がついた別荘であった。ジュネーブでいちばん高いといわれるこのレマン湖畔の高級住宅街は、別荘村のように静かで、広々とした庭園には鉄柵が張りめぐらされ、家がぽつりぽつりと建っているだけで車も人もほとんど通らなかった。

ところが李哲は、いつのころからかわが家にまがる道の角で、つねに黒い車が見張っているという恐ろしいことを告げたのである。昨夜は庭に人が入ってきた形跡があるともいった。彼は家の中の隅々に棍棒を立てかけておいて、これを使えという指示を出した。一日も気の休まる日がない。尾行説や、誰かの視線がわれわれを見ているという注意を日を置かずに与えて、私たちを不安がらせた。こんな理由で別荘から居を移し、またもや屋根裏部屋で監視作戦をくりひろげることになった。

ベシュ通りにきてからも、李哲にいまははっきり覚えていないが何か気にかかることをいわれて、私たちは子供たちの勉強を中断させベベイ通りに身を隠した記憶がある。西側の事情を知らず大使館の人間との接触をいっさい遮断されていた私たちは、李哲のほかには情報源がなかった。彼が唯一の情報源であった。

スイスは徹底した警察国家で、中立国の国際都市ジュネーブは理念を異にするあらゆる国の外交官たちが押し寄せてくる世界最高の外交の聖地であるのに、なぜこんなふうに戦々兢々として不安な毎日を送らねばならないのだろうか？　こんなことを考えながらも、彼の執拗な危険情報に私たちは巻き込まれざるを得なかった。

ベシュ通りに住んでいたときのことである。当時、モスクワにいた私の長男の一男《イルナム》がどうしてもジュネーブにきたいという。息子の希望を叶えるには、「パパ（金正日）の承認なし」にちょっとだけやってくるしか方法がない。私は彼がモスクワにひとり残っているのがかわいそうだし、その年齢で西側の国を見たがるのも理解できたので、出てきなさいと電話をかけた。ところが李哲がはじめは同意していたにもかかわらず、いまは「情勢が悪く、危険な時期」であるといい、飛行場では南朝鮮の諜報員がわれわれの動きをことごとく掌握しているといった。私は恐ろしくて飛行場に行けなかった。

「局長同志、ひとりで出迎えに行ってくださいよ」（当時李哲は公使であったが、外務省の儀典局長のときにわが家にやってきたため、私たちはずっと局長と呼んだ）

彼はそうしますといいながら出発間際に玄関に立って、さらにくわしく生じうる危険性を述べたてるのであった。

「じゃあ、最初から一男《イルナム》が来ることに反対だったんでしょう。なぜ賛成したのよ？」

私はたいへんなことが起きたかのような不安な気持ちで叱りつけるようにいった。

「あなたがあまりにも連れてきたがっているものだから賛成したんですよ。しかし実際は賛成する気持ちはなかったんですよ」

と本音を述べた。

「じゃあ、どうしたらいいのよ。一時間後には到着するのに……」

「方法はありますよ。入国させずにトランジット・ホールから帰らせるという方法が……」

彼はまじめな声でいいにくそうにいった。ああ、軽率で思慮を欠いた私のことばがどんな失敗を仕出かしたことか。

「送り返しましょう。仕方ないですよ。よくいって聞かせて、次の機会を待つようにさとしてください」

一男は母にも会えず、一時間後に引き返す飛行機に乗ってモスクワに帰ることになった。すべて私の過ちである。李哲《リチョル》のいうことを無視して「あれほど期待に胸ふるわせてやってくる子供を、どうして追い返せますか。連れてきてくださいよ」と私がいったなら、彼は私にこっそりと突きつけてきた「おそまつなカード」を引っ込めただろうに。

一男はその晩、私が電話をかけると電話口でわんわん泣きながら声を張りあげた。

「お母さん、こんなことってどこにあるの？　ぼくのお母さんでしょ？　南朝鮮の傀儡がぼくを捕まえに飛行場に張り込んでいたっていいじゃないの？　お母さんがきて、ぼくをしっかりと抱いて連れていってくれれば行けたのに。こんなことってあるの……」

私は受話器を置くと全身の血が抜けていくような感じがして、手足がしびれ寒気を感じた。私をどう罰しようともこの過ちは償えないことがわかった。この痛みこそ、息子を亡くしてしまったことにつぐ悔恨である。どうにも耐えきれず、次の週の定期便で息子を呼んだ。それでも胸の痛みはいやされなかった。子供たちに仕出かした私の過ちは何をもってしても償うことができない。一男はそのときすでに平壌《ピョンヤン》に戻ってこいという金正日の指示を受けていたからである。私たちをジュネーブに出したいっぽうで、金正日は人質として一男を平壌に置くことにしたということを私はのちに知った。

李哲局長の撤収作戦攻勢に抗しきれず、ジュネーブにきて一年半後に私たちは子供たちを連れてモスクワに引き上げることになった。西側の国が初めてでおびえていたのかもしれないが、いずれにせよ私たちがジュネーブにいることは自分の責任上まずいと思った李哲は、いま考えても幼稚というしかない誘導作戦で私たちをジュネーブから引き上げさせたのだ。

多くのことを忘れてしまった。モスクワに戻るとき、正男《ジョンナム》は風邪をひいていた。しかし李哲はいま飛行場は危険だからと、チューリッヒまで汽車で行ってモスクワ行きの飛行機に乗るべきだといった。腹を立てた母と熱で手が熱い正男を連れて、すべてを見抜いていながらただのひと言も口を開かない南玉《ナムオク》のあとについて汽車に乗ったことが思い出される。

車窓にはスイスのととのった農村風景が流れ、何の憂いもなしに生きる人びとの平凡な日常が広がっている。風にゆれる洗濯物までもが強烈に心にしみこんできた。ほかの人たちはあのように生きているのに、私たちは何とわりにあわないことをしているのか？　南朝鮮はわれわれ最大の敵であり、北朝鮮は社会主義の元祖ソ連よりももっといやがられる「悪漢」、少なくとも「疥癬患者」程度に四方から扱われているようだった。こんなありさまでどうやって生きていけばいいのか？　どの国境でも北朝鮮の旅券を見せると国境警察は緊張し、敵意にさらされるのが感じられた。まだ大韓航空機の爆破事件が起こる前のことである。

こんなふうに政治という刃の切っ先に立ってどのように生きろというのか？　私たちが享受している権力も富も私を焦立たせた。仇ということばも敵ということばも知らずに生きていた昔の時代でもいいから、心安らかに緊張なしに暮らせたらと思った。私は疲れはてた。

これから先いつまでこんなふうに生きていかなければならないのか？　希望という単語は私たちの生活圏には存在しなかった。平壌、モスクワ、ジュネーブ、密閉された箱の中に詰め込まれてぐるぐる回るばかりのあきれ果てた「豪奢」の虚構。

のちに私が北朝鮮の陳忠国《チンチュングク》大使と接触するようになったとき、李哲《リチヨル》のジュネーブ不安症は何の根拠もない、空しいこけおどしであったことを知った。

68　食卓での出来事

子供たちをモスクワのフランス学校に転校させてジュネーブを離れた私たちは、バビロフ通りの家に居を構えた。私はいまだに大学にも行けずにいる平壌《ピョンヤン》の息子のことで気をもみ、一月にみなより先に平壌に行った。一男《イルナム》をほんとうに大学に行かせてくれるのか私には確信がもてなかった。この子には公式文書がなかった。蕙琳《ヘリム》との関係をことごとく消し去るために、私の公式文書はすっかり焼却されていて、子供たちがみな幽霊人口になっていることを私は知っていた。

一男はお寺のように宏壮な家の中で、学校どころか外出さえ禁じられ苦しんでいた。私のトランクをかきまわして運転手たちに賄賂を渡しては市内に出ていくので、課長の頭痛の種となっていた。まだ高麗《コリョ》ホテル〔平壌一の高級ホテル〕はなく、子供がせいぜい行けるところといえば、蒼光山《チャンガンサン》水泳場、玉流館《オンニュグァン》〔高級レストラン〕、外貨商店のコーヒー店だけだった。私がひどく失望したのを見て、

「お母さん心配しないで。九月には大学に行かせてくださるんだから」

と息子はパパ（金正日）を神様のように信じ切っていた。当時は西平壌競技場再建築キャンペーンが大々的にくりひろげられていたころである。

「お母さん、ぼくも夜、競技場に行って働いてみようか？　いま入党準備をしている仲間たちはみんなあそこで働いているんだよ」

「承認してくれるかしらねえ。外に出ようとしてそんなことしたら叱られるわよ」

わが子がこんなことをいうのはよほど苦しんでいるからだろうと、かわいそうになった。

「追慕塔に上っていくと、建設大学の学生たちが、試験の準備をするんだといってあちこちの木の下にいるんだよ。彼らを見るとぼくも早く勉強したくなるよ」

人民軍の追慕塔はわが家のすぐうしろにあり、建設大学はわが家から近いところにあった。息子のこんなことばを聞くと私の胸も痛かった。

しばらくたって私は、息子が指導者同志に手紙を書いたことを知った。運転手たちは毎日指導者同志の執務室に呼ばれていくので、彼らに託せば手紙を指導者に渡してくれたのだ。誰からきたものであれ、指導者はすべての手紙を読んだ。

「一男《イルナム》の入党準備をさせよ」

しばらくたって指導者同志から課長に電話がかかってきた。一男は彼の誕生日の四月二日に入党審査を受けた。ソ連に行って六年ものあいだ、「修正主義をたっぷりとくらって帰ってきた」若者にたいする金正日《キムジョンイル》の疑いは、彼の手紙によって氷解した。指導者はその一通の手紙で一男が純真な子であり、さすが万景台《マンギョンデ》学院出身だという信頼感をもつようになった。息子にたいして好感をもったことで、その年の秋、ジュネーブへの留学という思いもよらない配慮がもたらされたと私は思っている。

その年の夏休みにモスクワから正男《ジョンナム》と南玉《ナムオク》が戻ってきた。一男は正男とともにパパの執務室のプールで毎日水泳を楽しみ、ビデオを見たりしながら金正日の視野に入っていった。

官邸生活にまだ慣れず、指導者の気分も性格もよく知らない子供が何かしくじるんじゃないか、あの鋭敏な人の目に適わなければどうなるのかと、私はいつも気を使った。息子は私の見るところでは、妹の南玉ほど心が冷たくはなかった。私がいっしょに連れていけないものだから、私なりの教育をさせてやれなかった無念さがいつも心にあった。指導者といっしょに食卓につくときは、息子がしくじるのではないだろうかと、食べた気がしないほど緊張する毎日であった。

ある日、金正日がきわめて不機嫌な態度で戻ってきて食卓についた。彼がそのように気分のよくないときは周辺の人はもちろん、家の中全体に凍りついたような冷気をまき散らした。恐ろしさで息の詰まるような、最大限の侮辱を与えられているようなこんなとき、私たちはみんな死んでいなくなればいいとさえ思った。あれほど父の愛情を受け、父親につき従っていた正男すら、こんなときは石の塊のようになるのである。

昼食は冷麵だった。正男の隣りに座っていた一男は、いつもしているように正男の冷麵の鉢に調味料を入れてやり、箸で冷麵の玉を解きほぐしてやろうと、自分の席から立ち上がり正男の側に行った。私は息子がこの冷え冷えとした雰囲気の中で何かしていることが不安で、息子の動きを心の中で見守った。息子は調味料セットから醬油瓶をつまみ出そうとしていたが、底がくっついていて出てこない。すぐに布巾で拭わなかったためにもれた濃い醬油が飴のように乾いてくっついたのである。みんなの視線が一男《イルナム》の手に集中していた。指導者の視線までもが。一男が両手を使って醤油瓶を引っ張り出そうと腰をかがめたとき、正男《ジョンナム》はやめさせようとして、ぼくは醤油はかけないよとささやいた。醤油瓶が出てこなければそれが噴出口となって、いつパパの怒りが爆発するかもしれないからである。

金正日《キムジョンイル》は怒りをあらわしてその調味料セットをにらみつけていた。指導者の冷麺の鉢は、一男が手を伸ばしている調味料セットのわずか三十センチほどのところにあった。一男が力いっぱいねじっても瓶がはずれず、醤油や酢の入った瓶がどどっと倒れ、瓶のふたがはずれて指導者の前に飛んでいくかもしれない。そんなことをやめて、厨房に行って醤油瓶をもってくればいいのにと思ったが、とうていそんな余裕のもてない一男は、ほっぺたにも口にも力をこめて醤油瓶と調味料セットをねじっていた。

いまにも指導者の怒鳴り声が爆発するかと思った瞬間、醤油瓶がコトッと音を立てて調味料セットからはずれた。醤油がちょろちょろっと一男の細い指を少しよごしただけであった。この瞬間、一男は「エイ、びっくりしたなあ」とでもいうように極限に達した緊張を解きほぐしながら、どういうわけかパパに向かってかわいらしく笑った。ほかならぬあの恐ろしい人に向かって。その天真爛漫で、何のわだかまりもない笑顔を向けられた金正日は、自分の怒りをまったく気にしない幼な子のような一男の無邪気さを目のあたりにして、不機嫌だった顔はおどろきと喜びに変わり赤味を取り戻した。一男の天真爛漫な行動は、誰も指一本ふれられないパパの前でさえ変わらない、生まれつきの心根を表しているものであった。氷は瞬時に溶けてしまい、食卓にはたちまち和やかな気分がめぐりはじめた。

その日だったのか、その次の日だったのか、いずれにしろ醤油瓶の延長だった。

「一男よ、おれといっしょに行こう。おまえにパーマをかけてやるよ」

金正日は向かい側に座っている私たちにたいして、いたずらっぽさのまじったまなざしを向けた。

「パーマ薬を新しく買ったんだが、どいつかひとり、試験してみなきゃならないんだ」

一男が喜んで指導者の横に腰を並べて座り、車で出かけていったときの私の気持ち。わが子を憎まない指導者が神様のようにありがたかった。そのときの私は愚かな母親だったのだろうか……。

そのころ、やはり食卓で金正日がこういったことがあった。

「一男や、おまえのお父さんがそうだったね。水着を着たのを見たが、腰から下がとても長いんだ」

彼は朝鮮人の体格で尻が下がっているのは致命的だといって、そのことにきわめて敏感であった。私たちの家で働いている管理員のおばさんたちの中で脚が長くない女性は古参の玉《オク》おばさんだけだった。正男も大きくなると、脚は電柱のようにすらりと長くなった。金正日は自分の背が低いために、脚が長いことをとても喜び、正男を連れて歩くときはいつも先に立たせた。

「あいつの脚をちょっと見てみろ。電柱のようだなあ。尻を背負って歩いているじゃないか」

彼は正男が「母親似」で足が長く、背も高いことにとても満足して自慢にしていた。

南玉《ナムオク》が初めて官邸にやってきた日、ソファに座っている彼女を見て金正日がすぐさま、

「あの子の膝下はなぜあんなに長いのか？」

とおどろいているのを見て、私は別の意味でおどろいた。膝下の長さや背の高さについて、この人はこんな細かい観察力をもっているのか！　私も知らないのに。私は人の脚についての彼の眼のつけどころは特別だと思うようになった。

下半身が長い短いだけでなく、膝下の比率までも彼の目には鮮やかに映し出されている。ふつうの人が日ごろ見すごしている人体構造学的な観察であった。

北朝鮮の高級幹部たちがすべて脚の長い人に交代していることを、すでに気づいている人がいるかもしれない。

「子供たちは伯母さん（私のこと）に似なかったなあ、伯母さんは誰に似てそんなに背が低いの？　おばあさんも背が高いし、令監《ヨンガム》（私の父）も背が高いんだろう」

彼は私の父親を見たことはない。

「はい」

もちろんです、ともいえなくて私は全身の表情で答えた。私がちびならそれがなんなのか。うちの子供たちがちゃんと育ったならそれでいいではないか。私のそんな正直な気持ちを読みとったのか、

「やれやれ、自分の子供をほめられて、いやがる人間はいないはずなんだがなあ……」

ため息をつくような口調で、ナプキンで口を拭いながらひとり言のようにいった。彼は人間の本性、人間の率直な心に向かいあうとき、それがたとえ嫉妬や物欲や権勢欲であっても好感をも

背の低い金正日は一男や南玉（後列）、正男（前列右）の
足が長く、背が高いのに満足していた（前列左は著者）

った。彼の気分に誘導されて、

「一男《イルナム》が先生に目をかけられなくなったら、私はどう生きていけばいいのでしょうか？」

私の口からもため息のようなことばがもれた。食卓に瞬間もの悲しい余韻がただよった。金正日の琴線にふれたのである。その日の夕方、母がいった。

「あなた、さっきのあの最後のことばは万金の値打ちだったわよ」

私たちは刃のような風がごうごうと吹きすさぶ真っ暗な洞窟をそろそろと手探りで歩みながら、たがいの心を確認しつつ慰めを求めて生きていたのである。

母は『クオ・ヴァディス』を読んでこんなことを語った。暴君ネロのもとでただひとり被害を被らない人間がいた。それは風流審判官ペトロニウスだった。彼のやり方はこうだ。

「適当に追従し、適当に制御する方法によって……」

これに倣って私たちはあの不可解な性格に調和し、あの人物と人間的な絆を結んでいった。

69　「水に落ちたネズミ」の話

七〇年代、東平壌の家でのことである。あるむし暑い夏の日の真昼だった。午後、出勤しようと玄関を出た金正日《キムジョンイル》秘書が車に乗ろうとして、ふと何か思い出したように映写技師鉄洙《チョルス》を呼んだ。映写機械の部品を調べたいようだった。慣例によって玄関には正男《ジョンナム》を連れて私たち、つまり母と私と南玉《ナムオク》のほかに、「至密尚宮《チミルサングン》」〔李王朝時代、王の側で世話をする女官〕と呼ばれる、指導者の書斎や寝室を管理し衣類などの所持品を取り扱う管理員、正男の面倒を見ているキュチェという名の青年、そしてやや離れたところに課長（私の家をすべて取りしきっている党中央の副部長クラスの責任者）が立っていた。

その玄関の右手の奥まったところに映写室の裏門があった。課長はあわてて映写室に飛んでいった。ところが映写技師は映写室にいなかった。たいへんだ。家の規律では「先生」つまり金正日秘書が家にいるときは、すべてのメンバーは自分の持ち場で待機しなければならないことになっていた。映写技師は映写室で、大工は大工部屋で、調理師は厨房で、管理員は管理員待機室で。先生が任意の時間に人を呼ぶことがあるからであった。私や南玉、母ですらもこの時間は遊技場（正男がおもにいるところ）で待機していなければならなかった。彼が書斎から、あるいは応接室から信号を押すと、それぞれの待機室の信号盤に灯がつき、どこで探しているかが知らされるのだ。映写技師が映写室にいないのはこの規律に反することである。

「映写室におりません」

課長は顔を真っ赤にして申し訳なさそうに報告すると、先生の「さっさと探せ」という叱責のことばに、各部署に通じる電話のある副官室の自動ドアのほうへ駆けだしていった。副官室は内庭を通り越して何百メートルもの彼方にあった。キュチェ青年も走り、至密尚宮《チミルサングン》もどこかに走っていった。厨房の裏に調理師や運転手たちがよく集まって雑談している場所があったからだ。玄関に残った私たち、すなわち正男を連れた私の母、南玉《ナムオク》と私は、しだいに不機嫌になりはじめた金正日秘書の様子に胸をどきどきさせながら、四方をきょろきょろと見わたしていた。いまにも雷が落ちるのではないかと恐ろしかった。おとなしくて実直な映写技師が、先生のお出かけ前に持ち場を離れるなどかつてなかったことである。

先生がもう少し気を使って指示を急がなければ、こんな騒動ももちあがらなかっただろうに。こんな無規律をただすための「好材料」と考えたのか、先生は不快な表情で、さあ見てみろこのざまはなんだといわんばかりに最後まで見届ける構えであった。正男は泣きそうになり、私の母は両手をみぞおちにあて戦々兢々としていた。

緊張感にとらわれると内へ内へとこもる娘の南玉の顔もやつれていた。こんなときは食べたばかりのごはんが胃にもたれてしまうのである。内庭はすべてアスファルトで覆われていて、土用の陽ざしを照り返していた。玄関は大理石で広々とした屋根の下にあったが、まともに吹きつけてくる大同江《テドンガン》の風がふつふつと熱さばかりを運んでいた。せっかちな性分の指導者はなかなか帰ってこない課長が腹にすえかねるのか、副官室のほうを目を怒らせてにらんでいた。

十五分か二十分たったころであった。副官室のほうから映写技師が走ってきた。背が低く少年のように小柄な青年であった。上着のボタンを掛け違えていて、短髪の角刈りがいましがた水から出てきた栗のいがのように逆立っていた。あまりの申し訳なさのため泣き出しそうな表情で、はあはあとあえいでいた。先生に近寄ることもできずに立ち止まり、うなだれたまま立ちすくんでいた。雷のような叱責がいつ落ちるかとおびえてぶるぶる震えている。うしろ手に手を組んで怒り心頭に発していた指導者は、ひとことガンといったようだったが、その声にはすでに怒りはなかった。

「わかりました」

映写技師はどうわかったのか、いきなり映写室のほうに駆けだしていった。金正日秘書は駆けていく映写技師のうしろ姿を見守っていた。私たちもみなそちらのほうを見た。あわてて駆け上がった映写技師は、階段で足を踏み外して転げ落ちたが、ふたたび立ち上がって映写室に飛びこんだ。

「えい、まったく」

指導者はこちらに顔を向けて玄関の前を歩きまわっていた。指導者の怒りが収まった隙に課長が報告した。

「あまりの暑さに、ほんのちょっと車庫にシャワーを浴びに行ったんだそうですよ」

車庫は遠く離れていた。指導者は彼のことばを聞いているのかいないのか、映写技師が機械の部品目録を探し出してもってくるまで辛抱強く待っていた。私たちは彼が怒りを抑えたことがわかった。大同江《テドンガン》の風さえ涼しくなっていくように感じた。ややあって彼は母にこんなことをいった。

「あいつが走ってくるところを見ていて思ったんだ。やつの母親があの姿を見たら、なんてかわいそうにと思うだろう、という気がしてね。どんぶり一杯の悪口を浴びせられて……」

彼の声はそのままとぎれてしまった。

「水に落ちたネズミも、ネズミの母親の目にはかわいいもんなんだよ……」

彼の語尾はため息のようであった。

70　崔銀姫《チエウニ》・申相玉《シンサンオク》の茶番劇

崔銀姫《チエウニ》、申相玉《シンサンオク》が北朝鮮に亡命し、また北朝鮮を脱出したことについては、彼らの手記が各種出版されていて世間はみな知るところである。私が官邸にいたとき、彼らの消息には断片的にしか接していない。

「崔銀姫がきたんだって」

母だったか、妹の蕙琳《ヘリム》だったかどちらかから聞いた。しかしそれ以上、聞き返すこともできなかった。北朝鮮での生活は、必要のないことを知ろうとしてはならず、知ったことを語ってはならないというのが鉄則であった。秘密厳守が基本原則である。指導者みずからが私の前で語るときまで、知らないことにしていなければならないのだ。私なりの判断はついていた。映画狂の指導者が北朝鮮映画の革新を口実にして、じつは自分の興味本位に連れてきたんだろうと思ったのだ。「女傑閔妃《ミンビ》」の印象が大きかったということも知っていた。私は指導者が崔銀姫さんを連れてきて物心両面で援助しているのを見ている。彼女はあの気難しい指導者に憎まれなかったし、うまく立ちまわれたと思う。

「しっかりした女性である」

「庶民出身だ」

若い後輩女優に申相玉《シンサンオク》監督を奪われて大きな打撃を受けているという崔銀姫《チエウニ》の身の上話も、指導者は耳にしていたようであった。子供の産めない崔銀姫さんが、若い女性に男の子を二人も産ませた夫と離婚せざるを得なかった痛みにも同情していた。大の映画愛好者である指導者は、申監督と崔銀姫さんという組み合わせ自体に芸術的意義すら見いだしているようだった。彼らが作った歴史映画を指導者はそういう経緯もふくめて高く評価していたと私は思う。

ある日、食卓で指導者は申フィルムから大規模な映画製作計画が提起されてきたという話をした。ところが映画はすべて海外撮影が予定されていて、彼らが外国との合作映画ばかり計画しているというのであった。

これまで申フィルムが作った映画は、金を際限なくつぎ込んでいることに人民の非難が高まっていた。人民の血と汗で稼いだ金を惜しげもなく使いまくる彼らにたいして、異邦人だからそんなことができるのだという反感があり、国がすでに傾いて人民の暮らしが困難になっていることに何の責任も感情ももたない申フィルムの専横に、党（金正日）が目を閉ざしているという不満もあった。

外国に出かけていって映画を作るとどれだけの外貨がかかるのか、道行くおばさんたちが指を折ってその数字を示すほどであった。女優の着る贅沢な衣装についても、誰それが着ているあの衣装は、あの帽子はといってすべて計算していた。わが人民とは何のかかわりもない豪華な資本主義国を動きまわる俳優たちの演技に感心するどころか、鼻先で笑うだけだった。

指導者が二人にこんな環境を提供しているのは、二人にたいする潜在的な「補償意識」〔二人を拉致してきたことを著者は念頭に置いている〕があるからであった。また北朝鮮でも見た目が華麗な〝あか抜けした映画〟が作れるのだという虚栄心のためだとも私は思っていた。夜も昼も継ぎはぎだらけの服を着て地主に殴られる、困窮した社会の貧乏くさい映画ばかり見せられていた人民にファッションも見せてやり、外国の文物も紹介してやりたいという意図があるという点は理解した。しかし外国との合作を口実に、海外にばかり出かけていこうとする彼らの計画を指導者が放任しているのは疑問であった。

「あの人たちは逃げようとしているのではないですか？」

金書記は私をぽかんと見つめている。

「逃げるって、なぜ逃げるんだ？　彼らがどこかへ行って、ここほどよくしてくれるというのか？　金の心配もなしに思うぞんぶん映画を作っているじゃないか……」

「沈清伝《シンチョンジョン》」のように十分間に八十万ドルもかかる映画を作れる映画人が、北朝鮮にしかいないのはほんとうだ。金さえたくさん与えれば彼らが逃げていかないだろうと思っている指導者の単純な考えに、私は二の句がつげなかった。資本主義社会で育った彼ら二人にとって、北朝鮮がどれほど息の詰まるところであるかは金正日には想像もつかなかったのである。

しばらくたって彼らが逃げ出したというしらせを聞いた。たくさんの金をもって。物心両面で国庫まではたいて面倒を見ながら、彼らによくしてやろうとした純朴な王子が哀れに思えた。

北朝鮮を脱出した人が、北朝鮮が傾くようになった原因のひとつは、申フィルムがあまりに金を使いすぎたからだとソウルでいっているのも一理ある。彼らは「他人だから」、人民が稼いだ金を惜しげもなしに使ったのだ、としよう。しかしこれを許し、外貨を無駄遣いした指導者の愚鈍さを表す好例として語っているのだ。あれほど多くの金をかけた申フィルムの映画はことごとく倉庫に入ってしまった。北朝鮮の人民たちは崔銀姫《チエウニ》、申相玉《シンサンオク》夫婦が出て行ったことにせいせいした。

71　金正日はなぜ主席にならないか

西側諸国や、南朝鮮の専門家たちが首班の空白という大きな疑問についてあれこれ議論を展開しているが、私はそのたびに市井の庶民の見方からそんな議論を苦笑して眺めていることを告白する。

「あの人は、連れて出る女性がいないから首班にならないんだ、ということもわからずに……」

これがでたらめだというのなら笑い飛ばしていただいて結構である。正史というものは特別の人たちが書くものだから、これは野史とでもいっておこうか。

父親金日成《キムイルソン》が決めた金正日の女性すなわち金英淑《キムヨンスク》は、どんな招待所〔迎賓館や少人数用の高級ホテル〕にでもいる管理員程度の女だといっても過言ではないだろう。私はその女性の人格や人間のレベルをいっているのではない。そんなことは知るわけがない。それが正しいとか、まちがっているとかを離れて、私は正日秘書自身のその女性にたいする評価をいっているのである。その女性はいるのかいないのかわからないほど影の薄い存在であり、女性としてどれほどつらい立場にあるかということを知る人はみな知っている。

「彼女が公式の席に現れないこと、金日成も金聖愛《キムソンェ》を長いあいだ隠していたことから見て、いずれは遅まきながら登場する可能性もある」と推測する韓国の文章を読んで、ほんとうに何も知らないんだなあと思った。

父親金日成《キムイルソン》の決めた女、金英淑《キムヨンスク》について、金秘書はこれまで一度も目をかけたことはない。崔《チェ》銀姫《ウニ》が紹介されたという東平壌の「官邸の妻」、金正日が「うちの女房は何も知らない……」といっているのは成蕙琳《ソンヘリム》のことだ。崔銀姫が意図的に誤って書いているのかどうかはいざ知らず、その家で正男《ジョンナム》と正男の母親を描写しながら、彼女はなぜ正男の母親を金英淑だと判断したのだろうか……。

「指導者同志にこんな奥様がいらっしゃったことは知りませんでした（彼女は蕙琳のソウル言葉を見破ったのである）。私を助けてください。奥様、私を（韓国に）送り返してください」

蕙琳の寝室で彼女は膝にすがりついて哀願しながら泣いた。酒に酔って蕙琳の寝室に入ったときであった。あとについて入ってきた金正日の妹の金敬姫《キムキョンヒ》が、

「崔先生、落ちついてください。ここがどれほど先生に住みよい国であるか……」

と体制の優位性を宣伝するや、崔銀姫は酔った勢いで敬姫のお尻を押し出しながら、

「うるさい。出て行け」

と自尊心から怒鳴りつけたのだった。一目で信頼しすがりついた婦徳を備えた女性、どこか自分と同質のものを感じさせたソウル出身の女性、すなわち蕙琳に会ったソウルの人間は崔銀姫ひとりである。南朝鮮や西側諸国は誤った三段論法を用いてそれを金英淑と錯覚しているのだが、

金正日の言行はしばしば論理的に合わない。

いまいっしょに住んでいる女性高英姫《コヨンヒ》が「在日同胞」であるという事実は全国民が知っていて、それが白頭山《ペクトウサン》の聖地で生まれたとされる金正日の革命家系にマイナスの影響を与えている。彼女を人前に出すことはできないのである。

成蕙琳は長男正男の母親にすぎないし、いまは正日のもとから去った存在である。いつか私は母と話したことがあった。

「将来正男のパパが首班となったら、誰を連れて登場するんだろうねえ？」

「妹の敬姫《キョンヒ》を連れて出るしかないんじゃないの？　どちらの女性も表へは出せないよ。高家〔在日帰国者高英姫〕を出すわけにもいかないし、西将洞《ソジャンドン》の女（金英淑）を出すわけにもいかないしねえ」

金正日は心の内ではどの女とも正式の結婚をしなかったと私は思う。対外的に金英淑を正室といっているのは、正日の父親金日成の前で合法化された女性だという意味でしかない。金正日の家系には公民証もない。どんな法的手続きも文書もないのである。誰を妻に認定するかは法の上に君臨した金正日自身の裁量ひとつなのである。

72　悪名高き「パーティー」考

世間の人たちにあまりにもよく知られている「パーティー」について、私はその実態を別の角度から見はじめた。ルイ十四世がベルサイユ宮殿でたえず饗宴を開いたのは、「謀反」を防ぐための術策のひとつであったように、金正日《キムジョンイル》指導者同志のパーティーも、そうした目的でおこなわれた感じがするのである。

もちろん若い王子時代に遊びとして始まった「行事」(パーティー)であった。それが権力とともに肥大化して、いまとなってはもはや制御しがたい黒幕の内閣となったのである。

彼は側近たちをひとところに呼び集めてたえず観察したいのである。彼らに酒と女を提供し、平常心を失わせて裸の人間の本性を見ることは、人間の本質を探ることを好む彼の趣味であり、ひとつの「政治課程」なのである。こうして時とともにパーティーが「秘密の変態的な政治の現場」となったのは、金正日の危機意識の表れではないかと思う。謀反は側近から生ずるものである。彼が人びとを呼び集め「手元に集めて」十日も二十日も「遊びほうけさせて」彼自身は執務室で仕事をしているという事実は、これ以外に説明がつかないのである。

指導者にとって、無菌状態的な「問題なし」を確認したい焦燥感。金をばらまき、走っていってそれを取り合う競争をさせたり、女をぞんぶんに味わわせるという「配慮」の前で、誰がほんとうにおもしろがっているかによって忠誠の序列が決まっていくとか、その雰囲気の熱狂度によって危機の安定を求めようと空しく願う「幼児性」は憐れむべきである。

　こうした場で幹部の人事が決められ、指導者の機嫌のいい機会を狙って奸臣の要求が無制限に通過していくのならば、「キップンジョ」〔喜び組。金正日の秘密パーティーの余興に踊りや歌を披露する若い女性グループ〕や「肉風」〔全裸の屏風〕の醜態よりも、その現場が政治におよぼす影響は、途方もないものではないだろうか。

73　理想主義者の父の死

父はそのころ、蒼光山《チャンガンサン》の麓にある人里離れた一軒家に食母《シンモ》（管理員）の助けを借りてひとりで住んでいた。私はしばしば行くわけにはいかなかったが、運転手を毎日一度は派遣した。

「おじいさんは不自由にしておられます」というので行ってみると、父は心臓付近がちくちく痛むと訴えた。赤十字病院の心臓研究所に連れていき、大名節が始まると交通遮断もあるので何日間か入院したほうがいい、と私はいった。大名節とは一九八二年四月十五日の金日成《キムイルソン》首領生誕七十周年行事のことである。四月十二日のことであった。これから出かけようというときに父は部屋をぐるりと見回し、窓辺にぱっと咲いた姫芭蕉をかかえて首領様の肖像画の下に置いた。

「四・一五までに咲くように育てたが、ほんとうにうまい時期に咲いたものだ」

といいながら、肖像画と姫芭蕉をもう一度代わる代わる眺めた。

「大名節をお祝い申し上げます」

私は父が心から首領様を尊敬していることにおどろいた。苛められ、ぎゅうぎゅうに抑えつけられて生きてきた過去の日を、父は記憶からことごとく消し去っていたのだろうか。父の中では初めて会ったときの金日成将軍の印象が、どうあろうと揺るがないのである。父の「英雄崇拝精神」は、当時北朝鮮を覆っていた金日成の個人崇拝とはまったく無関係なものだったと私は思う。それは思想教育と強制によって作られた個人崇拝だったが、私の父は他人の強制を受け入れない人だった。父は「なんだかんだといってもあの方は愛国者であり、偉大な政治家である」という確固不動の信念を最後までもっていたのだ。

十二日の夕方に入院した父は十三日の明け方、心筋梗塞で亡くなった。七十六歳だった。「蕙琳《ヘリム》に一度会いたいものだ。十年も会ってないなあ」

老人の顔には怒りと悲哀が表れていた。私たちが官邸に入ってからというものは、母にも十二年間に二度しか会うことができなかった。なぜそうなったか。塀の中で暮らした私たちの生活をどんなことばでどう集約したら、それを説明できよう。私にはわからない。金正日官邸での私たちの生活は、私たちの意思とはかかわりなく、父にさえ会いに行くことすら禁じられていたのである。権力の世界では忍耐と忍従の時間のみが流れた。

父はこうしてこの世を去った。

昌寧《チャンニョン》の家の前から洛東江《ナクトンガン》の上流まで無限に広がる肥沃な畑があり、それは大富農の将来を約束していたが、父には無意味なものであった。靴を縄で縛り田舎道を逃げ出してソウルへ行き、日本へと逃げていった十七歳の私の父は、ただ一度だけ高津正道（日本の社会主義者）の講演を聴いて「私も社会主義をやらなければならない」と心が動いて以来、その理想を捨てることはなかっ

父の最期のことばは「蕙琳に一度会いたいものだ。10年も会っていないなあ」だった。享年76（右は南玉、1979年）

た。父は自分一個の過去など歴史のひとつの流れにすぎないと見なし、それに逆らうことはあきらめていた。理想主義者であった父は、三十年あまりにわたる迫害の中でも「悲しみに負けない」ロマンチストだった。

私は父にまつわる多くの思い出を書き落としてしまった。思い出される父との対話の中には、こんなものがある。

「お父さん、第五回中央委員会全員会議のあの人たちは、ほんとうにスパイだったの？」

「スパイって、何のスパイだ」

私はこんなふうにいうだろうと思っていたのに、意外にも父は、

「そうだといってるよ。わしは知らんよ」

といって煙草に火をつけ、マッチ箱をぱたりと落とした。私ですらも第五回全員会議のあとで迫害されたことがまだ心から消えていないのに、父は怨みを抱かない人だった。

「おまえ、ここにきてちょっと見なさい」

私を呼ぶ。父の部屋は窓が人民軍通りに面していた。金日成《キムイルソン》広場に向かって大学生たちが列をなして、道を埋め尽くしていた。

「大したもんだ」

父が何に感心しているのかすぐにはわからなかった。

「おまえわかるか。あの子供たちがみな傘をさしていることが、みな同じ制服だ……。昔、朝鮮人が雨具をもって出歩いたことがあったか？　そのうえあんな若い子供たちが。雨具なんて、大

したもんだ。すべての人民の貧富の差をなくすなんて、並のことじゃないよ」

父のこの最後のことばは、マルクス主義の百年の講義よりももっと深く私の胸に響いた。貧富の差、二十世紀が解決できないまま新しい千年にゆずった基本的な矛盾、資本主義がどれほど快哉を叫んでも覆い隠すことはできなかった人類の弱点であるこの基本問題を、父はしっかりとつかんでいたのだ。

「朝鮮人の派閥意識は持病のようなものだ。李朝の時代からして派閥で滅びたではないか？　あのお方（金日成《キムイルソン》主席）は恐ろしい人だ。誰も派閥の動きができないようにしっかりと方向を変えたんだから。こうしなければ朝鮮人たちはどうしようもないよ」

父はこのような独自の視角をもっていた。私がまったく気づかなかったことに父は目を開かせてくれた。

「世界女性大会が映っているぞ。こっちへきてテレビを見なさい」

大声で私を呼ぶ。テレビは父の部屋にあった。私には職場から帰ってきてもテレビを見る時間はなかった。

「これがいまの世の中だ。わが国の女性たちもいつ、あのような水準に達するんだろう？　まだ先のことだなあ……」

画面には、私たちが未開だとみなしている国の女性指導者たちの溌剌とした姿が映っている。

「女性の水準はその国の文化水準の表れだ。あの洗練された堂々たる姿を見てみろ」

父の女性観がうかがえる逸話である。

74 賄賂を要求する教官

一九七六年五月、万景台学院《マンギョンデ》〔軍幹部養成のエリート校〕に通っていた私の息子一男《イルナム》を、蕙琳《ヘリム》がモスクワに連れていった。もちろん指導者の承認なしにはできないことであった。私が正男《ジョンナム》の教育を引き受けた直後のことで、蕙琳も指導者も私の苦しい胸の内を和らげてやろうと積極的に動いてくれたようだ。

あの社会ではおおむねそうであるが、私の見方も政治一色の観念に浸かっていて、世間のことを図式的に考えていた。大同門《テドンムン》人民学校を卒業した一男を万景台学院に何とかして入れたくて懸命に努力した末に、息子を学院に入れたのであった。彼を学院に入れて三年、よかったことといえば「息子が万景台学院に入ったんだ」という体裁だけで、私の気持ちも当事者の息子もつらいことばかりだった。虚弱な息子は肉体的に苦しみ、世の中の実情を知らなかった私のふつつかな行動によって、責任者に憎まれいじめられた。私は万景台学院の教官が父母たちから賄賂を受け取るとは夢にも思わなかった。よその母親たちが裏にまわって賄賂作戦を大々的におこなっていることを私はまったく知らなかったのだ。

担任の教官は大酒のみだった。万景台学院は全寮制で子供たちが帰省の際、家から酒をもってこいと露骨に命令した。一男《イルナム》は、母親が「まっとうすぎる」ため酒の話をもちだせなかった。息子の担任教官が酒好きとは私も聞いていたが、酒を贈らねばならないとまでは思いつかず、「学生が先生に酒をもっていくんだって？」と自分とは無関係に聞き流していた。

私があまりにも鈍感だと感じたのか、ある日、その教官が訪ねてきた。自分に酒を少し買ってほしいと頼むのである。そのときわが家には高級酒がたくさんあった。祝日の配給のたびに定期的に人参酒をもらうのだが、父も酒を飲まないためにそのままたまっていたのだ。私は教官の頼みは不当であり、下品な行為だと思った。当時、私は若かったし、ひとり住まいの女の身で酒など贈るのがはしたなく思われた。私はお酒は買ってあげられないと断った。彼はまた、首領様の歴史研究室を飾るのに花を作るグレープデシン布が必要だが手に入らないだろうかといった。それも私は買うことができず金だけ五百ウォン与えた。私は自分は着ない白いグレープデシンのチマ、チョゴリのあったことを思い出して、軽率にもそれをほどいて差し上げましょうかとたずねた。彼は断って帰っていった。

一男はこの件によって、首領様の歴史研究室に贈呈する花束を作るのに、自分の着ていた衣服をやるといった母親の軽率な発言のために、何カ月ものあいだ批判を受けた。教官は酒を断られた腹いせで、小隊の倉庫に中から鍵をかけて息子を殴った。あるとき一男が家から私の万年筆をもち出した。パーカーの万年筆であった。Made in USA という文字を見て、子供たちが教官にアメリカ帝国主義の物品を使っていると告発した。教官は学生たちの前でその万年筆をへし折り、足で踏みにじって、アメリカ帝国主義の仇どもの物品を使う彼を思想検討にかけた。

息子はこの試練に耐えきれず、病気になった。私は何も知らなかった。ある父兄が自分の息子から話を聞き、耳打ちしてくれて初めてわかった。蕙琳《ヘリム》を通じてこのことが指導者に伝えられた。指導者は即座に子供を連れてくるよう電話をかけてくれた。あの鉄のような規律の中で、自分の息子がたとえ殴り殺されたとしても、自分の力ではとうていどうしようもなかった。そのとき息子を助けだしてくれ、社会にも万景台《マンギョンデ》学院にもそうした不正があることを教えてくれた指導者にたいして、私は感謝ということばではいいつくせない尊敬の念を抱いた。

叔母に連れられて息子がモスクワ行きイリューシン62のアエロフロート機のタラップを上がるとき、私はわが人生のもっとも大きな問題が解決されたかのように胸をなで下ろした。

75　愛と哀しみのモスクワ

一九七八年であった。指導者は私にモスクワに行ってこいといった。当時は蕙琳《ヘリム》の病気がいちばんひどい時であった。モスクワのきびしい冬、私には異国情緒も、外国にきたという開放感も感じられなかった。バビロフ通りの家は平壌《ピョンヤン》の家の一部分にすぎなかった。

った。

蕙琳はひどいありさまで、夜ごと救急車がやってきて強い注射を打っても眠ることができなかった。不安発作という周囲の者が見るに耐えない神経の病気である。本人の苦しみはとても表現できないほどひどいものだが、はた目にも辛かった。

一男《イルナム》は一日じゅうその影さえ見ることができなかった。裏の部屋に閉じ込もり、出てこようとしない。いつどこでごはんを食べるのかすらわからないほど、叔母の蕙琳をさけて隠れまわっていた。私もきちんと向き合う時間もなく、話をしてやる余裕もなかった。

彼は気が弱かった。純真であった。美人で勢道の高い金持ちの叔母蕙琳を天ほど尊敬していて反感も抱かず、ただおびえて叔母の病気を心配するばかりであった。モスクワにおける彼の環境は、心を開くところがなかった。彼は母親の私まで敬遠して何も打ち明けてくれなかった。

「あなた寒いでしょう。なぜ綿入れコートはないの？」

「お母さんそんなこといわないで。ぼくが嫌いだから着ないんだよ。叔母さんに絶対いっちゃだめだよ」

奥のほうにある彼の部屋は寒かった。

「この家にはぶ厚いふとんがいくらでもあるのに、なぜこんな薄いふとんで寝ているの？」

彼が学校に行っているあいだにぶ厚いふとんに取りかえておくと、学校から戻ってくるなり自分のふとんを探し出して、もとどおり敷いてしまうのだ。

蕙琳は入院させられるとひっきりなしに家に電話をかけてきて、少し受話器を取るのが遅れたり、ことばが少なかったり、たまたま受け答えに「熱意がなければ」ヒステリーを起こして文句を並べ、憂さ晴らしをした。

蕙琳のことで苦しみ、頭がいっぱいだった私は、一男にこれ以上神経を使うことができなかった。しかしいずれにしろ万景台《マンギョンデ》学院で苦労するよりはいいだろう。ほんとうはロシア語の個人教授が彼には必要なのだが、その金を妹に出させるわけにはいかない。私はがまんするしかなかった。

入院した蕙琳は快方に向かうこともなく、やがて神経病棟から精神病棟に移すというしらせがきて車に彼女を乗せた。蕙琳にはほかの病院に移るとだけいったが、彼女はどこへ行くのか正確には知らない。精神病棟で患者服に着替えさせると、看護員たちが落ちつきはらって両腕をとり、病室に連れていった。そして鍵をかけた。

蕙琳《ヘリム》はびっくりして振り返った。精神病院であることを知った彼女は行くのはいやだといって駄々をこねたが、冷静な二人の看護員が腕をとって彼女を押し込んだ。蕙琳は扉のこちら側に立っている私を見て、泣き出しそうだった。

そんなふうに彼女を入院させた帰り道。モスクワの冬は四時になれば暗くなる。大都会なので自動車でも一時間以上の距離を行かねばならなかった。その寒さの中でも人びとは白い息を吐き、カップルは腕を組みながら夜の通りを散策している。電力が豊富なモスクワの通りにはこうこうと灯がともっていた。どのアパートにも霜がこびりついたガラス窓の中には暖かそうな灯がともされ、平凡な人たちの団欒が切ないほど優しくくりひろげられていた。

その夜、私は眠れなかった。

この生活をどうやって切り抜ければいいのか？　狂った蕙琳、平壌《ピョンヤン》の囲いの中に閉じ込められた正男《ジョンナム》と南玉《ナムオク》、留学とは名ばかりの、かわいそうなわが息子の萎縮した姿。

次の日、朝一番に病院から電話がかかってきた。この患者は自分たちの対象ではないので、神経科にもう一度戻すから連れていけというのである。狂っていないということのようだ。精神科と神経科の医学的なちがいはわからないが、別にうれしいとも思わなかった。別の治療方法があるのではないかと多少は期待していたのに、対症療法のない神経科に戻れというなら彼女の苦しみ、私たちの苦しみの解決に何の展望があるだろう。

病院に着くと、すでに服を着替えた蕙琳が玄関の長椅子で待っていた。私たちを見ると大喜びで玄関から飛びだしてきた。

「やっぱりそうでしょう。まさか私が狂ってるわけないわよ。ほんとに怖ろしい。早く行こうよ。またつかまるわよ」

彼女は冗談をまじえながら穏やかに車に乗った。そして通訳と私に哀願した。

「家にちょっと寄ってから病院に行くわよ。私、ほんとうに病院が嫌いなの。お願いだから昼間だけ家にいて、病院には夜行くようにしてくれないかしら」

私は嗚咽がこみ上げてきて何もいえなかった。

この不幸な妹、この美しい生き物、私のいちばん愛しい肉親なのに、この私ですら彼女といっしょにいることをいやがっている。この子は一体どうなるのだろうか？

自分の部屋で寝るように勧めて、落ちついたように見えたので、私も部屋に戻ってぼんやりと座っていた。しばらくして、妹が申し訳なさそうに私の部屋をノックして入ってきた。

「何をしているの？　あなた泣いているの？」

彼女は私の正面に座った。小さいころから蛙のような格好で座る彼女は、そんな姿勢で向き合ったまま私の膝を突っついた。

「泣かないで」

何か話したいときにはいつもやる口癖で、彼女は慶尚道《キョンサンド》の方言のまねをした。

「私がこんな病気でも、あなたはモスクワをしっかり見物していいのよ」

これは短編小説「ウォンボ」のせりふである。大学のときに書いた習作の記憶をよみがえらせていた。ウォンボがソウルの橋の下にやってきて死を前にしながら、妻を慰めることば。

妹はこういいたかったと思う。「私は病気になったけど、
父母や蕙琅たちを救い出した」と（モスクワ、1970年）

「おれがこうして死んでも、おまえはソウルをしっかり見物していけばいいじゃないか……」

この瞬間、彼女が自分の気持ちを表すのに、このせりふほど正確なことばはなかっただろう。彼女は苦しい発作の合い間に、

(こんな病気になっても、私はお父さん、お母さん、蕙琅たち家族を救い出したんだから……)

という思いで自分を慰めていたのである。肉親を助けていることを、たえず自分に納得させていたのである。

その後、正男《ジョンナム》のジュネーブでの勉強の道が開かれ、さらにその後もモスクワに戻ることになって、この街に子供たちがみな集まってきた。さびしかったモスクワの街は彼女の落ちつき場所となった。

しかし私たちの運命をつかさどる神は、また新たなシナリオを書いていたのである。

76　一九八二年九月二十八日

八二年の夏休みに母と蕙琳《ヘリム》は子供たちを連れて平壌《ピョンヤン》に戻ってきた。私は父が亡くなったことをモスクワに知らせていなかった。蕙琳は父にたいし深い憐憫の念を抱いていた。父の死を知らせれば彼女の病気にさわるだろう。高齢の母がひとりで戻ってくることもできない状況だった。

父が亡くなった日、金正日《キムジョンイル》秘書からわが家に電話があった。モスクワに知らせなくてもいいのかと。私は知らせないでほしいと頼んだ。彼は隠してほしい事柄にかんしては約束をちゃんと守ってくれる。金正日は総じて秘密を好む。

その年の夏、子供たちが全員帰ってきたために金正日は上機嫌だった。私には彼が新しい女に男の子を産ませた予感がした。新川《シンチヨン》水泳場でのあのひと言、七十二号招待所、元山《ウォンサン》の海辺でのあるヒント。のちに、ほんとうにそのときの自分の予感が当たっていたことを知った。

機嫌のよかった彼は、一男《イルナム》を大学に行かせてやれなかった代わりに、ジュネーブに連れていって勉強させるよう許可した。

その年の九月七日、私たちはみないっしょにモスクワに出発した。母、蕙琳、私、正男《ジョンナム》、南玉《ナムオク》と一男。一週間モスクワで休養したのち、ジュネーブに行けという指示に従い、九月十四日、私は息子を連れて李哲《リチョル》局長とフランクフルト経由でジュネーブに向かった。午後四時、飛行機に間に合うよう昼食をとってバビロフ通りの家を出発した。三階の運転手待機室の窓から南玉が出発する私たちを見下ろしていた。

(南玉、うれしいでしょう？　お母さんにもこんな日があるのよね)

幼くても深刻に考えるたちの娘の心の中に、私はいつも「かわいそうなお母さん」の像しかない。それを変えることはできなかったが、その娘がいまどんなに喜んでいるかと思うと、私もうれしかった。しかしジュネーブに到着してわずか二週間で、私はたいへんな出来事、その後の私の人生に泥を塗るような事件に出会った。ふたたび書き記す気力すらわかない事件に。

その日の日記をかいつまんでここに書き写す。

九月二十八日　火曜日

朝鮮の気候とよく似たジュネーブ、その日は秋たけなわだった。まだ暖房の入っていない部屋の中にはひんやりとした壁から秋のにおいがただよい、晴れて澄みわたった朝なのに部屋には淡い灰色の光がたちこめていた。

私は暖かなふとんの温もりをいとおしみながら、横たわったまま枕の上の頭をずらして窓枠いっぱいの青い空、空に力強く伸びる針葉樹のみずみずしい枝をぼんやりと眺めた。いい天気だった。ぱっと寝床からとび起きた。希望のある日はたくさんのことができる。

洗面所のドアを開ける音がする。そうだ、あの子がいるんだ。私はこのところずっと息子といっしょに暮らしている。十年ぶりにいっしょに暮らすことになった息子である。

寝間着のままで台所にいってお茶を沸かし、ときには台所に立ったまま一杯のお茶とパンのかけらで適当に朝食をすませる、これまでの癖はなくなった。

髪をなでつけて普段着に着がえて鏡にうつしてみた。できるだけ息子に気に入られたかった。彼は端正な服装を好んだ。いっしょに学校に通いはじめてまだせいぜい一週間しかたっていないが、出かけるたびに母親の服装に口出しした。おかあさん、その色はやめて別のブラウスにしたほうがいいよ、その色ははやりじゃないよ、などと。

きのういっしょに学校に行ったときも、「お父さんは背が高かったんでしょう？」と聞かれた。母親が小さいので聞いてみたかったようだ。私は少々歩きにくくても高い靴を履いて歩く。きょうは何を着ていこうか？　私は洗面所から彼が出てくるドアの音が聞こえるまで鏡の前で座っていた……。

こちらにきていくらもたっていないため、あの子は道をよく知らなかった。だから私はかならずあの子といっしょに登校し、下校を待っていっしょに帰ってきた。モスクワのシェレメチェボ空港を出発してフランクフルトに向かう飛行機の中で、私は何を考えていたのか。

（この飛行機が、無事に勉強を終えて戻る帰りの便だったならいいのに……）

洗面所のドアの音がして、一階の自分の部屋に戻るあの子の足音が私の部屋の前を通り過ぎた。私は起き上がって顔を洗いにいくとき、きちんと閉まっていないあの子の部屋のドアの隙間から、鏡台の前にきのう買ってあげたひげ剃り用のローションの蓋が開いているのを見た。

二階のリビングのテーブルに向かいあって座った彼はいつになくすがすがしかった。彼の背中のうしろの広いガラス窓から、すでに雪をいただいたアルプス連峰が見えた。青く高い空にはひとかけらの淡い雲が青空を飾るかのようにそっと浮かんでいた。開け放した向こう側の窓から風がカーテンを揺らして枯葉の香りを運んできた。

「お母さん、いいねえ!?」

糊のきいたテーブルクロスにしわが寄らないよう、しずくがたれないように気をつけながら、上品な手つきでお茶をひとくち飲んだ彼のことばだった。受け皿をもつあの子の手つきが、昔の彼の父親にあれほど似るものなのか。

よくぞ承認を得て、ジュネーブまで勉強しにくることができた私たちの幸運。母子がこのように心豊かに暮らせる文化的空間。枯葉の香り。バラ模様のかわいらしくて華麗なボーンチャイナのカップから香りたつ朝のお茶。健康で顔だちのととのった息子の若さ。何はともあれ「いいねえ!?」はほんとうに幸福のもっとも単純で的確な表現だった。

彼は満足げに笑った。すっかり男らしくなった大きな口が開くと、歯並みのそろった白い歯が青く剃られたあごに映え、並はずれた魅力をたたえていた。どんなことばで答えれば、こめられた多くの意味を受け取ってもらえるのかわからずに、私は黙って全身で応えていた。笑うたびにさわやかに広がる、豊かな表情に満ちたととのった額がぐっと私の胸をときめかせる。私がこの子の父親に初めて出会ったはるかな昔がよみがえってくるようだった。すぎ去った青春の日々が、

すっかり男らしくなった一男を見ると、この子の父親と
初めて出会った遠い昔が思い出された……（1978年）

この子と重なるひとりの男の顔として目の前をちらつくのだった。

「お母さん、学校に行ってくるよ」

彼はすでに食卓を離れて階下の自分の部屋に向かっていた。

「私の仕度がおそいのね」

私もとんとんと自分の部屋に下りた。着替えが終わっても何か見つからないものがあって気ぜわしく動きまわっているあいだ、彼は私の部屋の扉をふさぐように立って待っていた。

「お母さんは昔もそうだったね。朝、いつも何かが見つからず、お父さんから怒られてたでしょ」

「そうそう、そうだったわね……」

財布、鍵、靴下など、冬は手袋やマフラーが毎朝なくなっていた。

「お母さん、洗面所に干しておいたんじゃないの？」

「そうそう、私どうかしてるわ。洗濯して干しておいて……」

そのとき二階にある電話のベルが鳴った。電話をとるために上っていく彼のうしろ姿を見ながら、あの子が小さかったときも私が置き場所を忘れて騒いでいると、ちゃんと置き場所を覚えていて、忙しい出勤時間に私が夫に怒られないようにすばやく取り出してくれたことを思い出した。母親のそんな視線を背中に感じたのか、電話をとりにいく彼のお尻の動きに甘えとおどけがかいま見えた。

「授業が三十分遅れるって、先生からの電話だよ」

「まあ親切なこと。学生が三十分ぐらい待つのがなんなの」

「そうだよね。ゆっくり出るよ」

私はまだゴム部分のかわかない靴下をヒーターの上に干した。あの子はそんな私を見て、濡れたままの靴下を履いて出かけようとしていた母親の「適当主義」にいやみのない非難をした。

「ほんとうにお母さんたら……」

「そう。これぐらい何よ……」

カバンにつめているとき、階段のほうから声がした。

「お母さん、もうぼくひとりでも行けるから、お母さんは授業のある日だけいっしょに行こう。お母さんはぼくに時間を使いすぎてるよ。自分の時間だって少ないのに……」

「もう行くの？」

「三十分遅れが何なの。行ってもだいじょうぶだよ」

私はまだかわいていない靴下をさわってみた。

「こんなにちゃんとした道だから、ぼくひとりで行ってもだいじょうぶだよ」

「だいじょうぶ？　そうかしら？」

私は、幼稚園児のように連れられて歩くのが彼には気に入らないみたいだと思い、心にもないことをいった。ここは手のひらのように狭い都市である。いつも傀儡《かいらい》（韓国）大使館の外交車二六番を見るたびに冷や汗がでる。

前の日曜日（二日前）、湖畔に風に当たりに行ってみようと、あの子が小さな子供みたいに手をつかんでせがむのを、「あとで行きましょ。もう少し慣れてから」とこばみ、「お母さん、それなら電車から降りないで一度市内をぐるっとまわってこようよ」というのも拒否した。なぜか不安だった。

「じゃあ気をつけて行ってらっしゃい」

私は心とは裏腹なことをいって、玄関を出るあの子を見送りにいった。私が不安な気持ちで立っているのに、エレベーターの前で彼はかけ違えていた私のセーターのボタンを直してくれて、

「お母さん、心配しないで」

といいながら私の両肩をやさしく押し、バイバイと手を振って軽やかにエレベーターに乗った。扉がスーッと閉まった。エレベーターの降りていく音がする。もう玄関を出て坂道を下っていることだろう。ことばでも文字でも表現できない不安を抱いて、私はエレベーターの前に立っていた。いまからでも飛んでいってついていかなくてもいいのだろうか？　どうしてそんなについて歩きたいのだろう？

私の体の一部のように思っていても、厳然たる客体として遠ざかっていく息子のうしろ姿は、理解不能の生命の矛盾のように私を混乱させた。いやな想念を振りはらおうとして部屋に戻り、あわてて自分の日課に没頭した。

「伯母さん、もう時間なのになぜ戻らないんでしょう」

ジュネーブの家では正男《ジョンナム》を基準にして人を呼ぶ。私は正男の伯母なので、みな伯母さんと呼んだ。炊事員（お手伝いさん）の玉《オク》おばさんの声に、私ははっと顔を上げた。時のたつのを忘れていた。

「もう戻るでしょう。いまごろ息を切らして丘を上がってくるころよ」

私は時計を見た。一時五分だった。もう少しやろうと勉強をつづけた。

「調べてみないといけないんじゃないんですか？　一時半ですよ」

二度目に玉おばさんが私の部屋の戸をそっと開けたとき、彼女の顔には不安と叱責のようなものが浮かんでいた。

「そうね。どうしたのかしら？」

口ではそういったが、心の中では別に心配はしていなかった。商店でも見物してから戻るのだろう。どうってこともないだろう……。玉おばさんにせかされて学校の電話番号を探した。彼女はぶ厚い手帳がめくられるのを、私の肩越しにくいいるように見ていた。電話からは正確な発信音が聞こえた。校長が出て、担任のミスター・ケイバンに代わってくれた。私はたどたどしい英語でたてつづけに質問した。

「彼は学校にこなかった」というではないか！

十時半に電話があったが、頭が痛いので病院に行くといったそうだ。病院に寄ってからくるのかと聞くと、返事もなしに切ったという。私の息子が嘘をついて学校を欠席することはありえない。その理由を説明するには多くのページが必要だが、あの日、あのときの状況、息子と私の状況から見てそのことに疑問の余地はない。

事件が発生したのだ。どういうことなのだろう。電車で学校へ行き、先生から同じ話を聞いて杵《きね》で脳天を殴られたように気が遠くなった。その瞬間からあとの私のうろたえぶりのすべてを書き記すことはできない。

話でしか聞いたことのない、バラ公園の隣りにある大使館を訪ねて陳忠国《チンチユングク》大使に会い、方策も立たずに途方にくれながらも、これが敵の拉致によるものだという結論に傾き、重大事件が発生したと断定せざるをえなくなっていった。陳大使は老練な北朝鮮の外交官として一生を送った人で、その実力は私も認めていた。息子が帰ってこなかった翌々日、私はこの事実を平壌《ピョンヤン》に報告しなければならないと決心した。朝鮮労働党員であった私は、息子を失くした「損失」が私個人の事件ではなく、党に多大な政治的損失をもたらしたのだというきびしい責任感にほとんど耐えられなかった。すなわち、あの子が交通事故で最悪の状態になるよりも、さらにひどい苦痛にさいなまれたのである。

私はジュネーブから平壌に電話をかける方法を知らなかった。当時、社会主義国家はどこの国でも外国との電話を統制するためにかならず国際交換を経由させていたが、その交換が不親切ですぐに切られてしまうのだ。私はソ連の交換たちに事情を話し、彼らの善意に期待するしかなかったのだが、それだけのことがいえる会話能力が私にはなかった。電話局に行ってブースに入ったが、息がつまりそうだった。私はとるものもとりあえずぶ厚い電話帳をめくった。読めない字がぎっしりとつまったそのページのあいだから、なんらかの可能性を得ようとでもするように……。

そのとき、ふと日本の交換を探してみようという考えが浮かんだ。私は日本の電話局を探した。やさしい交換の肉声が聞こえたとき、私は三十七年ぶりにわれ知らず飛びだしてくる日本語で無我夢中にしゃべった。

「私は息子を失くした母親だ。平壌《ピョンヤン》に電話をかけなければならないのに通じない。どうか私を助けてほしい。北朝鮮交換につないでくれるようモスクワの交換にいってほしい」

泣きながらあわてふためいていたが、私は一瀉千里に日本語を駆使していた。奇跡のように私の緊迫感が伝わったようで、それ以上なにも聞かずに、お待ちください、かならずつながりますという交換の声が安心させてくれる。一九八二年当時、日本と北朝鮮は最悪の敵対国だった。建物の玄関を同じくして暮らす日本人さえ、私が北朝鮮からきたと知るとあいさつさえしないときだった。しかし交換は、水に押し流される息子を助けてほしいと叫ぶ母親の声に、政治を云々するまもなく人間として応えてくれた。

東京からモスクワへ、そしてまたモスクワの交換が平壌の交換を呼びだす忙しく交信する声が、震えながら立っている私の受話器から伝わってくる。

「平壌です。お話しください」

はるか遠くから耳なれた北朝鮮の交換手の声が聞こえたとき、

「党中央の交換に代わりなさい。急用だ」

私は銃を撃つように権威をふりかざした。

「党中央交換です。お話しください」

すぐに出た。

「こちらはジュネーブだが、指導者同志につなげ」

私は命令した。

これらのやりとりがどれほど常軌を逸していておどろくべきことであるか読者はご存知ないだろう。交換を通して指導者に直接電話をかけることなど、不可能なのである。

「同志はどなたですか。そんなことはできません」

交換は自信なさそうに語尾をにごしながら困りきっている。

「わかっている。でもつながなきゃならない用件だ。早くつなげ」

しばらくして、耳なれた指導者のしゃがれ声が聞こえた。

「もしもし」

「わたくしです。先生」

彼が私に気づくだけの余裕をもって、先に話す。

「先生、ここの天気は悪いです。私はモスクワからもってきたトランクを失くしました」

「………」

「二日たちました。事故です」

「………」

「天気が悪い」というのは政治情勢が悪いという意味であり、モスクワからもってきたトランクとは私の息子を意味する。指導者がこのことばの意味を理解したのは、この危急の用件からではなく、あってはならない電話の呼びだし自体から、すでに非常事態の発生を悟ったのであろう。

「もしもし、落ちつきなさい。あまり即断せずに……少し待ってみなさい。トランクはまた現地に戻ってくることもあるのではないか……」

あの子が数日間どこかで〝自由主義〟でもやったかもしれないではないか、という意味だった。

「私がすぐに人を送るから安心して待っていなさい……」

指導者の声は落ちついていて慎重であり、私がどんなにうろたえているかを思いやって慰めている感じがした。

電話局はバラ公園のうしろの小さな路地にあった。そこを出た私は、足の力が抜けて階段に座りこんだ。そして泣いた。かかえていた大きなハンドバッグの中には、丈夫な黄色い洗濯紐があった。私は何のつもりなのか、わけもなくその洗濯紐をもち歩いた。いつでも死のうと思って。その決心の基準は指導者だった。彼が腹を立てて私の責任を叱責するようなら、死んだほうがましだと思った。

四日後に二人の副部長がジュネーブに飛んできた。彼らはジュネーブ代表部で昼夜を分かたず一男《イルナム》を探すための積極的な活動をくりひろげた。

「いくら金を使ってでも息子を探してやれ」

指導者の指示を受けてきた彼らは私立探偵を雇い、行ける国にはすべて行って、一男を探しだすために最善をつくした。

77　四次元空間に消えた息子

ただ一度の電話もなく、どんな手がかりも探しだせずに時はたち日は流れた。一時五分に帰ってくると手を振ってエレベーターで降りていって以来、あの子は完全に消息を絶った。

いっしょに昼食をとろうよ、待っててほしいと私にいった約束をあの子はなぜ破ったのか、いまあの子はどこにいるのかを、十三年後に私は知ることになった。それまでのあいだ、私は木の葉の葉ずれの音にまで耳をすませるほど神経を研ぎすませ、能力の限界を超えて息子を探してさまよった。

息子がいなくなった次の日、陳忠国《チンチユングク》大使は韓国の盧信永《ノシニヨン》大使に電話をかけた。

「拉致したわれわれの子供を出せ。そうしないとあなたたちの大使館を爆破する」

韓国の外交官鄭《チヨン》参事は、「私たちはまったく知らない。子供を探すのを手伝おう。まったく遺憾なことが起きて残念だ」といった。

文鮮明の秘密グループ〔文鮮明を教祖とする韓国の統一協会〕を探してみるという私たちの話を聞いて、たしかにそれはそうだと自分が先頭に立って文鮮明グループに案内した。重厚な風貌の鄭参事は、十三年後に事実がこのような形で明らかになるとは考えてもみなかったのだろうか。息子をソウルにこっそりと移しておきながら、このような偽装行為を企てたのは政治なのか、外交なのか、それとも詐欺なのか……。

大使館は息子の失踪を新聞で公表することにした。写真といっしょに記事を載せ、あの子の顔をジュネーブ市内のいたるところに尋ね人広告として貼りだした。数日前まで私といっしょに電車を乗り降りしていた大学前交差点の焼き栗屋の扉にもビラが貼られ、求人広告と隣りあって学校の掲示板にもあの子の顔が貼られた。

このように事件が社会化され国際化されるほど、私の悲しみと苦しみもいっそう大きく耐えがたいものになっていった。どうしてこんなことが起きたのか？　むしろはっきりと交通事故にあったとか、ヤクザに連れていかれたとか、雪崩にでも巻きこまれたのなら、おどろきと衝撃はその不幸の大きさに見合ったものだけだっただろうに。しかし、このようにわけのわからない出来事になると、恐怖も不安も限りがなかった。

新聞を見た占い師たちから送られたあれこれの「助言」もすべて実行した。山の麓を掘りかえし、レマン湖の底をさらい、あの子の所持品のにおいをかがせた犬を李哲《リチヨル》が引いていくときのあの胸のふさがり……。

私もあの子の所持品をかき抱き、何度も何度もにおいをかいだ。あの子の体臭が残っている限りあの子はこの世に生きつづけているという期待、それを実感したくてあの子のワイシャツをカバンに入れてもち歩き、時も所もわきまえずににおいをかいだ。

ああ、できることなら抱きしめたい！　どれほど大切で感心な子だったか！　全寮制の学校に入っていたりして十年ものあいだ会いたくても会えず、やっとの思いで会えたからこそ、あの子の好きな味噌チゲ、カクテキ〔大根のキムチ〕をおいしく作って、思うぞんぶん食べさせる母親の喜びにわくわくしていた私だったのに……。

国際警察、スイス警察、ヨーロッパの個人探偵、多くの経験者たちのさまざまに食い違った推測の中で、ただひとつ共通する事実は、生きているということであった。

事故、つまり死亡ならば何であれ痕跡は残る。このように何の消息もないのは死んでいないということであった。

私にとってもっとも不可解だったことは、あの子は拉致されたのか、自分の意志で行ったのかということであった。自分がいなくなれば、母親がどうなるかということを息子はよく知っている。自分の意志で行ったとしたら、私が安心できるように絶対にどこかの隅に紙切れでも残しただろうし、どんなに遠いところに行ったとしても電話をかけることはできるのだ。

四次元空間にでも消えたように、毛筋ほどの手がかりも残さず消えた息子を探してさまよった十三年間は、思い出すことすらいまわしい長い悪夢そのものだった。

陳忠国《チンチュングク》大使の意見は、ＣＩＡや安企部でなければこんなふうにただひと筋の手がかりもなく「かき消せる」わけがないということであった。彼は根気強く韓国代表部鄭《チョン》参事（情報担当の参事だといった）に面談を要求し、面と向かって「おまえたちの仕業じゃないのか？」と何度も詰めよった。

私はふと、もし彼らが拉致したのなら、すでに（十月初め）韓国大使館の黄《ファン》書記官（彼は安企部員として知られていた）が一男《イルナム》をソウルに連れていっているのではないかと思い、黄書記官との面談を提起してみたらといった。母親の直感だった。

黄書記官は出張中だという。私はぞっとした。私はためらわずに「うちの一男を連れてソウルに行ったようね」といった。みな沈黙した。このような重大問題に母親の直感が下した結論を、肯定することも否定することもできなかったのだろう。

私の直感が当たっていたことが、十三年後に出版された息子の著書にあますところなく綴られていた。

〈ベルギーから黄参事と私の二人だけで飛行機に乗って西ドイツのフランクフルトに行った。

……マニラに到着すると夕方だった。黄参事と私は迎えにきた人たちとともに車でどこかの家に入っていった。〉（『大同江ロイヤルファミリーソウル潜行十四年』二四六ページ　東亜日報社）

一男は十月一日、すでに金浦《キムポ》空港に到着したと書いている。

〈日付を聞くと十月一日だといった。九月二十八日にジュネーブを出発したあと、緊張と不安のため日付をまともに記憶できなかった。お茶を飲むと「行きましょう」といわれた。外に出ると一台のフォードが待機していた。そこで黄参事と別れた。あとでまた会おうといわれたが、何日も顔をつき合わせていた黄参事と別れると、また不安におちいった。〉（二四八ページ）

陳《チン》大使はジュネーブにあるルーマニア大使館を通じ、アメリカ代表部の副代表にこの事件を通報した。陳大使によると彼が情報担当だという。そして一男がいなくなったことについて、CIAに助けを求めた。副代表は拒絶しなかった。ルーマニア大使は誠意をつくして橋渡しをしてくれた。せっかちな陳大使はたびたび彼を訪ねたり、代表部に招いたりした。

「世界各国に措置を講じた。調べている最中である」

このような返事をもらった。

いっぽうで、個人探偵を通じて西ドイツやオランダ、アメリカ、南朝鮮に捜査を広げた。アメリカの密入国者収容所に東洋人の子供がいるという話を聞いて駆けつけ、またある国のある場所に北朝鮮の子供がいるという偽の情報を受けて担当者が飛んだ。

私は座《ざ》して消息を待つのがもどかしく、彼らとともに見知らぬ国の、見知らぬ通りの密輸団や麻薬の巣窟に赴いた。一筋の期待と失望がくりかえされ、虚脱感にとらわれながらもがき苦しむ中で、どこの飛行場でも太極旗《テグク》〔韓国国旗〕が描かれた大韓航空機を目にすると、目をこらさずにはいられなかった。

(あれに乗せられていったのなら、永遠に探せないじゃないか!)

その年、一九八二年十月、十一月、十二月、私の息子はソウル安企部の南山《ナムサン》地下室にいた。

〈一週間たつと居場所を移すといわれた……〉

車は南山一号トンネルに入るすぐ手前の右側にある大門に入っていった。まさにその場所が北朝鮮でも有名な南山安企部の建物だった。なぜか建物の地下へと入っていった。地下室は寒々としていた……話でしか聞いたことのなかった南山《ナムサン》地下室だった。

(母や叔母は私がどのように死ぬか知ることもないのだ)

目の前が曇った……

「服をぜんぶ脱げ」

「着替えろ……」

「座れ、はっきりとしゃべれ」

北からきたすべての人間が南山地下室に連れてこられるわけではないとあとで知った。私の知る人たちの中でそこに行った人間は私だけだ。なぜ私がそこに行ったのか、その理由はいまでもわからない……

………

「はっきりしゃべらないか！　この野郎、なんだ？　知らないのか？」

私が殴られたのは少し納得がいかなかった。私の知らないことを話せといわれて小突かれてもどうしようもなかった。

………

そういったことをしゃべれといわれて知らないといえば、横っ面を張られたり殴られたりした。

………

ありのままを吐けといって足で蹴とばされ、横っ面を張られた。

………

私が受けた拷問は、膝の間に木をはさんで押さえつけるものだった。

………

十月中旬に入り、十二月末までいた……

………

私をだまして韓国に連れてきた黄《ファン》参事を心から怨んだ。〉（前掲書。二五一～二五五ページ）

年が明けた。一九八三年、クロベルモントの家から大使館に行くには歩いてバラ公園を通らなければならなかった。眼下に見えるレマン湖は、粗い鳶《とび》色の鱗《うろこ》を立てて荒々しく波立ち、白い雪をいただいたアルプスの渓谷から吹いてくる冷たい風が、閑散とした冬の公園を支配していた。薄いアディダスのジャケットを着て出かけたあの子に、誰か綿入れでも着せてくれたなら、それがアメリカ人であれ安企部の人間であれありがたいとすら思った。寒さに震えず、お腹をすかさずに生きていてくれさえすれば……。これが私の最小限の願いだった。

そのことを願う私はごはんを食べることもできず、ふとんにくるまって眠ることもできなかった。心やさしい玉《オク》おばさんと風呂場の前にマットレスを一枚敷き、ふとんもかけずに牢屋にいるような格好でその冬を過ごした。夢を見るたびにあの子が足蹴にされて腹ばいになり、腰をまげて地面に転がっている姿を見た。私は身震いしてすすり泣き、耐えられなくなって丈夫な黄色い洗濯紐にぶら下がりもした……。

ルーマニア大使がアメリカ代表部副代表の話を聞いてきた。

「あの子が空に消えたか地にもぐったのか、（ＣＩＡの網に）どこにもひっかからない」

私は、空に、地に、ということばが興味深いニュアンスを伝えているのではないかと考え、そこに真相を見ぬいた者の満足感のようなものを感じとった。

あの子の価値にそれほど重きを置くのなら、アメリカであれソウルであれ、最小限着せて食べさせはするだろう……。そう考えて安心したかった。

陳《チン》大使は、アメリカのやつらは単純明快だから、そんなことばに特別な意味はないと「私の夢解き」を否定した。

ふたたび原点。失望。西ドイツ、ポーランド、モスクワ、私のさすらいは疲れ知らずの狂人の発作のごときものだったとでもいおうか。

そのころソウルでは、「北朝鮮が猛烈に探している」ことを知り、私の息子に整形手術までさせていたのだ。

モスクワの家族はまだあの子がいなくなったことを知らなかったので、私は母や妹の前に顔を出すことができなかった。しかし一男《イルナム》の友だちからもしかして何か手がかりが得られるのではないかと、私はモスクワに行った。李哲《リチョル》たちの一団が西ドイツとポーランドに出発するときだった。

モスクワのウクライナ・ホテル。出張者たちの寮のように社会主義的で質素な一間の部屋で、ゴキブリがうようよするカフェテリアで、いつ食べいつ寝たのかも定かではなく、黒パンの切れはしと腐ったわらくずのような冷めたお茶ひと口で飢えをしのいだ。

あの子の友だちはほとんどが外国人で、みな本国に帰ってしまい、会えたのは理髪師や調理師、娼婦のような女の子が何人かだけだった。みなが口をそろえて「あの子がモスクワにいたときは、孤児のようにさびしそうだった」といった。母親がいるなんて知らなかったと。私は二人の子供のためだけに生きてきたのに、息子がそんなふうに哀れに見られていたなんて、まったく知らないでいた。

ごくふつうにあの子たちを育て、愛情をそそいで暮らすこともできただろうに、私はよかれと思って万景台《マンギョンデ》学院に送り、よかれと思ってモスクワに送ったのではなかったか。よかれと思ってジュネーブに行かせて……。ふつうの人なら夢見ることもできないその特別待遇が、私もまたどれほどうれしかったことか……。

胸が痛むのはそれだけではなかった。

三人家族の一年間の生活費としてお手伝いさんまでふくめて二万フランを金秘書からもらっていた。私は要領が悪く浪費家なので、半分だけもっていくようにと蕙琳《ヘリム》にいわれて、私は一万フランの生活費をもってジュネーブに行った。ひと月八百フランで抑えるには、一日三十フランをこえてはならない。私はフランクフルト行きの飛行機の中で金の計算ばかりしていた。

一男にも節約を強要し、浪費癖のあるあの子が私の計算を破綻させないように神経を使った。「お母さん、ぼくこれを買って食べたい」一・八〇フランのマヨネーズ入りポテトサラダを買いたいという。私は、「なんでそんなもの食べたいの。家でもっとちゃんとしたものが食べられるのに……」と不満だったが、買ってやった。バーゲン品の二十九フランのカバン。学校へ行く途中、あの子が安売りの店「ユニフ」〔ジュネーブでいちばん安いスーパーマーケット〕の店頭にかかっているコートをさわっている。ソ連製に比べればもちろんいいだろう。私は少し離れて立っていた。倹約することにして、クリスマスのときに高級デパートのボン・ジェニで、息子があれほど買いたがっていた男性用既製服の売り場をあの子といっしょに歩いてみよう。

しかし前もっていわないことにした。

「ここは安物店よ。ここのは使いものにならないわ」

といってあの子がさわっていたコートをけなした……。

やや長めのきれいな足。もう少し高いものにしてやれば足が痛くならなかったのに、私があまりにも安物の靴を買ったために、痛くて履けずに最後まで下駄箱の中に置かれた靴。家から出ていった二十八日は運動靴を履いていた。

……息子よ、おまえはもしかしてお母さんを罰そうと思って出ていったんじゃないの。こんなことって、こんなことって……。冷や汗がたらたらと流れ、足がふらついた。体重が十キロ以上も落ちた。

雪のモスクワ。誰か現れて私を一男《イルナム》のいる「密輸団」のところに連れていってくれることを期待しながら、通りに出て周囲をうかがった。あの子が密輸団につかまったかもしれないという意見もあったのだ。

そんな冬が終わって、水溜りに曇り空がうつる春がきた。

さらに憂い多い春。不幸な者には春は「残忍な季節」。モスクワ、平壌、ジュネーブ、こいというしらせも行けというしらせもない道を、私は胸の痛みをかかえてさまよい歩いた。

金秘書は私の彷徨を承認してくれた。私の気持ちをどうして知っているのか、「あいつから電話がくるかと思って空家にひとりでいるんだって？」という。このようなひと言が、私には涙が出るほどありがたかった。……あの悲しかった時期、ただの一度でも彼が私を責めたり、息子を「逃亡者」と断定したならば、私はみずから命を絶ったかもしれない。私がカバンの中に洗濯紐を入れてもち歩いたのは、金秘書のこんな叱責にそなえるためだった。私は死ぬよりもつらい時間を生きていた。

たまご商人

モスクワのベルナードスコボ通り。いつの年だったか、春の日。雨の降る中、うらぶれたアパートの片隅、伏せた箱の上でロシア人の女性がたまごを売っている。たまごと息子だけにビニールシートをかぶせ、中年のその女性は立ったまま雨に打たれている。行き交う人もいない。雨は降りしきるが、息子はシートの下にしゃがみこんで母親を見上げる。母親と目があうとにっと笑ってみせる。老人のようにうすい頬にしわを寄せて……。私はその前に立ち止まったまま、立ち去ることができなかった。

ああ、私の息子はどこにいるのか。胸をえぐるような悲哀。私もこんなふうにあの子を連れて、雨降る通りでたまごを売れたらいいのに。

公園にさしかかる私の眼鏡は涙でくもって前が見えない。濡れたベンチで泣いていこう。思いっきり泣いていこう。

コオロギ

夜の二時、また目がさめた。なぜだろう、夜明けはまだ遠いのに。外は真っ暗な闇。私の心の中のよう。悪い夢でもいいから、目がさめなかったなら……あの闇がこんなに私の心に直結していなかったなら……。

どうやって生きていけばいいのか。なぜ私は平静を失ったのか。去年、おととし、迷路をかきわけ何とかして出口を探したのに、「こんなふうに考えて生きていけばいいのだ」と思ったのに。せっかく安定をとり戻していたのに……。

晴天の日曜日。だから九月二十六日だった。おまえがいなくなった日が火曜日だったから。おまえは足を組んだ膝をぶつけて、私のそばに座って催促した。

「お母さん、こんないい天気だから市内を見てまわろうよ。電車を降りずにぐるっとまわろうよ」

電車賃一ウォン二十チョン×四＝四ウォン八十チョン――私の頭の中の計算機。子供のようにねだったおまえの純真。

「お母さん、ピアノ弾いて。ドヴォルザークの『家路』。もうひとつあったでしょう。お母さんがそらで弾けるもの」

おまえはメロディーを思い出させて私をピアノに座らせた。隣りに座って歌をうたったね。しゃがれ声の音痴。気にもかけずに。

……夢に描け　恋しいふるさと
蛍を探してさまよったあの日
いまは消えてしまった心のふるさと……

「ねえ、外に出かけてピアノの本を買ってこようよ。ねえ、そうしようよ、お母さん」

――四十ウォン？　五十ウォン？　私の頭の中の計算機。ピアノの本がどれほど高いか……。

私はどちらの願いも聞いてあげなかった。私は天罰を受けた。

生きていかねばならないのに、こんなことばかり考えていたら生きていけない。こんなふうに考えてみよう。いい女性に会ってどこかで暮らしているんだろう、と。

男の子にとって母親なんてそんなにつまらないものなのか。母親に足を縛られて自分の行く道を進めない男なんて見たことがない。あの子は私のことなんて考えていないんだろう。あの子に安定した生活がありますように、愛してくれる女性の胸がありますように。

コオロギよ。私の哀れなコオロギよ。

それがいつだったのか、はっきりとは覚えていない。あの子の部屋に入った私は、足許を這っている真っ黒なクモのようなものを見た。眼鏡をかけていなかった私は、よく見えなかった。

「これ何よ？　殺さなくっちゃ」

私は机の上から紙を取った。

「ちがうよ。放っておいて、お母さん。クモじゃなくてコオロギだよ」

「コオロギ?」

いぶかしげな目であの子を見上げると、彼は私をさえぎり、コオロギがぴょんと跳ぶのを守るような仕ぐさをした。

「ぼくが飼っているんだよ。もうすぐ季節になればきれいな声で鳴くのに」

コオロギは跳ぶのをやめて何歩か這うと、まるでそのことばを理解したかのように向きを変えてあの子の足許に近づいた。

「お母さん、こいつ、ぼくが自分に害を与えないってわかっているんじゃない? 怖がらないんだよ」

七年ぶりに帰ってきた息子。私は彼についてほとんどなにも知らない。聡明なのになぜかほかの子供たちにいつも殴られてくさっていた坊や。男らしくない軟弱な子。いまは成熟した若者になって戻ってきたのに、私は子供のころのこと以外なにも知らない。

「あなた、コオロギを飼ってるの? ほんとうにおもしろいわねえ」

私はそのかわいい息子の背中を軽く叩いた。舞踊家のようにととのったすらりとした体格。自分の息子だというには「おこがましい」ほど美男子の二十歳そこそこのあの子は、私にはそぐわない過分な「贅沢品」のようだった。

「おまえみたいに不幸せな人間にはふさわしくない」

いつか誰かが私からあの子を引き離すような気がして不安だった。だからあの子が母親よりも権力があり、美しく、財力もある叔母の蕙琳《ヘリム》を慕っていても、そのさびしさを当たり前のことのように思い、息子にも妹の蕙琳にも機嫌をとって譲歩していた私なのだ。

コオロギの季節だ。夜が明けたら私はすぐあの子の部屋に下りていって見てみたい。懐かしさ。あの子の心の一隅に住んでいたコオロギが懐かしく、心がはやる。まちがいなくコオロギが鳴いているはずだ。あの子が飼っていたコオロギの孫かひ孫だろう。私はコオロギの寿命がどれくらいなのか知らない……。

ああ、生きなければならないのか。世の中のすべてが苦痛の鐘を打ち鳴らすのに、どうやって生きていけばいいのか、どうやって……。

あの子がいた下の家は、官邸の真うしろからトンネルのような階段をしばらく下りなければならなかった。人の住んでいない家の絨毯のにおい……。

コオロギは鳴いていなかった。まだあの子の体臭が残っている部屋には、「史跡館」のようにあの子の所持品や本のすべてがもとの場所にそのまま置かれていた。掃除係のおじいさんの配慮だ。ぐるっと見わたした私は、たんすの上からトランクを下ろした。蓋を開けてなすこともなくあの子の服にさわっていると、すぐそばにつぶれた、かろうじて動いているコオロギがいるではないか。おまえはちゃんとこの部屋にいたんだね。

ああ、コオロギ。私が踏んだの？　かわいそうに。トランクを下ろすときにけがをしたの？　おまえはなぜ鳴かずに隅っこから出てきて部屋のまん中にいたの？　この誰もいない家。食べるものが何もないところで、おまえは誰を待って生きていたの？

手から力が抜け、トランクの蓋を開けたまま冷たいオンドルに座りこんでそのコオロギを見つめた。するとコオロギは脚を縮めたかと思うと、すこし奇妙な動作でおびえたように這いはじめた。よたよたと這ってはまた止まった。向きを変えて私のほうに這い寄ってきたが、膝の前でじっと止まってしまった。

人間と昆虫とのあいだに情が通じることがあるのだろうか。おまえはいつのコオロギなのか。えぐられるような胸の痛み、こみあげる懐かしさに涙がぼろぼろと膝の前に落ちた。

泣こう。おまえの前ででも泣こう。潮のように押し寄せる哀しみに目を閉じた。コオロギよ、おまえの主人はどこへ行ったの……。

ああ、コオロギが床に染みた私の涙に這い寄り、うずくまっている！　刺すように痛い私の涙がおまえの薬になるだろう。おまえを生き返らせるだろう。苦痛に打ち勝つのが生命の力ならば、おそらく私の涙には生命の秘薬がふくまれているだろう。

空家の秋の冷えびえとした空気、この墓場のような静寂の中でコオロギよ、おまえは誰を待って生きていたのか……。

一九八四年秋――。

78　官邸の信号板システム

息子を失ったあと、私はあの家に下りていかなかった。あの家に行くと息子とともに過ごした時間がよみがえり耐えられなかった。私は正男《ジョンナム》の遊び部屋のうしろにある小部屋のソファーに横たわり自分自身を痛めつけていた。見かねた管理員たちが、自分たちの部屋をひとつ提供して私の部屋を作ってくれた。彼らはみな子供たちを遺児学園〔戦争や対南工作で親を亡くした子供たちの通う学校〕に入れていて、ふだんは子供恋しさを隠しながら生きている「悲しい母親」たちだった。

私はまだ息子がいなくなった事実を母と蕙琳《ヘリム》に隠しており、金正日《キムジョンイル》が万景台《マンギョンデ》学院に入れてくれたことにしていた。これも金正日と示し合わせたことで、彼はこの約束を七年も守ってくれた。蕙琳の病に障ることももちろんだが、こんな恐ろしい「失敗」を仕出かした私を蕙琳から守るために、彼は私の願いを聞き入れてくれたのだ。

蕙琳の不安発作という神経病は、そばにいる人が耐え難いほどのヒステリーをともなっていた。難癖をつけて扱いやすい母と私をたびたびいびることを、金正日はよく知っていた。

一九八二年九月以降、私はモスクワの家族を訪れなかった。敏感な蕙琳が私の顔を見ただけで何かを感じとることが心配で、モスクワ－平壌間《ピョンヤン》を行ったり来たりしていることさえも知らせなかった。母にも南玉《ナムオク》にも会うこともできずに……。

八四年の秋、平壌の官邸裏の廊下のつき当たりの部屋で、家を守る〝修道女〟たちといっしょにいるときだった。金正日《キムジョンイル》はすでにその家を離れ、ほとんど立ち寄ることもない家は寺のように静まりかえっていた。

夢路にあった私ははっきりとジーンという信号音を聞いた。管理員の部屋にはみな信号板があるのだが、「基本」（金正日・夫人・正男《ジョンナム》）が管理員を呼ぶときに自室の呼びだしベルを押すと、管理員のいるすべての部屋にある信号板に明かりがつく。どこから呼びだされたのか、場所が知らされるのである。

信号板の「書斎」に明かりがついた。書斎にいる金正日が管理員を探している。明け方の三時だった。私は寝間着を着替えて待機した。私を呼ぶ可能性もあったからだ。数日前に階段で足をくじいてギプスをはめていた。案の定、管理員がノックした。

「伯母さん、先生がお帰りになりました。伯母さんをお探しです」

私は管理員に支えられ、はだしで彼の書斎の扉の前にいってあいさつした。八二年九月に息子を失って以来初めての対面だった。彼は何事もなかったように明るく、

「足はどうしたんだ？」

と聞いた。裏の廊下の階段でくじいたというと、たかが二段の階段でそうなったのか？　といった。彼には本来適当というものがない。あますところなく、徹底的に知りつくそうとする癖が

あった。私は夜、薬を飲もうと食堂に水を取りにいったとき、眼鏡をかけずにいったために転んだとくわしく話した。すると彼は、私が眼鏡をかけずにきたのを見て、

「伯母さんに眼鏡をもってきてやれ」

と管理員に命じた。

「うちにあちら（韓国）で出た女性百科があるか？」

「ええ、あります」

平壌と東平壌のそれぞれの家に一万冊をこえる蔵書があり、それらは母が一冊ずつ申請して買い入れたものなのでよく知っていた。

「どこにある？　東平壌に？　ここにあるのか？」

「ここにあります」

私は眼鏡を受け取って、書斎のうしろ壁の書架の左端にある女性百科を指さした。彼は大満足だった。満足したときの彼の表情は、とても親切だった。管理員がはしごから下りてくるのを見上げながらいった。

「崔銀姫《チェウニ》が女物の衣装（映画衣装）のサンプルを見たいといって女性百科を探していたんだが、よかった、よかった」

彼はこんな本までリストアップしていた母の緻密な図書購入に満足し、ひょいとポケットから取り出しでもしたような私の即答もお気に召したらしく、浮きうきしていた。

「探してみてくれ。あそこ（韓国）の婦人物のチョゴリのサンプルだ」

それらしきものがあった。

「車に積んでおけ」


数日後、彼がまた電話をかけてきた。

「うちに李光洙《イグワンス》〔解放前の朝鮮近代文学の代表的人物〕全集があるか？」

「あります」

「そこに『開拓者』があるか探してみよ」

彼は親しい相手にはぞんざいな言葉遣いをする。

大応接室の書架から本を取り出す前に車が玄関に入ってきた。大応接室は玄関の前にあった。

「探したか？　あるか？」

私は本の前のほうのページで『先駆者』を見つけた。

「先生、『先駆者』ではありませんか？」

「『先駆者』？　うん、うん、同じものか？」

私はそのすぐうしろのほうで『開拓者』を見つけた。

「いいえ。『開拓者』はまた別にあります」

金正日は失くした物を見つけたかのように喜んだ。

「申相玉《シンサンオク》が映画を撮るために探しているんだが、学習堂（中央図書館）にもないし、金日成《キムイルソン》大図書館にもないんだ。そうだ、うちにあるかもしれないといったんだが、よかった、よかった」

家には李光洙全集が三組あった。『開拓者』だけ見せようと本を一冊だけ取り出した。中相玉に全集一組をそっくり下賜するようにと私はいった。家には三組あるというと、彼はとても喜んだ。私はその日、巻末の索引で二〇年代の文筆家の写真を見ていて、開闢《ケビョク》社時代の私の母を発見した。

「ここにお祖母さんがいます」

彼に写真を見せた。とてもふしぎそうに、彼は写真をしげしげと眺めた。

「いまの姿とほとんどいっしょだな」

背がすらりとしてほっそりとした六十年前の母は、一目でそれとわかった。母は若いころ、世界的な女優のグレタ・ガルボのようだといわれていたことを思い出したが、口には出さなかった。彼はすべてを話すことを好まなかった。私はその索引の載った巻を自分にくれないかと頼んだ。

「李光洙全集をすべてもっていけ。伯母さんに一組そっくり渡してやれ」

私はその日、世界文学全集五十冊と野史全集、それぞれ母が二組ずつ購入した本の一組を指導者からもらった。

私は彼の前でその日が息子を失くして以来の対面であることを忘れていた。指導者は何事もなかったように私に接してくれた。ほんとうのところ彼は忘れていたのかもしれない。それほど大きな政治的事故をおこした私を許した根拠は何だったのか。息子を失った母親の苦痛を、政治的損失よりも上位においたのではなかったか。彼は政治性よりも人間性を好んだ。

79　ヒットラー崇拝は嘘

母が官邸に入ってはじめに目をつけたのは、官邸の蔵書を整理することだった。金正日《キムジョンイル》はこころよく承諾した。十年間、金正日は几帳面に四半期ごとの日本と韓国の出版目録をもってきた。自分の車に積んできて、ひと抱えずつ運び込んでは玄関から「お祖母さん！　お祖母さん！」といって母を探した。

母は出版目録をすみからすみまでひっくり返し、哲学、歴史、思想、教養、文学、芸術、美術、辞典類、偉人全集、子供向けの読みものと青少年教養書、学習参考書などを抜きだした。目録は漢字で書かれていたため、わが家でその作業のできるのは母ただひとりだった。昼は正男《ジョンナム》の面倒を見るためにほんの一分の時間も割けなかった。母は夜を徹して図書目録を作成し、ほかの紙に清書した。一字まちがっても一ページすべてを書き直した。指導者に捧げる書類だといって、誠意をつくした。七十歳の老人が……。

本がくるときは数十箱ずつ入ってきた。夜中に母が分類し、書架のしかるべき位置に収められるように、管理員たちが大応接室に隙間なく本を整理しておく。正男を寝かせてから母は、その

「本の海」を行ったり来たりして配置を決めた。どんなに遅くなっても、仕事を終えるまでは眠らなかった。母は適当にすますことができなかった。ただの一冊も入れまちがうことのないように指示し、入れまちがいはすぐに正した。大応接室、遊び場、娯楽場、空いている壁にはことごとく本がぎっしりと並べられた。この本がなかったら、私たちはあの家で魂の抜け殻のようになって窒息していただろう。

この本のおかげで金正日が自分の父親に「喜びを与えた」場面を私は目撃した。

何年だったかは忘れた。ドイツの女流作家ルイーザ・リンザがはじめて北朝鮮にくるという噂があったときだったが、首領様は息子の金正日にルイーザ・リンザの本が国内にあるのかとたずねた。学習堂にも非公開図書室にもなかった。金正日は母に電話をかけた。

「ルイーザ・リンザの本が家にありますか?」

「はい、あります。全集があります」

母は自分が几帳面に選定して申請書を作成した本はみな記憶していた。あのとき、彼はどれほど喜んだか……。彼は孝心があつく、自分の父親を尊敬していた。彼はルイーザ・リンザ全集を自分の父親に届けた。首領様は彼女の本をあらかじめ読んだうえで作家に会った。

五・二五教示以後、外国図書の搬入が厳禁され、本はおろかリンザが誰なのか知る人も珍しかったときだった。ルイーザ・リンザと首領様の親交はしばらくつづき、彼女は北朝鮮と首領様について、いい文章を書いた。

私は朴景利《パクキョンリ》の『土地』『金薬局の娘』などを金正日の官邸で読んだ。母が先に『土地』を読んで私に勧めた。
「たいした女性だ。私は『林巨正《イムコッチョン》』（洪命喜《ホンミョンヒ》著。李朝時代の義賊を描いた解放前の朝鮮文学の名作）のほかにはこんな大作は初めて読んだ」

母はとりわけ女流作家、女性名士たちの本はすべて買った。ボーボワールの本、女性の人類学者たちの著書、『裸足のイサドラ』まで。それらは別の書架に配置した。

外界と断絶したあの高い塀の中で、母の積みあげた本の山は世界に開かれた窓であり、私たちを生き延びさせる空気孔だった。

母は遠まわしにこんなこともいった。
「現実を書けないときは、歴史小説を書いているようだよ……」

私に勧めることばだった。『世宗実録』『太宗実録』『壬辰戦乱史』……数多くの歴史の本を根気強くそろえた母の心が、私にはひたすらうら悲しかった。

母は歴史の本をいちばんよく見えるところに置いた。母は歴史が好きだった。金正日秘書の書斎には、すぐに彼の手の届く場所に自分の勧めたい本を配列した。私はそこにヒットラーの『わが闘争』が置かれているのを見た。私にも読むようにと勧めたが、私は読めなかった。最近韓国のある出版物に金正日がヒットラーの崇拝者だと書かれているのを見て、いささかおどろいた。彼に二十年間接し、そんなふうに感じたことはなかった。彼がもしかして『わが闘争』を知っているということから派生した、誰かの推測ではないかと思った。それともただの作り話だろうか……。

母はたんに自分の子供たちのためだけに蔵書をととのえたわけではなかった。学習堂やほかの専門機関がこのような本を購入する能力がない状況下で、せめてこの家にでもこの種の本を買い求めておけば、いつかはそれらがすべての人びとのために必要になるだろうと思ったのだ。母は幅広い政策の時代がそのうちやってくるだろうと信じていた。

母は機会を見ては重複している本を学習堂に送るよう提議した。世界風俗学大系、地質図鑑、百科事典、オペラ百科……。事実、母の願いはほどなく実行された。重複している本、作家や研究者の参考になる本を選びだして学習堂に送れという金正日の指示が出された。母は取消命令が下らないうちにと、あわてた様子でその日のうちに数多くの本を抜きだした。私たちは喜んで本をトラックに積んで送りだした。

また八〇年代後半、世界の名作を子供や青年たちに読ませなければならないという「おことば」が発せられると同時に、わが家にあった数多くの少年少女のための名作が原本となって出版されるようになった。指導者の命令は鉄則であるだけでなく、即時実行される。わずか数日後、私は通りやアパートの塀の角で子供たちが「きみもぼくも」と本を開いて読んでいるのを見た。病院に行く途中の普通江《ポトンガン》公園で本を読んでいる子供たちに聞いてみた。

「それは何の本なの?」

彼らは『ピノキオ』を読んでいた。

「指導者先生が送ってくださった本です」

声を張りあげて合唱する。

母が多くの本を買い求めたのはたんに自分の子供のため
だけでなく、北朝鮮の将来を考えたうえでのことだった

「ほかにどんな本があるの？」

どの子も自慢げに本を取り出す。アンデルセン童話集もあり、イソップ寓話集もあった。家に帰って母に話すと、

「ほれ、ごらん。ほかのこともそうなっていくはずよ。父親とはちがうじゃない」

金正日《キムジョンイル》は新しいものに敏感で頑固ではない、彼はこの国を「文明救済」したがっているというのだ。

そのころ、長いあいだ凍結されていた世界文学全集も出版された。わが家に死蔵されていた多くの本がこうやって運びだされるとき、母はその本を見送り、いつまでも玄関に立ちつくしていた。

図書申請目録を誰にも代筆させずに書きつづけ、白々と夜が明けるまで修正していた母。数百枚をこえる紙に震える手で書き綴ることで人民のために貫こうとした自分の誠意が、いま結実しようとしているのを目の当たりにして、八十歳を前にした老女は感慨無量だった。

80　忘れられない「カラチカ」

女性百科と李光洙《イグワンス》全集を探し出した八四年の秋。その誰もいない家の部屋に話しかける人もなくひとり閉じこもり、私は失った息子を思って気が狂いそうだった。

自分から出ていったのか？　拉致されたのか？　自分の意志で行ったのならなぜ母にひと言もなく行ったのか？　あの子はそんなむごい人間じゃない。ちがう。絶対にそんなはずがない。情の深い子で、悪いことを仕出かす勇気もない子だ。

それなら拉致されたということなのか？　誰が？　どうやって？　専門家に聞いてみても、これまでにあった拉致事件では、どんな場合でも半月やそこらの準備期間で成功した例はないというのだ。少なくとも一カ月以上の準備が必要だというのに、あの子はジュネーブに着いてまだ半月しかたっていなかった。モスクワからあとをつけてきたということか？　誰が？　安企部が？　それも考えられない。あの子は一年間平壌《ピョンヤン》にいたし、行方不明になる前、モスクワにはほんの一週間いただけだ。

若者はふつうの人が考えもしないとんでもないことを仕出かすことがあるものだとか、何年も便りひとつ寄こさないままに消息不明になり、三年ぶりに現れたというある人のいとこや別のいとこの例など聞かされて一時の慰めにはなったが、そもそも私がモスクワでもジュネーブでもない平壌の家、このタコ壺の中に入っていたら、あの子が帰ってきたくてもいったい誰に連絡できるだろう。モスクワであれジュネーブであれ、私は彼の電話を受けられる場にいなければならなかった。

　本を探しにやってきた日以来、金正日《キムジョンイル》はもはや家に戻ってこなかった。あの家では名節〔国家的記念日〕ごとに「尊敬する先生に」というあいさつの手紙を、掃除係の令監《ヨンガム》〔年長者の敬称〕までみなが書く習わしがあった。私はその機会に自分の苦しい胸の内を率直に打ち明けた。モスクワに行って電話を待ちたいと。モスクワはモスクワで、私が八二年以来姿を見せないのは異常だといって、蕙《へ》琳《リム》から「伯母さんに一度会わせてほしい」といういらだった電話があった。

　たぶん八五年の正月だったように思う。私をモスクワに出発させよという指示が課長に下った。モスクワ飛行場に迎えにきた南玉《ナムオク》は紙のように蒼白で、クモのようにひからびていた。彼女は自分の兄がいなくなった件をすでに八三年の春に知り、母親が空家でどれほど苦しい時間を過ごしているかを知っていた。

　私は息子の電話を待つ中毒症にかかった。二十四時間、耳には電話のベルばかり響き、電話のベルがすべて息子からの電話だと思いこむ幻覚症状に半ばおちいった。私は当時の電話記録簿を十年以上もっていたが、そこにはあいまいな電話はすべて息子からの電話であると信じこみ、一方的に私のメッセージを伝える有様が残されていた。「私の息子に伝えてほしい。一時間後にマリーナ商店にくるように」、あるいは「私の息子にまちがいなければ十分後にまた知らせろ」と。このようなメッセージを何度も受け取った詐欺師たちは、息子の代理人のふりをして私をだまし、私から物や金を奪っていった。当時のソ連は崩壊寸前で昔の規律が失われ、米ドルや電子商品、外国製品に狂った詐欺師たちの世界だった。

私はどこの誰かもわからない人が自分の息子とつながっていると信じこみ、録音機や電子時計、衣類を渡しつづけた。私のこのような行動は娘を絶望におとしいれたが、あの子は母親のかすかな「希望」を抑えまいとして何もいわず、ひたすら見知らぬ通りや娼婦たちが外国人たちを誘うコンチネンタル・ホテルやインツーリスト・ホテルを探し歩く私について、だだっ広く荒廃したモスクワをあまねくさまよいつづけた。

夏の夕立が降りしきるモスクワの北のほうの街はずれのカフェ「カラチカ」。屋根が押しつぶされたような工事現場の仮設のカフェに南玉《ナムオク》を行かせ、いまにもあの子が兄を連れて出てくるかのような光景を期待して首を長くして待っていたあの時間……。「プロスペクト・ミラ」(モスクワの通りの名前)の広い道路をさまよい、黒い頭を見るだけであたふたと追いかけた私は狂った母親だった。雪が山のように積もったモスクワ。ひげに霜がついた善良そうなロシア人を見ると、ハンドバッグに入れてもち歩いている息子の写真を見せ、こんな子を見なかったかと駆け寄った。誰かと話したがっていた「痴呆老人」だった。

81　ジュネーブ再訪

ゴルバチョフがペレストロイカを宣言したとき、北朝鮮はソ連の「変質」に政治的な敵対感を高め、安全保障上の不安をおぼえた。

「もはやソ連は友邦ではなく、わずかの金で情報を売り渡す〝汚らしいドル乞食〟である。むしろ道徳律の高い中立国スイスが信じられる」

正男《ジョンナム》と南玉《ナムオク》の勉強場所をふたたびジュネーブに移した理由はこういうことからだった。

母が二人と蕙琳《ヘリム》を連れてスイスに行った。南玉は商業学校に入学してコンピュータを勉強した。正男は国際学校の自分の学年に編入した。遅れて私がジュネーブに着いたとき、正男は学業に興味がもてず、同じ年ごろの子たちの話ではガールフレンドをオートバイのうしろに乗せ、もう同棲しているといった。

正男は幼いころから絵を描くのがうまかった。彼は人を見れば誰でも特徴をつかんでスケッチしたが、ひとめで誰だかわかるほどだった。私は彼に趣味をもたせるため、そして「質《たち》の悪い若者たち」からひき離すために個人の美術学校に入れた。彼はすぐに先生の目にとまり、校長は彼の芸術的才能を評価した。

しかし思春期の正男《ジョンナム》は、夜になるとバーに出かけるようになった。しだいに帰りがおそくなり、金遣いが荒くなりはじめた。彼に女ができたことを知った。そのころ私たちは初めてエイズという病気を知り、恐怖にぶるぶると震えたものだった。

母が決断を下した。

「勉強をさせてもらえなくても、清潔な私たちの国に連れて帰ろう。即刻帰ろう」

伝染病区域にでも入ったかのように母は怖がった。私は南玉《ナムオク》とともにジュネーブに残り、蕙琳《ヘリム》が母とともに正男を連れて平壌《ピョンヤン》へ出発した。

ジュネーブ飛行場のモスクワ行き四一番ゲート。その日、正男は黄色のラクダのコートを着ていた。図体は大きくてもあどけない正男の端正な顔、その横で憂いに沈み、悲愴感さえ感じさせる八十歳の母の深刻な表情。どうすることもできない正男の空しい明日。

すべてを甘受しようとしている母親の蕙琳は、不憫な思いをこめて息子を眺めるばかりで、無力な重病人の彼女にどんな方策もあるはずがなかった。

私は南玉と二人、ジュネーブにさびしく残った。彼女はおもに社会人を対象にした商業学校で、街の東西南北に散らばっている講義室を渡り歩かなければならないので、夜の講義を受けて帰ってきては、ひと言もいわずにベッドに倒れた。

ある日曜日の朝だった。あの子がベッドに座ってすすり泣いていた。こんなことは初めてだった。夢を見たという。パパ（金正日）がハーバード大の正門前に彼女を連れていって、早く入れと背中を押してくれたというのだ。あまりのうれしさで、ひらひらと庭に跳びこんでいって目がさめたというのである。

私は李哲《リチョル》大使〔八七年から大使に昇格〕にこの話をした。娘を綜合大学に入れてほしいと懇請し、ジュネーブ綜合大学に聴講生として入学させた。大韓航空機爆破事件の直後だったために北朝鮮にたいする感情が悪化し、いくら大使の覚書を出しても本講生としては受け入れてくれなかった。南玉はどの本講生よりも誠実に勉強したが、教務部では彼女にどんな資格証も、それに類したものも出せないといった。それでも彼女は一生懸命勉強し、教授たちから愛され、よい友だちもできた。しかしあの子には元気がなかった。一九八九年のことだった。

82　第十三回青年学生祭典の悲哀

一九八九年の夏休み、南玉《ナムオク》と私は第十三回青年学生祭典を見に平壌《ピョンヤン》に戻った。その当時、東欧圏から大量の留学生が逃亡する事件が発生した。食卓で金正日《キムジョンイル》はそんな話をしながら南玉に、もうやめたらどうか、一生懸命勉強しても聴講生卒業証もくれないのになんで最後まで在学するのかというのであった。実際は、正男《ジョンナム》が平壌でひとり閉じこもっているのはよくないので、南玉が残って友だちになってやれという意味だった。南玉はふたたび囲いの中に入ってしまった。

その夏は蕙琳《ヘリム》もいっしょで、彼女は一男《イルナム》が七年も姿を見せないのはおかしいと考えた。久しぶりに会った彼女は、金正日に謝罪するような口調で、一男が過ちを犯して「革命化」しに「下りていった」のはまちがいないようだが、もう年も年なので連れ帰って所帯をもたせてあげてほしいと、祈るようにいったという。

そのときになって初めて正日はひと言、

「どこかにいるんだったら所帯をもたせるさ」

といった。蕙琳はおどろきのあまり聞き返すこともできずに呆然としていた。あの子は七年前にいなくなったのだと金正日は真相を明らかにした。蕙琳はそのままつっぷして泣いてしまった。彼は私との約束を七年間も守ってくれた。

もう南玉には結婚という出口しかなかった。結婚してこの囲いを出さえすれば、なんとか人間社会と接することができるのではないか。

私は蕙琳がいるうちに、すばやく手をまわして南玉の結婚相手を見つけようとした。勉強はこれ以上させられないだろうし、ほかに何の出口も見つけられないのなら、婚期をのがさないように急がねばならなかった。

すべての問題が最高執権者を経ないと解決されない私たちの生活は、幾重にも重なった茨の道をかきわけて行くよりももっとつらかった。岩をころがして押し上げるよりも。登ることもできない絶壁に向きあっている空しさだけだった。岩ならばころがしてもみるだろうに……。

金正日はもうこの家には帰ってこないため会うこともできず、国の存亡を指揮する忙しい人に生活の瑣事《さじ》などを相談して煩わせることは申し訳なく、恐ろしかった。

それでも蕙琳が平壌にくれば電話が通じ、蕙琳に会いにくるのだから、彼女を通じていっさいを解決してもらわなければならない。それも洗濯石けんにはじまって子供たちの将来を決定する重要な問題までがふくまれていた。

当時の国の状況はすでに劣悪で、目を覆いたくなるような話ばかりが耳に入ってきた。戦争中でもびくともしなかった国の紀綱は揺らぎ、病院に行っても外貨商店に行っても、生きんがためにあえぐ人びとの目はただひたすら「物」だけを求めていた。元山《ウォンサン》のような大きな港湾都市でさえ電気が停まりまったくの暗闇の国、外貨一ドルのために女子大生が体を売ったという話……。

私は外貨商店に行きたくなかった。特別仕様車に乗って市内を通り抜けるのが恥ずかしかった。そんな状況で第十三回青年学生祭典をどうやって開くというのか。ソウルが八八年オリンピックを開催したのならばそれはそれでいいではないか。それと張りあおうとする党の考え方がうら悲しく感じられ、心配でもあった。

喫茶店ひとつなく、商店すらないこの都市を世界にどう公開するのだろう。非難ではなく心配だった。私だけでなく、すべての市民が感じる心配だった。

人民は都市を美しくととのえ、自分の家の台所まで新しくペンキを塗った。この祭典にくる人びとの目から少しでも自分たちの貧しさを隠そうと、とっておきの服を着て客人たちのいる宿所の前をぶらついた。色とりどりのナイロンのチマ・チョゴリを着て、まったく同じ日傘をさした女性たちが、玉流橋《オンニュギョ》を何時間も行きかう姿を見たとき、私は涙が出た。この件はあきらかに西側の記者たちにつかまれただろう。

蕙琳《ヘリム》が帰ってきていたこともあって、祭典の全期間、金正日《キムジョンイル》はしばしば家に立ち寄り、そこを拠点に祭典を指揮した。わが家は彼の潜在意識の中で、信じるに足る価値観と臨機応変な対応のできる機智ある場所と考えられていたのだろう。わが家族は非常時には彼の精神の斥候となり、危機の際には身を挺する政治的精鋭だと彼は信じていた。

「資本主義と富の体験のないやつ」よりも、その体験を通じて社会主義を選択した人びとのほうがより信じられるという金正日の見解は、彼が私の母や姉妹を政治的に信頼する根拠だった。

食卓に向かいあって座ったときに、ひと言でも彼の助けになるようなことをいおうとして、私たちは祭典を注視した。祭典会場に行くようにと、彼が私たちを〝解き放って〟与えてくれた「任務」に忠実に応えた。

正日は正男《ジョンナム》、南玉《ナムオク》、管理員、運転手までふくめた家の人たちと私にまで、祭典会場に出入りできる出入証をくれた。私はその祭典会場に足を運びながら、客を見るのではなく北朝鮮の人びとを見た。困難な条件下でひとつの心、ひとつの意思となって、力にあまる行事をしなければならない私たちの立場と弱点を痛感させる彼らの忠誠心、高度な政治性、慎重性からは、戦時の同志愛のようなものが感じられ、油気のない皮膚と質素な身なりに、兄弟のような感情を覚えずにいられなかった。

このようなことを私は金正日に具申した。志ある人なら誰がその祭典をお祭り気分で迎えられようか。けれども私はそのような重苦しいことばかりいったわけではない。この機会に花婿候補を求めて歩いた話を包み隠さずはきだした。

彼はおもしろがって笑い、目にかなった者はいたのかと毎日関心を示した。祭典はもう半分終わっていたのに、中身は二の次として外見で気に入った男性はただのひとりもいなかった。

ところが、テレビに出ていた名前もわからない人物がちょっと私の目にとまった。私がその話をすると正日は好奇心をもって聞いていたが、すぐに調べてくれた。「中央民青にいるやつなんだが、もう結婚してるよ」彼は愉快そうに笑った。

このころになると私は元気が出てきて、東奔西走しながら最小限知的な印象の男を探した。芸術祝典劇場のテナー歌手にも目星をつけ、あるところで見かけた通訳も……。彼は私のこのような軽々しいふるまいにも気を悪くせず、蕙琳《ヘリム》と同じ熱心さで耳を傾け、相談にのってくれた。こんなときの彼は庶民的で気さくな友人のようでもあり、ひょうきんな中学生のようでもあった。

83　「うちにも公衆電話があるよー」

八〇年代末のある年の正月だった。大晦日の夜、年の変わるころには官邸のすべての部屋のカレンダーが取りかえられる。官邸のどんな正月準備よりも新しいカレンダーは印象深かった。それを見ると希望をもてる明日があるように思えたからである。幾重もの深く高い囲いの中で、カレンダーと地図は、私たちに特別な意味をもっていた……それはさておき。

食堂の丸テーブルの私の席は、先生（金正日）とほとんど向かいあった場所にあった。先生と夫人（蕙琳《ヘリム》）が並んで座り、その隣りに正男《ジョンナム》、そして南玉《ナムオク》、私の母、私。このようにテーブルを囲む。

先生の椅子のうしろにはカレンダーがかかっている。私の真正面の壁だった。ある貿易会社が作ったカレンダーで、一ページにひと月が当てられ上半分は写真だった。一月の写真は全面が赤い公衆電話ボックスの内部で、毛皮の帽子と毛皮の半コートをきた若い母親が受話器をもち、その横で母親を見上げている娘を見ながらほほえんでいる姿が写っていた。輸出品の毛皮のコートと毛皮の帽子を宣伝する写真のようだが、目を引くのは、公衆電話ボックスの中で受話器をもって満足そうに笑っている女性のポーズと、ふしぎそうに見上げる娘の表情だった。毛皮の紹介を兼ねて公衆電話を強調する撮影意図が明らかだった。

そのころやっと公衆電話を中心街にだけ設置するようになったわが国の立ち遅れを、さも自慢げに写した撮影記者の純朴さは同情すべきなのだろう。こんな明らかな誤りがチェックもされずに出版されて官邸にまで入ってきたことについて、私は食事をしながらあれこれ考えていた。

タクシーがない、公衆電話がないという外国人の非難にたいする埋めあわせなのか……。いずれにしろ、困窮するわが国の経済の一端を物語っている。やっと設置した市内のいくつもない公衆電話も、子供たちが部品をみなむしりとっていって、横を通ると空のボックスだけが立っているのがふつうだった。部品を奪って有線放送機を作るという……。

私が初めてソ連に行ったときいちばん目についたのが、ちょっと歩けば公衆電話がいたるところにあるその豊かさだった。その電話代は二チョン！　二チョンを入れれば一日じゅうでもかけることができる。時間制限がないのである。時間を計る計器を設置できない技術的立ち遅れがあるのかもしれないが、とにかく社会主義ソ連は、人民にできるだけよくしてやろうという社会施策をとっていたのである。

いずれにしろ私たちは、ほかの国ではとっくの昔に解決している公衆電話をいまになってようやくお目見えさせるありさまなのだ。そんなことはこっそりするものであって、何が自慢なものか……。向かいに座って食事をしている最高指導者にそういいたかったのだが、公衆電話自慢のような瑣末なことよりも、もっと大切な話すら口にできない状況にあるのだと自分の気持ちを抑えこんだ。

食事を終えて部屋を出ようとした指導者がカレンダーに目を止めた。私たちは立ち上がって彼が見ているカレンダーの写真を眺めた。すると指導者は痛快そうに「ハハハ」と笑った。彼は並んで立っている私たちのほうを見わたして、おどけた幼な子のような表情を浮べた。そして幼稚園児たちが自分の家にあるものを自慢することばをまねていった。

「うちにも公衆電話があるよー」

その写真のあからさまな意図を、その幼稚さをどんなことばで表現するよりもぴったりだった。私たちは彼のことばがある種の無念さをふくんでいるのを知っていたため、ひと言もいわずに静かに聞くだけだった。指導者は軽くため息をついて、寝間着のズボンをずりあげながらひとり言のように、

「どうしたらいいのか……」

ということばを残して遊戯場のほうへ出ていった。外国ではどこでもとっくの昔に普及している公衆電話を、いまになってようやく試験的に設置するしかないわが国の現状もどうしようもないことだが、それを自慢げに紹介したがる「井の中の蛙」の自慢（幼稚園児が家自慢するような幼稚な）も、どうしようもないことだという彼のあきらめ。彼は貧しい国の暮らしに直面するたびに、どれだけあきらめなくてはならなかったのだろうか。

長い廊下の先に消えていく五尺〔約百五十センチ〕の短軀のうしろ姿を見送りながら、母と私は複雑な思いにひたっていた。

84　独身男性たちの集団見合い

このころ課長が、官邸の護衛小隊に何年も服務している年をくった独身男性たちをみんな「解決」していただきたいと、指導者に勇気を出して提議した。

すでに三十五歳になった男性もいた。小隊の軍官ぐらい課長の裁量で適齢期になったら結婚させてもよさそうなものなのに、すべて指導者の決裁がなければならないという制度があるため、小隊員たちの人生はよどんだ水のように腐るのが当たり前だった。数十人の年をくった独身男性の名簿を見た指導者は、しばらくして数十人の女性の「人物資料」をもってきた。

私宅村（官邸の衛戍区域《ウィス》の中にあった）に対面場所を定め、集団で見合いをさせておたがいによければ電撃的に集団結婚式を挙げるのである。

名簿には正男《ジョンナム》の副官のキュチェや運転手も載っていた。彼らの花嫁候補は夫人（蕙琳《ヘリム》）が選び（もちろん私の母も私もかかわって）、先生に承認させた。中でもよさそうな女性を選んであげた。

見合いは一日で順調に終わり、あれこれ比較する余地もなくカップルが決められた。

キュチェだけが花嫁候補に拒否された。彼はすこし見映えの悪いほうだったが、彼よりももっと不細工な独身男性も通過したのに、候補の女性は彼のあまりにも下卑た笑い方、笑うたびに馬の歯のように歯ぐきがむきだしになる様がぞっとするといった。

キュチェが「ワカメの汁を食べた」〔落第や振られることを意味することば〕というと、指導者は二次候補の中から「同じように不細工なのをくっつけてやろう」といって選び出した。次の日、キュチェは見合いに行くといって姿を見せなかった。昼食後、指導者は結果が気になって課長に聞いてみた。まだ終わっていないと聞くと、

「あいつ、またワカメ汁食っているんじゃないのか？」

といいながら、「指導者の副官にしてやれ」といって課長にキュチェの位をあげてやれと耳打ちした。

彼はけっこう真剣だった。車は玄関に待機していた。しかし指導者は玄関の前で車に乗るのをためらいながら、いつもどおり彼を見送りに出て玄関に立っている私たち相手に冗談をいった。

「また振られるんじゃないのか？　なぜこんなに時間がかかる？」

結果をみてから出かけるつもりのようだった。課長が庭の向こうから走ってきた。

「うまくいったようだな？」

彼が笑いながら近づいてくる姿を見て、指導者はいくらか安心したように車に乗りこんだ。自分の父親に見えないように、車のうしろから正男が手まねで課長にたずねた。課長は手を横に振りながら近づいてきた。

指導者の顔から笑いがすーっと消え、

「また振られたのか？」

と顔をのぞかせて課長に聞いた。息せききって飛んできた課長はいった。

「まだ返事をもらっていません。先生がお待ちになっているようなのできました。私がかならず通過させます。安心してください」

正日はハンドルの上に手を置いてぼんやりとすこし考えていたが、突然大声を張りあげた。

「おまえがどうやって通過させるんだ？」

課長は先生の心遣いにひどく恐縮して、ヒヒヒと笑いながら答えた。

「私が通過させられます。ご心配をおかけして申し訳ございません」

指導者は私たちを見ていった。

「ほかにも女たちはいっぱいいるじゃないか。無条件に『はい』というようなのが……」

どうにも納得できないように小首をかしげ、ブンとエンジンをかけて出ていった。

85　南玉《ナムオク》の結婚騒動

第十三回青年学生祭典で忙しいさなかに、金正日は娘の南玉《ナムオク》の結婚相手となる候補者の「人物資料」をもって入ってきた。四人の独身男性の資料で、写真付き、出身、家庭環境、学力、現在の評価……判で捺したような項目が並ぶ、北朝鮮のどこでも共通する人物文献だった。母、蕙琳《ヘリム》、私はその四人の資料を見てことばもなかった。

いずれも最高の学力、最高の信頼性が保証されている美林《ミリム》大学の教員だった。私はそのとき、美林大学が軍事科学者を養成する専門大学であるという知識しかなく、その重要性や将来性についてはとくに知らなかった。のちに知ったことだが、美林大は秘密大学で、秀才たちはみなそこに連れていかれると世間では噂されていた。

金正日秘書は最高の独身男性の名簿を組織部幹部課に要求したのだろう。軍服を着たその選ばれた四人は、私たちの生活の範疇とはおよそかかわりのない雰囲気を顔と上半身（写真は肩までしかなかった）に漂わせて、かしこまっていた。

それをうまく断れるのは、蕙琳だけだった。正日の厚情を受け入れながらも拒絶しなければならない。彼が腹を立てるかどうかは誰にもわからないことだった。その中に選ぶに値する人物はいないと指導者自身も思っていると、蕙琳《ヘリム》は見当をつけていた。

「まるで四つ子のようね。みなそっくり同じ顔で区別できないわ。ちょっと選んでみてください」

ほんとうに彼らの印象は寸分たがわぬものだった。正日は大笑いした。女であれ男であれ、同じ姿の個性のない若者たちを嘆く、そんな笑いだった。それは画一主義から生み出された社会的・歴史的産物であることを彼は認めていた。

彼は個性を好む。たとえ〝不出来な者〟だとしても、個性が強ければ彼は惹かれた。

「ひとりも使いものになるやつはいないな。あの南玉《ナムオク》にあう若者はどこにいるんだ。外に出て自分の目で選んでみろと、いえ」

独身男性名簿は金秘書の感情を損なわずに退いていった。自分で自由に選んでよいという有利な条件をもたらして。

私は娘といっしょに目につく若者を選びに、第十三回青年学生祭典がおこなわれているあれこれの集まりを朝から晩までまわりつづけた。

「まだ選べないのか？」

「いないそうです」

「いないはずないだろう」

この捜索作戦には正男《ジョンナム》も加わり、正男の指示で彼の随行員たちや運転手たちまで参加した。

南玉（左）が結婚相手を探していたとき、金正日は候補
者の人物資料を用意するなど親身になってくれたが……

「田舎者らしくないと思ったら、ぜんぶ日本からの帰国者です」

「なかなか垢ぬけしてるなと思って裏で調べてみたら、幹部の家族ですが有名な浮気者です。捕まったこともある」

「なあ、南玉《ナムオク》。仕方ないよ。〝どこに行くの〟に嫁に行くの」

ひょうきん者の正男《ジョンナム》は南玉をからかって笑った。「どこに行くの」とはあの子たち同士にだけ通じる隠語で、「純北朝鮮産」を意味する。韓国の二人組コメディアンが北朝鮮の歌「どこに行くの」を風刺してうたっているのだが、彼らの演じる身なりや表情は北朝鮮同胞の典型だった。その後、正男と南玉は、純朴で田舎くさい「国産種」を「どこに行くの」と呼んでいたのだ。

二次名簿が送られてきた。ここでも選べなかったら今度こそ金正日《キムジョンイル》は激怒するかもしれない。母と蕙琳《ヘリム》と私でひとりの男性を選んだ。南玉も会ってみるといった。

その男性に会ってきた南玉はいった。

「仕方ないでしょ。決めなくちゃ」

実際私たちは、今回決められなかったらもう嫁に行かせるのはむずかしいと考えていた。あの忙しい金正日秘書にまた探してくれとどうして頼めようか。決めたというと、電撃的に婚約式の命令が下った。

十月十日、平壌清流館《チヨンニユグアン》で簡単な婚約式を挙げた。婚約式を終えて帰ってきた南玉は絶望におちいった。私は次の日、南玉の気分転換のために母をともなって妙香山《ミヨヒヤンサン》にハイキングに行った。南玉は釘を飲み込んだような状態だった。二人が会うのは一カ月に一度あるかなしか、南玉は会って帰ってくると欠点ばかりあげつらった。

「『稲の穂は実るほど頭をたれる』なんて、なんで格言ばかりいうのかしら？　ああ、憎たらしい」

「公園のベンチに座ってつばを吐きちらすのよ。頭もいいみたいなのに、なんであんなに非文化的なのかしら？」

六カ月たって南玉は結婚しないといった。一生結婚できなくてもいい、気に入らないと宣言した。たいへんなことになった。どうやって金正日秘書に認めさせようか！

南玉は叔母の出現だけを待っていた。モスクワから蕙琳が帰ってこそ、金正日秘書は家に帰ってくる。こういうことを機転をきかせて押し通せるのは、蕙琳のほかにいないからであった。

蕙琳が正月に帰ってくると、南玉は叔母に断固として「いやなの。嫌いなの」といった。

書斎で正日と話して戻ってきた蕙琳が、笑ってぐるぐると腕を振りながら南玉を探した。

「だいじょうぶよ。快く承諾したわ。いやな者とどうやって暮らすんだ。やめろだって！」

格言ばかり使い、つばを吐くから嫌いだというと、金正日は痛快に笑いとばしたという。些細なディテールだけ話せば説明せずとも彼を納得させられた。これが九〇年代だった。

囲いの中で子供を結婚させるのはむずかしかった。つきあってみてこそ理解できるのに、写真だけ、一、二度会っただけで気に入るはずがなかった。歳月は休まず流れていくばかりだった。

86　高級監獄の無期囚たち

蕙琳《ヘリム》はふたたび渡り鳥のようにモスクワに帰り、金正日《キムジョンイル》の足はまた途絶え、平壌《ピョンヤン》の家はふたたびお寺のような静寂にひたっていった。私たち四人、私と母と二人の子供は本来の居場所である東平壌の家に帰ってきた。寺洞《サドン》の渡し場が見下ろせる大同江《テドン》畔の高い崖の上に位置するこの家は、平壌市内でもっとも空気のいいといわれる主席宮《チュソクグン》が江北ならば、同じ空の下のすこし上流の大同江をはさんだ江南《カンナム》に建てられていた。

壬辰倭乱のときに豊臣秀吉が渡ったといわれる寺洞の渡し場から見上げるこのオプ岩は、歴史的な場所だった。オプ岩の上にどんな伝説があるのか知らないが、歴史小説家崔明益《チェミョンイク》が書いた『西山大師』にもこのオプ岩が出てくる。私たちが住んでいた東平壌官邸はちょうどオプ岩の真上に建てられていた。平壌の家にもない室内プールはオプ岩の下にあり、台所の裏から数歩で崖に出るが、その下には大同江の深い水がうずまき、青々とした淵が眼下に見える。

正男《ジョンナム》が幼いころ、象の背中のような岩が川にぽこんと額をつき出した崖の側に遊び場があった。鉄条網をめぐらし、その中に鹿もいた。よくのびた藤の木が植物園よりも広々とした東屋《あずまや》になっていて、私たちはよくそこに出かけて座って楽しんだものだった。

しかしいつのころからか、私たちはその藤の木の下を久しく忘れていて、そこには洗濯紐がさびしげに朽ちていた。

その家は「ㄱ」の字と「ㄴ」の字を付けたような鎹《かすがい》の形をしていた。子供たちがいる本館は「가《カ》棟」といい、母と私がいる両翼の建物を「나《ナ》棟」と呼んだ。裏の厨房とプールへ降りていく下の階のアイロン室、洗濯室のそれぞれ隣りの部屋には用務員のおばさんたちが住んでいた。

南向きの日当たりのいいこの豪邸には、とらわれ鳥のような正男と南玉《ナムオク》の疲れた翼の羽ばたきのほかに人影はなかった。

まったく同じ毎日がいつ果てるともなくくりかえされ、退屈でむかむかする時間がゆっくりと流れていた。まぶしい大理石が敷かれた庭園の道は落ち葉ひとつなく、あまりにも清潔だった。

私の書斎からは広い窓いっぱいに庭園が見えたが、陽ざしが降りそそぐまぶしい道がなぜあんなに哀しく見えるのだろう。日よけを下ろした。

雨が降ったり、曇って空がどんよりと沈んでいるとむしろ心が落ちついて安らかになった。南玉がティーカップを二つもって私の部屋にきてくれればと思うが、あの子にそんな心配りはあまりなかった。いつも沈んでいたあの子は、そんなことはほとんどしてくれなかった。

生活のない私たちには話題もなかった。黙々とカップをもって見下ろす死んだ庭は、私たちを世の中と遮断している空間にすぎない。この閉ざされた生活を開いてくれる人は金正日だけなのに、彼には何の方策も関心もなかった。ここは忘れられた土地であり、私たちには何の展望もなかった。あのがまん強い母さえも首を横に振った。

「これは何なの。死ぬ日を待っているだけなんだから。私たちはそれでもいい。あの子たちをどうしようというの。勉強もさせず、仕事もさせず」

指導者は、食べ物がなく、お湯がなくて風呂にも入れず、石けんもない人民に比べたら、「おまえたちの生存を保障すればそれでいいだろう」と思っていたのかもしれない。しかしこんな生き方はできないという考えが、私にはしだいに深まっていった。

正男《ジョンナム》は女の子たちを連れこんで遊んだ。彼はあんなふうにしてでも最低の享楽を味わえるかもしれないが、年ごろを過ぎた南玉《ナムオク》はどうすればいいというのだろう……。

私は、金正日《キムジョンイル》が南玉を結婚させる場合にも社会に出さず、相手を家に引き入れ、軍服を着せて歩哨長にでもさせる計画だということを知った。

あの人はこの囲いの中に私たちを閉じこめて、一生出さないことを原則にしていた。

オプ岩の家は高級監獄、私たちはみな無期囚だった。

第五部　苦悩の末の決断

87　十月の元山《ウォンサン》海水浴場

正男《ジョンナム》はすでに大人の〝紳士〟で、南玉《ナムオク》は婚期を過ぎた成熟した女性だった。しかし彼らにはすることがなかった。行くところもなかった。彼らが金秘書から怒られずに合法的に出かけられる場所は病院しかなかった。玉流館《オンニュグワン》の冷麺も家に届けてもらわなければ食べられなかった。

子供たちはいらいらした。車に乗って市内を一周しても見るものもなく、見るものがあっても車から降りられなかった。当時のわが家の車の番号はすべて三三三三だったが、これはこの番号の車がどこに行ったのかを保衛員たちにたやすく掌握させるために金正日《キムジョンイル》がつけた番号である。

ある日、課長に電話がかかってきた。

「子供たちはいるか？　どこかに出かけたんじゃないのか？」

みな家にいて外出してはいなかったと報告すると、数分後にまた電話があった。課長の鼓膜が破れそうなほどの大声で怒鳴り、あきらかにわが家の車が事故を起こしたらしいのになぜ嘘をつくのかと責めたてた。

運転手たちが全員取調べを受け、目をつけられたのは南玉と正男だった。実際、子供たちが課長の目を盗んで裏道から市内に出ていくことも多かった。

課長が顔色を変えて玄関の前にきて、

「先生が証拠をつかんでああおっしゃるんですから、たいへんなことが起きました」

とぶるぶる震えた。神様のおかげで子供たちはその日に限って〝自由主義〟をせずに家の中でおとなしくしていた。この騒動は夜の十一時をすぎてやっと解明された。党中央四課（金秘書の食事、宴会担当部署）がわが家と同じ番号だったが、四課の誰かが人をひいて逃げたというのであった。

正男《ジョンナム》は課長を通して父親の監視を受けており、〝自由主義〟をおこなうのはとても困難だった。彼は自分の父親の目から脱け出したがった。

ようやく子供たちを元山《ウォンサン》海水浴場に行かせてもよいという承認がおりた。その海水浴場が私たち〝ひとつの家族〟だけのために使えるようになったからだと思った。二つの家族が重なってはならないのだ。

金秘書の家族は私たちが知っているだけでも三つある。それに金敬姫《キムキョンヒ》の家族までふくめて、たがいが重ならないように元山海水浴場を使うための〝組織作業〟は金秘書自身が〝芸術的〟におこなっていることを知っていた。

海辺の招待所に出入りする時間をうっかりまちがえると、絶対秘密のこれらすべての家族の〝取っ組みあい〟もありうるからであった。元山行きの高速道路での失敗も許されなかった。すべて特殊車、特殊番号なため、たがいに相手がわかるからであった。

みな知っていることなのに、あの人はこうやってひとりで「極秘」を作っていた。私たちがその広い砂浜に二人の子供と運転手だけしかいない、漠々とした避暑のさびしさを経験したのはひと夏かふた夏のことだったが、年ごとに空しさにとらわれるようになったのは、正日がすでに家から離れてしまい、あれほど愛していた正男《ジョンナム》まで捨ててしまう段階にいたっていたからである。

私たちがモスクワ、ジュネーブを転々とし、最後に平壌に戻ったとき、正男はもはや「かわいい子供」ではなくあごの青い十八歳の若者だった。その間に父親はほかの女と暮らしはじめ、「かわいい子供」である息子と娘をもうけた。

金正日の愛情は、ひとつを捨てることでほかに移っていく。彼は正男にたいする異常なまでの「涙の愛情」をきれいさっぱり洗い流し、新しい子供たちに対象を移した。そんなところへ聡明な正男が帰ってくると、彼は自分の移り気がばれるようなきまり悪さと、息子にたいする背信感で苦しんでいた。

せっかく開いてやった留学の道なのに最優等生にもなれず、勉強もまっとうできずに帰ってきた原因が正男の浮気癖にあることも気に入らなかった。自分の経験からして、これから息子を襲う青春の〝放浪〟が心配でならなかった。

その年、元山の海辺で私たちは見捨てられた気分だった。私たちにたいする彼の軽視の最初の表れは、食べ物が満足に供給されないことから始まった。この国の忙しい総帥であるお方が、私たちの食事のたびに決済のサインをして初めて副食物を食べることができる仕組みを作ったのである。ところが食べ物が届かなかったり、請求品がすべて削除されて最小限のものだけが到着す

「２つの家族が重なってはならない」やり方に私はやりきれなさを感じた（左から母、著者、正男。1983年）

る〝侮辱〟は久しい以前から経験していた。

夏が過ぎて海水は冷たくなり、海の色は苔色に変わっていたが、平壌《ピョンヤン》に帰りたいという子供たちの提議は〝結論〟（金秘書の承認）がおりなかった。毎日、ファックスと電話だけを待つ二人の姿は哀れなことこのうえなかった。

勉強もさせず、外の世界はすべてが彼らにとって立入禁止区域だった。どこかで一歩でも〝自由主義〟をすると、その罰に営倉や党中央労働収容所もある。金正日《キムジョンイル》は子供たちをこらしめるために、党中央の人間だけが処罰のために行かされる石井里《ソクチョンリ》農場のことをいつも話していた。

二人の子供が放ったらかしにされてひねた子供になるかもしれないことを、私たちはよく知っていた。彼は気分が向かないと放置した。このような放置によって、心をくさらせて死んだ人を私は何人か知っている。

正男《ジョンナム》は耐えきれずに、何日何時に元山《ウォンサン》から撤収して平壌に帰るという一方的な通告のファックスを自分の父親に送った。そして平壌に向けて出発するため、その日のうちに高速道路で虹洞窟《ムジゲ》まで行った。

ところがそこには遮断棒がおりていた。「洞窟修理中」だというのである。高速道路は〝家系〟（金日成・金正日の家族）の道路なので、勝手に修理や補修はできなかった。事情を調べてみると、当日の朝に、洞窟を遮断して修理しろという指導者同志からの命令が下ったというのである。

私たちを平壌に帰させまいとする遮断だと理解するしかなかった。何か私たちにわからない理由があったのか……。十月の海辺で二人の子供を見ていて、あの果てしない海が鉛のように固まっていくような恐ろしさを感じた。

88　金正日が激怒した！

玄関から聞こえる怒鳴り声で私は寝床からとび起きた。正男《ジョンナム》の声は父親にそっくりで、彼がかんしゃくを起こしたときの声は父親の怒鳴り声と同じだった。金正日《キムジョンイル》秘書が家にきたと、管理員が走ってしらせにきた。

「伯母さんをお探しです」

玄関に折れる廊下にさしかかったとき、二人の子供が並んでうなだれて立っているうしろ姿が見えた。金秘書はありったけの声で怒鳴りちらしていた。二人のうしろに立つと、彼の怒りのほこ先が私に向けられた。

「伯母さんは何だ。何をしてるんだ。おまえたちみんなでぐるになって、私をだまして……」

正男が毎晩どこかの招待所の女の子を呼びいれて遊んでいるそうだと聞きつけて、その夜父親がこんなふうに〝密入国〟してきたためにばれたのである。金秘書は正男の生活を自分に報告させるために南玉《ナムオク》を監視役にし、正男の部屋の前に一室を与え、直通電話をかけられるようにしていた。実際そのせいで正男はずっと自主規制していたが、南玉が自分を「とって食う」〔密告で葬り去る〕

ことはしないとわかると、密会を南玉《ナムオク》の前で公然化するようになってしまった。

南玉もはじめは受話器をもつ格好までして脅したが、正男《ジョンナム》があまりにもかわいそうになった。一度の密告が何の解決になるというのか……。いまは東洋でも西洋でも「男友だち」「女友だち」を黙認する世の中なのに。

父親の叱責は過酷で感情的だった。

私は泣きながら許しを請うた。ご心配をおかけして申し訳ございませんと。私がおぼえているありったけの政治的・党的自己批判のことばを並べ立てた。八十五歳の母もいつのまにか私のうしろにきて、両手を合わせて立っていた。

大きくなった子供を囲いの中に隠しておけといって、どんな生活も与えてやらなければ、あの子はどうやって生きていけばいいのか……。金日成《キムイルソン》首領様の顔色をうかがっていた七〇年代でもあるまいし、あの子を「絶対秘密」化する理由は何なのか。解決策を見つけてやらなければ、正男は三十歳になっても四十歳になってもこの生活をつづけるしかないだろう。私は正男が哀れで悲しみのあまりむせび泣いた。

89　取り消された制裁

パパにはげしく叱られた二人の子供たちに、炭鉱に行って労働する準備をしろとの命令が下った。物資（食料品）を与えないので、小隊からもらって食べろとの物質的制裁も下された。

私たちの食料品は党中央四課からもらう〝護衛食品〟であった。小隊からもらうのは軍隊歩哨たちが食べる味噌、醤油、塩、豆ぐらいのものだった。九一年当時はすでに軍隊に供給される食糧品も劣悪で、それまであった明太《メンタイ》やワカメのようなものもなくなって久しかった。果物も油もなかった。

私は貯金を引き出してポケットいっぱいに詰めこみ、農民市場と呼ばれる場所をくまなく探し歩いた。農民市場とはいえ、そこでは数個の卵さえ買うことがむずかしく、カササギが食べたリンゴ一個でさえ言い値だった。日本からの帰国同胞たちが物々交換するため金は何の価値もなく、みんながわずかばかりの食べ物を隠してのらりくらりとし、帰国同胞がもってくるものばかりものほしげに狙っていた。人びとの垢《あか》じみた服、垢だらけの頭、靴はお話にもならなかった……。

あの健全で誠実だったわが国の人民の顔ではなかった。いまにもすぐ泥棒になりそうな犯罪者や擦《す》れた商売人のような非社会主義人間の表情ばかりだった。

子供たちは軍隊背嚢を受け取り、労働靴や手袋などの軍隊での必需品を手に入れたり、薬も各種取りそろえた。日本製のアサメリー〔日本の下着メーカーの商標〕の下着は労働現場では高級すぎるため、配給品のぶ厚い下着を党中央供給所を通じて買ってきた。子供たちは新しい生活にたいする好奇心すらおぼえてそわそわしていた。少なくともわが国の人びとに会えるのではないだろうか。他人の生活にふれられるのではないだろうか。自分たちの敷地の中から出て、この囲いの外の世界に接したいというのが彼らの欲望だった。

母はそのとき八十五歳だったが、まだ考えがしっかりしていて私たちよりも手管が上だった。心配そうに待機時間を過ごしながら、この〝虐待〟を免れようとして不安がる私を手招きした。そばに行った私に、耳打ちするように声をひそめて穏やかにほほえんだ。

「正男《ジョンナム》を放りだすなんてことしないわよ。あなたは何を心配しているの。あの子を誰だと思って炭鉱に送るというの……」

そういって軽く手を振った。そんな指示はおりなかった。二カ月ほどたって、金正日から厨房長に電話がかかってきた。なぜ副食物請求書を出さないのかと怒っているという。このときも母は正確に分析した。

「腹立ちまぎれにひと言いったけど、もう忘れたんだろう。もう気がおさまったんでしょう。深く考える必要ないよ。彼の性格はわかっているじゃないの……」

そう思えば、母のこのような深い洞察力から発せられることばが、二十年間のあの気むずかしくて気まぐれな「主人」のもとでときには恐れおののき、ときには絶望感に襲われ、いっときも気の休まる暇のなかった不安に満ちた官邸生活を、和らげてくれた。そしてどんな困難も受け入れてやりすごせばたいしたことはないという楽観的な生き方を私に植えつけてくれた。

90　足のつめがはがれるほどに

格言好きの男性との婚約を破棄して以来、南玉《ナムオク》は二度と独身男性の名簿をもらうことはなかった。どこで独身者を探せというのか！

南玉はすでに二十五歳だった。私はあせり、九一年の夏と秋には運動靴を履いて、道であろうとどこであろうと目につく男性を探して市内をさまよった。平壌《ピョンヤン》人民大学習堂の階段に座って男性を占ってみたり、わが家の近くにあった国際関係大学の正門の向かいの道に座って、出入りする学生を目をこらして眺めたりもした。電車もバスも長いあいだ乗らなかったので切符の買い方も出し方も知らず、バス路線がどうなっているのかもわからなかった。平壌の端から端までさまよい歩いた。

南玉が生まれたころに息子を産んだ友だちを思い出し、彼らの家を訪ねもした。しかめっ面の人も、目の細い人も、背の低い人もいたが、ハンガーのように肩が異常に張っている男性とも出会った。婿候補はさておき、どうしてこんなに誰も彼も表情が野蛮なのか。これは社会的問題だと深刻に感じもした。見るものも聞くものも食べるものすらない脱文化状態、原始に逆戻りしているのではないかと思った。

ハンガーというあだ名をつけた男性を南玉に会わせ、うまくまとまることを願った九一年秋！娘を嫁がせる以外に私の人生でなすことはないように思えた。南玉も母親が足のつめがはがれそうなほど歩いたことを考えて自分の要求を低め、結婚してくれるならその人のもとに行こうと決めた。

ところが金正日《キムジョンイル》秘書に承認を願い出て何日かすると、「その人はだめだから」とまた二人の男性の人物資料を送ってきた。そのうちのひとりは東南アジア語専門の外交官とかで、南玉は中国の餅売り商人のようでいやだといい、別のもうひとりは金日成大学博士院の学生だというのだが、顔に表情が何もなかった。そのうえ血圧が正常数値限界点で、高血圧のようだからいやだといった。

なぜハンガーがはねられたのか調べた結果、彼の兄嫁が「キップンジョ」（喜び組）のメンバーだったことがわかった。

一九九一年十二月二十六日、南玉をモスクワに行かせろとの金秘書の命令が課長に下った。叔母の蕙琳《ヘリム》がモスクワへ呼んだのだ。私は一週間に一度くる手紙のたびに、自分の胸のもやもやを彼女に伝えていた。金秘書はハンガーとの関係が進展することを心配したのか、蕙琳の呼び出しにこれ幸いとあの子を出発させたのだった。

91　去っていったわが娘

蕙琳《ヘリム》叔母との正月をすごした南玉《ナムオク》が、二月十六日の金正日秘書の誕生日を前に平壌《ピョンヤン》へ帰ってきた。順安《スナン》飛行場に迎えにいって貴賓室に隠れていると、運転手が南玉を連れて入ってきた。飛行場で、私たちはいつも人目につかないように隠れなければならなかった。

かかとまで引きずるミンクのコートをばたばたとなびかせて元気よく入ってくる彼女の顔はふしぎな光彩を放っていた。彼女はモスクワで出会った中学の同窓生たちと一カ月間つきあって交際範囲を広げたことや、世間の消息を希望にあふれた表情で語った。

きびしいモスクワの寒さ、ジョーゼットの帳《とばり》のような雪煙りのたちこめる寂寞としたサナトリウム。ぼんやりと窓の外を見下ろすばかりの蕙琳にとって、「翼のはえた虎」のような活気に満ちた足どりで南玉が入ってきたときは、どれほどうれしかったことだろう。ふさぎこんでいるときや自信のないときなど、蕙琳は南玉との語らいをどれほど待ち望んでいたことか！

「叔母さんはどうだった？」

南玉はそっと静かに首を振った。長めの髪が毛皮のコートの襟にうずもれている。あの子は私に答えるのではなく、何かを否定して断乎として叫んだ。

「私は勉強するわ。このままじゃいないわ。行動する者に幸福があるんだって」

パパの承認をもらえばオックスフォードで勉強する計画だという漠然とした〝秘密〟を打ち明けた。私はドキドキする胸を押さえて目を閉じた。

　南玉が十三歳で正男《ジョンナム》の友だちになるために外国語学院を中途でやめて官邸に入ってきたとき、正日秘書は二人の子供の手をとって「おまえたち、勉強だけはちゃんとしなさい。オックスフォードでもケンブリッジでもどこでも行かせてやろう」と歌のように口ずさんだ。

　それが秘密保持のため、子供たちを国内の学校に行かせてやれない自分への慰めでもあったが、可能性がまったくない空言でもないだろうと私は漠然と考えていた。しかし天のような指導者先生のことばが幼い南玉にはひそかな希望になっていた。オックスフォードということばは、金正日が切りだした話だった。

　南玉は九二年三月五日、順安飛行場で私に「最後」の抱擁をして出発した。ハンガーとの結婚を請願する手紙をふたたび正日に上げ、承認されれば四月十五日の金日成《キムイルソン》の誕生日には帰ってくるとの余裕をもって。

　五月二日、ジュネーブから荷物が届いた。正男あての手紙も入っていた。

「ごめんなさい。あなたをひとりおいて私は勉強に行きます。お母さんをお願い」

　私はその日の日記にこう書いた。

「ライオンのように勇敢で、諸葛孔明のように賢い私の娘は去っていった。『私が死んでも私の娘は大英帝国の女王になるだろう』(マン・ボーリン)」

「愛するパパにお手紙を差し上げます。

私は勉強するために去ることを決心しました。パパは私が幼いときにおっしゃいましたよね。勉強だけはちゃんとしろ、そうしたらオックスフォードでもケンブリッジでも行かせてやろうって。パパが植えつけてくださった夢です。勉強を放棄して、パパのお考えどおりにお嫁に行こうとも考えていました。私はただの一度もパパにそむいたことはありません。パパのおことばは法でした。パパにそむいて去る決心ができたのは、パパがあまりにも私を愛してくださったから、あまりにも私を信じてくださったから出た大胆さでした。

孤独な正男を置いていって申し訳ありません。パパ、正男を愛してあげてください。正男はパパだけを信じて、パパのためだけに生きる子です。

そしてかわいそうな私のお母さんを処罰しないでください。お母さんは片方の耳がほとんど聞こえません。お母さんが治療を受けられるようにしてください。

私を探さないでください。旅券期間があと五年あるので、その間旅券を変えないでください。勉強を終えたら帰ってきます」

金秘書は南玉《ナムオク》のこの手紙だけで、南玉に四年間の猶予を与えた。私はあまりの緊張で、脳の血管が痙攣を起こすまでにいたった。しかし金秘書からは何の制裁も受けなかったし、病気治療のためモスクワに行ってもよいという恩恵を与えられた。

南玉が平壌を去った日、私は日記に書いた。「私が死んでも私の娘は大英帝国の女王になるだろう」と（1991年）

92　最後の微笑《ほほえみ》

蕙琳《ヘリム》がモスクワに帰る日が近づいてきた。母はどうしていいかわからないほど落胆した。蕙琳がモスクワに行ってしまったら、正男《ジョンナム》に憎まれていた私のことが心配だった。南玉《ナムオク》が去ったのち、無制限に〝自由主義〟を満喫していた正男は、自分の私生活に干渉する私を嫌い、自分の父親に告げ口されるかとぴりぴりしていた。

あの子は自分の父親に、私をおとしめるファックスを四十ページ以上も送り、そうでなくても不安な状況にあった私を葬り去ろうとした。それを知った母は体重が十キロも減り、心配のあまり食事もできなくなった。それでも一縷《いちる》の希望をもって朝から晩まで蕙琳と向かいあって座っていた。私を蕙琳といっしょにモスクワに連れていってくれないかという話をいつ切りだそうか、それればかりを考えているようだった。

鋭敏な蕙琳にとって、母の願いはわかりすぎるぐらいわかっていた。そのうえ私は頭の中でエンジン音が響く病気になっていた。眠ることができず、人の話も聞こえず、打つ手がなかった。出発の数日前に蕙琳は叱られることを覚悟して、病んだ私をいっしょに連れていかせてほしいと金秘書に電話をかけた。すると意外にも私を連れていけという承認がすぐに下りた。

母はあまりの喜びに手を組んで胸にぴたりとつけていった。

「これで死ぬときにも目を閉じて死ねる。私の心配はしなくていいから。もう生き返ったよう」

誰かが母に一生でもっとも特記すべき喜びは何だったかと聞いたなら、おそらくこの日の喜びを指したことだろう……。

しかしたちまち私の心は重くなった。車イスの九十歳近い老人を残して……。母を置いていってもいいものかとあれこれ迷いぬいた。妹は私をさとした。

「お母さんはあなたのことが心配のあまり先に死んでしまうわよ。お母さんが安心できるんだから、そのことだけ考えなさい」

出発の前日、私は母に入院してほしいといった。私たち姉妹が去っていったあとのさびしさを考えたためだった。

「私はあなたたちとひとつ屋根の下にいられさえすればそれでいい。私を助けようとして神経を使う必要はない。おまえたちはするべきことをしなさい」

普段から母はそういっていた。私たちの顔を見て何かと口出しもしたかっただろうが、百歩譲ってひとりぼんやりと座っていた。

母はベッドに横たわり、ひとり空想するかのように眠ったふりをして目を閉じていた。じっと眺めると、眠っているのではなく目がぱちぱちと動いていた。

「お母さん、眠ってないじゃない」

ベッドのそばに近づくと、目をパッチリ開けてにっこりと笑った。

「なんで眠るのよ。おまえたちが行ったり来たりする音ややりとりしている声、みんな聞いてるわよ……それだけでもどれだけ幸せかわからないよ」

ああ、お母さん。

私たちのそばから片時も離れたくない母に、なぜ病院に行けなどといったのか……。

三月十七日

出発の日の朝。私ひとり母に別れのあいさつに行った。妹はこのような胸の痛む場を避ける。

母はベッドから起きて座った。あの高かった背が、私と同じくらいに小さくなってしまった。

「お母さん、私が国を出ることは天の恵みでしょう？　お母さんの願いがかなえられたんです」

私は母をぎゅっと抱きしめた。これが母との最後の抱擁になるだろう。もう二度と母を見ることはないかもしれないと思いながらいった。

「そうだとも、そうだとも。もう何もいうことはないよ」

母は惜別の悲しみで声をつまらせた。母は指を三本立てて私に見せた。

「こうなったら帰っておいで」

それは、「私が死んでも帰ってくるな」という意味だった。

その年の夏、モスクワで私たちは金日成《キムイルソン》主席逝去のニュースを聞いた。蕙琳《ヘリム》は平壌《ピョンヤン》に戻ったが、私には留守番として残るようにといった。私が行くと二度と戻れないかもしれないのを心配したからである。そのとき私もいっしょに平壌に行っていたら母にもう一度会えただろう。

蕙琳が戻ってくるまでのひと月――さらさらと涼しい風の吹く広いモスクワの夏の空は、その空の果てにいまも生きている母のことを思うとことのほかさびしく、その空の下で私はひとりぼっちのような孤独にとらわれた。私の生活はなぜにかくも非情なのか。母と会う最後の機会だと知りつつも行けないのは、他人の意思によって私の生活が支配されているからだった。自分の思いのままに行き来ができず、承認というものがかならず前提とされているからだった。

私は誰もいない家で母のことばかりを思って時間をすごした。

母の出迎え

私が子供のころ、父と私たちの生活は別のものだった。父が起きる前に私たちは学校に行き、私たちが眠ったあとに帰ってくる父は自分の部屋で寝るため、顔を合わせない日が多かった。そのため幼いころの父の記憶は多くない。ひとつか二つ、それもとても悪いものばかりだった。さらに、父と仲が悪かった母方の祖母が私の身近にいたため、自然と父にたいする敵対感が生まれ、私の気持ちは祖母の側に立っていた。

そしてそれは母側ということだった。父は母の争いの相手であり、怒鳴ったり小言をいったりして抑圧する存在だった。私は父を怖がるばかりで、いないときはのびのびした。父が昼間帰ってきても寄りつかなかった。

対照的に母は、私たちに慈しみ深かった。ただの一度も子供たちを怒鳴ったり、けわしい表情を見せたことはなかった。どこまでもおだやかで寛大だった。私たち三兄妹の愛情はひたすら母に向かった。父が腹を立てて、応接室のほうから耳にしたくない声が器が割れんばかりにわんわんと聞こえてくると、

「あんなお父さん、死んだほうがいいよね？」

と考えたことを思い出す。

解放後に母が社会活動を始め、八・一五解放が母の解放になったようにもはや家にじっとしていなくなると、祖母は廊下をほうきでさっさと掃きながら、「よくぞ出ていった」とせいせいしたように語った。

父は早く帰ってきた日には、昔と同じように母が家にいないことに腹を立てたが、母はもう過去の母ではなかった。母は世の中に目を開き、自分の解放が人類の半分を占める女性問題にかかっているという課題をいだき、運命的な「闘争」に身を捧げていた。

左右の対立が熾烈だったあの時期、母が夜おそくまで帰ってこないと、どこかで会議をしていて捕まったんじゃないかと心配しない日はなかった。

蕙琳《ヘリム》と私は祖母が作ってくれた夕飯を食べ、大通りから家に通じる道のまがり角にある中華料理店まで行って、舞鶴山《ムハクサン》の夕焼けが消え、山がさらに大きく黒く迫ってくる闇の中で母を待ちつづけた。そうして足早に歩いてくる母の姿が見えると、「お母さーん！」と両腕を広げて走っていき、左右にぶらさがって本が入った風呂敷をもって帰ってきた。

敦岩洞《トンアムドン》のしだれ柳の家に引越した四七年の夏、父は北に行って戻るなり逮捕され、その秋から西大門《ソデムン》刑務所に入った。その年の秋と冬のあいだ、私たちは敦岩洞の電車の終点まで夜ごと母を出迎えた。家に電灯もなかったそのころ、夕食のお粥を食べ終えるといつも蕙琳と私は終点の菓子屋の前にしゃがんでいた。あわただしい夕方の通りで、電車からおりる人びとを眺める楽しさ、そこに母の姿が見えたときの喜びは、「戸を開けて！」という母の声を家の中で聞くのとは比べようがなかった。その楽しさに引っぱられるように私たちは終点に出かけた。母の帰宅はいつも遅かった。

電車がなくなって商店がみなしまり、焼き栗を売る露店のさびしい明かりもわずかしか残っていない寒い通りで、三仙橋《サムソンギョ》のほうから歩いてくる母が見える一本道を目を凝らしていると、角の八百屋の街灯がちかちかしていて、そのたびに私はいらいらした。人もまばらな路上の遠い明かりの下に現れた母の姿が目に入ったときの幸福感、その気持ちはその後の人生におけるどんな達成感とも比べものにならないほど感極まったものであった。

母は後年、私たちがしょんぼりと待っていたあの敦岩洞終点を回想し、

「私の一生の後悔は、あなたたちにあんなに母親を待たせた悲しみを与えたことなのよ、左翼運動だのなんだのと私は狂っていたようだ」

といった。

蕙琅、蕙琳《ヘリム》は母にとって二つでひとつの象徴だった。それほど私たちはくっついていた。一生母の前でともに待ち、ともに恋しがり、母の胸の中でひとつのものとして存在した。母は二人を

切り離して呼ぶことはなく、いつもあなたたちといった。あなたたちが私を待つとき、あなたたちが東北にいるとき、あなたたちを送り……母はただの一度もあなたたち結婚しなさいとか嫁にやるということばを口にしなかった。

私たち姉妹の結婚がみな失敗だったからなのか……母が私たちを心から嫁にやれただろうか。母にとって私たちは生涯嫁にやったという意識はなく、しばらくのあいだ離れていてまた戻ってきた娘たちだった。

平壌《ピョンヤン》でも私たちはいつも母を待っていた。母が新聞社から帰ってくるのを待っていたあの長い一日。母と顔を合わせていた時間はいつも足りなかったし、母と思いきりいっしょにいたいという切望が消える日はなかった。

母は生涯、自分のやるべきことをもっていた。金正日《キムジョンイル》官邸でも私たちは母を恋しく思って暮らした。母は正男《ジョンナム》につききりで、いつも忙しかった。母と私たち三人で過ごす時間はめったになかったが、私たちの心が通いあう有形無形のその対話は縦横無尽で、誰とも分かちあえない話の海、黙っていても通じるユーモアの宝庫だった。

あだ名をつける名人の蕙琳《ヘリム》や私の感覚も、母にはかなわなかった。九十歳に近い老女のつきることのないユーモア、苦しみを抽象する能力、万事を戯画化する彼女の楽天性は、それ自体が二人の娘にたいする希望をこめた慈愛ではなかったのか。

心が病んでしまった蕙琳、六十年前の運勢占いをそのまま歩んでいる薄幸の長女。しかし私たちを見つめる母のあの美しい微笑《ほほえみ》は、「だいじょうぶ、だいじょうぶ。何でもないよ」とすべてを不要のごみ（悲しみは母にとって不要のごみだった）として吹き飛ばした。

どんな困難にも処方箋をくれた母。私を限りなく安らかにしてくれたお母さん。お母さんを出迎える以上の切ない喜びは、すくなくとも私の人生にはなかった。

93　完全無欠の休息

九四年九月二十八日の午後、母は意識を失った。二十七日の定期空路で平壌《ピョンヤン》に行ったなら、意識がなくなる前の母に会えたはずである。私は目をつむってそれには乗らなかった。私が帰ってきたことを知れば、母は「なぜ帰ってきたの。二度と出られなくなったらどうするの……」とおどろき、たいへんなことを仕出かしたといって嘆いただろう。私がモスクワにいる限り、母は安心して逝《い》くことができる。

定期空路の飛行機が出発して五時間後、私が帰ってこなかったことを怨む正男《ジョンナム》の電話があった。

「おばあさんの意識がない。もう終わりみたい」

私は三十日の日曜日、チューリッヒ、北京を経由して十月一日の午後五時に順安《スナン》飛行場におりたった。すぐに病院に向かった。母は昏睡状態がつづいてすでに四日。蘇生の可能性はなかった。呼んでも揺すっても全身が麻痺していて何の反応もなかった。苦しそうな呼吸がポンプを動かすような音を立てた。

二日の明け方、うっすらと目を開けた。意識がなく何も見えていないはずのぼんやりとした瞳孔。眉間に憂いをふくんだ表情をしていた。生涯消えることのなかった憂い。

二日の夜。いく度も痙攣を起こした。医者はもう時間の問題だといって薬の投与をやめた。母の苦しみが早く終われば……それが私の願いだった。

朝の七時三十分。画面の緑色の線は臨終を告げる不規則なグラフを描き、七時五十分に一直線になった。母は軽く「ふーっ」と息を吐き、呼吸が止まった。

憂いをふくんだ眉間がゆるみ、温和でおだやかだったあの美しさが顔じゅうを包んだ。母が息をひきとった瞬間も、死亡にともなう実務的な処理が執りおこなわれる過程でも、私は冷静だった。母はやりとげるべき仕事をやりとげたという一種の安堵感が、私の悲しみをのみ込んでしまったようだった。悩みは果てた。苦しみは終わったのだ……。

平安な深い眠りについたように優雅に横たわる母の気品ある顔。その壮麗な肉体を納めたぶ厚く堅固でかぐわしい紅松の棺の厳めしさ。私はそれらに慰めを求めようとした。大切なお母さん。かわいそうなお母さん。「テニスがなかったら、私の一生でいいことなんてひとつもなかったろう」といっていたお母さん。

八十八年間の戦争を終えた兵士のように、母はようやく完全無欠の休息に入った。

母の病室の上には呂《ヨ》燕九《ヨング》（南朝鮮左翼の巨頭呂《ヨ》運亨《ウニョン》の娘）が入院しているから泣かないでくれ、と医者たちが頼んだ。患者の口から金正日の家族が入院したというような話が出たり、加えて正男や私たち姉妹の名前が知られることを病院は恐れていた。私たちは指導者の指示でその病院に

母は生前「テニスこそ人生唯一の楽しみ」と語っていた
（平壌郊外のロイヤルファミリー専用体育館。1990年）

通っていたのだが、このような通報が指導者を不快にさせるのが恐ろしかったためだ。

だから出棺するときも、母の棺は裏門（電気工などが出入りする側の門）から密輸品を運ぶように、あたふたと飛ぶように運ばれていった。隠すように停めておいた霊柩車にあっという間にのせて、ブルルンと病院の門を抜けていった。私は廊下から出ることもできず、このように去っていく母の最期の旅路に胸がつまり呆然としていた。

「女の服喪者は墓地に行かない」ことを口実にして、私は山に行くことを阻まれた。意地を張りとおせば行くこともできただろうが、おそらく正男《ジョンナム》の考えによる措置だろうし、彼ともめると私が思いどおりにモスクワに帰れるかどうか不安だった。彼はこっそりと葬礼をおこなうことでパパに何事も通報がいかないことを願っていた。それほど自分の父親の気分を気遣っていたのだ。

三日葬で山に行ったとき、母の墓はどこか母の姿に似ていると思った。父と母——二人は五十年ぶりにようやくこうやって並んで横たわった。しかし二つの墓は依然として親和がなく、別べつで孤独だった。死も人生の延長だった。

三日葬の次の日、正男は私を送りだしてくれた。モスクワへと。

94　継母の序列の謎

金日成《キムイルソン》主席の葬礼式のとき、彼の妻の金聖愛《キムソンエ》の地位は百四位だった。ところが追慕大会のときには十四位へと「跳ねあがり」、それを疑問視する記事を見た。私は金主席が逝去した年の春（一九九四年三月）にモスクワに帰り、そこにとどまっていたため、平壌《ピョンヤン》はあまりにも遠くてどんな「野史」も知りえない環境にいた。くわしい逸話はむしろ私が北を離れたのちに日本や韓国で出版された本などから知ることになった。

いつからだったのかはっきりとした記憶はないが、金聖愛が国母（令夫人）の地位にいられなくなったことを北朝鮮の人びとはみなうすうす感づいていた。ちまたで話題にすることは厳禁されていたが、「昔々」はそれでも少しは話すことができて、抗日闘士金正淑《キムジョンスク》女史〔金主席の最初の妻で金正日の生母〕は「金聖愛のせいで死んだ」と噂されていた。それについても韓国で出版された本にはかなり具体的に書かれていた。

いずれにしろ、指導者と継母の葛藤は誰にも知られた事実であり、指導者が後継者として登場すると同時に金聖愛が外されたのは自然なことに思われた。しかし、もちろんこのような事実を公けにすることも、陰でひそひそ噂をすることも固く禁じられていた。それは「家系」〔金日成と金正日〕の内幕を公けにし、二人の威信をそこなうことになるからだった。

こうした金聖愛の格下げによって、葬礼式のときに百四位の序列になったのである。問題は金主席が死んだという状況のもとで、追い出されるのは時間の問題と予想されていた金聖愛が十四位へと格上げされた理由である。

カーター・アメリカ元大統領が平壌を訪問したとき、すでに除外されて首領様から遠ざけられていた金聖愛を、やむをえず令夫人の位置に立てなければならなかった。大同江《テドンガン》に浮かぶ船の甲板上での歴史的な会談のとき、首領様の隣りの位置を合法的に占めることのできたのは金聖愛だけだった。一説によると、国の運命を左右する会談のときに、金聖愛は指導者の忠実な助手の役割を立派に果たしたということである。米軍兵の遺体送還問題で、「返してやる！」という電撃的で毅然とした「金正日《キムジヨンイル》指導者の明哲な立場」を、耳の遠い金日成主席に瞬間的に伝える任務を遂行できたのは金聖愛だけだったと。このとき金聖愛は、自分を迫害した指導者にたいする私心を超越し、指導者の「同志」として働いたのだ。

指導者はこの恩恵を絶対に忘れないだろう。恩恵というよりも、朝鮮労働党員としての金聖愛の忠実さを認めるだろう。金秘書は一度でも恩恵を受けた人を忘れない。どんな些細なことでも、彼の心に人間的感化を与えた人をおぼえている。たとえ掃除係でも。

金聖愛夫人は、金主席が生きていたときよりもはるかにいい待遇を受けて余生を送るだろうと思う。

95　かかってきた国際電話

一九九五年十月十七日午後一時。国際電話の長い呼出音が鳴った。モスクワでは市内、国内、国際電話の呼出音がそれぞれ区別されていた。当然平壌《ピョンヤン》からの電話だと思って、何も考えずに「もしもし」と応えたが、「奥様に代わってください」と耳なれない声が聞こえた。この家ではこんな呼び方をされる人間はいなかった。

「どの？……奥様ですって？」警戒心をとがらせて冷たくいった。

「奥様ですよ。そちらはバビロフじゃないんですか？」

「合ってます」

「一三四　＊＊　＊＊でしょう？」

いぜんとして聞きなれないソウルことば。誰の声かはわからなかった。

「あなたはどなたなんですか？」

「あなたこそ誰？　自分の身分を明かしなさい」私の声にはとげがあった。

「正男《ジョンナム》の伯母さんではないのですか？」

「一体あなたは誰？」

「私は奥様の甥の金英哲《キムヨンチョル》です」

それは私の息子一男《イルナム》の外交旅券の名だった。誰かが嘘をついているのではないか？　一男が、十三年ものあいだ、死んだように隠れていたあの怜悧な子が、こんな粗雑なとんでもない行動をするはずがない。こちらに向かって相手が誰なのか確認もせず、すぐに自分の名前を告げるのが一男であるはずがない。自分の出現がどんな爆弾になるのか、彼が知らないはずはないのに。

「あなたは何をいってるの。わからないわ」

管理員たちが隣りの部屋ですべてを聞いているはずだった。私は受話器を置いた。

また呼出音。私のがみがみとした、いらついて大きくなっていく情けない声、稲妻のように一男ではないかという考えがして私の部屋の電話番号を教えてやった。高なる胸と焦燥を抑えて鏡台の前で待ったが、電話はかかってこない。

しまった、電話番号をまちがえて教えたのだ。どうしよう。廊下からまた呼出音。

「電話番号をまちがえました。＊＊＊＊です」

管理員を意識して相手が一男ではないふりをして敬語を使った。

「そうだと思ったよ。だから通じないんだ」

この穏やかで静かなアクセント、ひと言でいつも無防備だった不憫な一男の性質がわかる。今度は私の部屋にまちがえずに電話がかかってきた。

「お母さんの声、なぜそんなにちがうの？　なぜそうやって冷静にしゃべるの？　お母さんにまちがいないの？」

一男《イルナム》がすでに私を確認した。おばあさんの名前は？　おじいさんの名前は？……私たちは長い時間、こうやってたがいを確認しなければならなかった。

「お母さん、ぼくだよ。ぼくの小指が内側にまがってたよ。お母さんに似て家族みんながまがってたじゃない……ぼくの娘の小指も内側にまがっているよ、お母さん」

それ以上確認する必要はなかった。

あの子はこんな危険な方法で、なぜ十三年ぶりに電話をかけてきたのだろう？　当局がさせたのだろうか？　私たちの対話は盗聴されているだろう。利用されるかもしれない。しかし切羽つまってあの子が電話をかけなければならない差し迫った状況にあることがわかった。山のような借金をかかえて窮迫していることが。何とかしてやらなければという胸をしめつけられるような母性と、敵である南朝鮮当局の工作から防衛しなければならないという最大限の安全を模索する相反する気持ちから、とっさの判断でわが子をどうかお護りくださいという訴えをこめて、意図的に情報を流す〝失敗〟をおかした。つまり「私は西側に亡命の意思がある」ということを暗示したのである。

これは韓国当局に送るメッセージだった。私が脱北しようとしていることを伝えれば、生きる道の途絶えた息子を護ってくれるだろうと計算した。しかしこれはあきらかな失敗だった。この電話は韓国政府のものではなく、マスコミがかけさせたものだった。前後の見さかいもなくなった貧しい息子に電話をかけるよう勧め、それを録音して「特ダネの名声」を狙った商業マスコミ

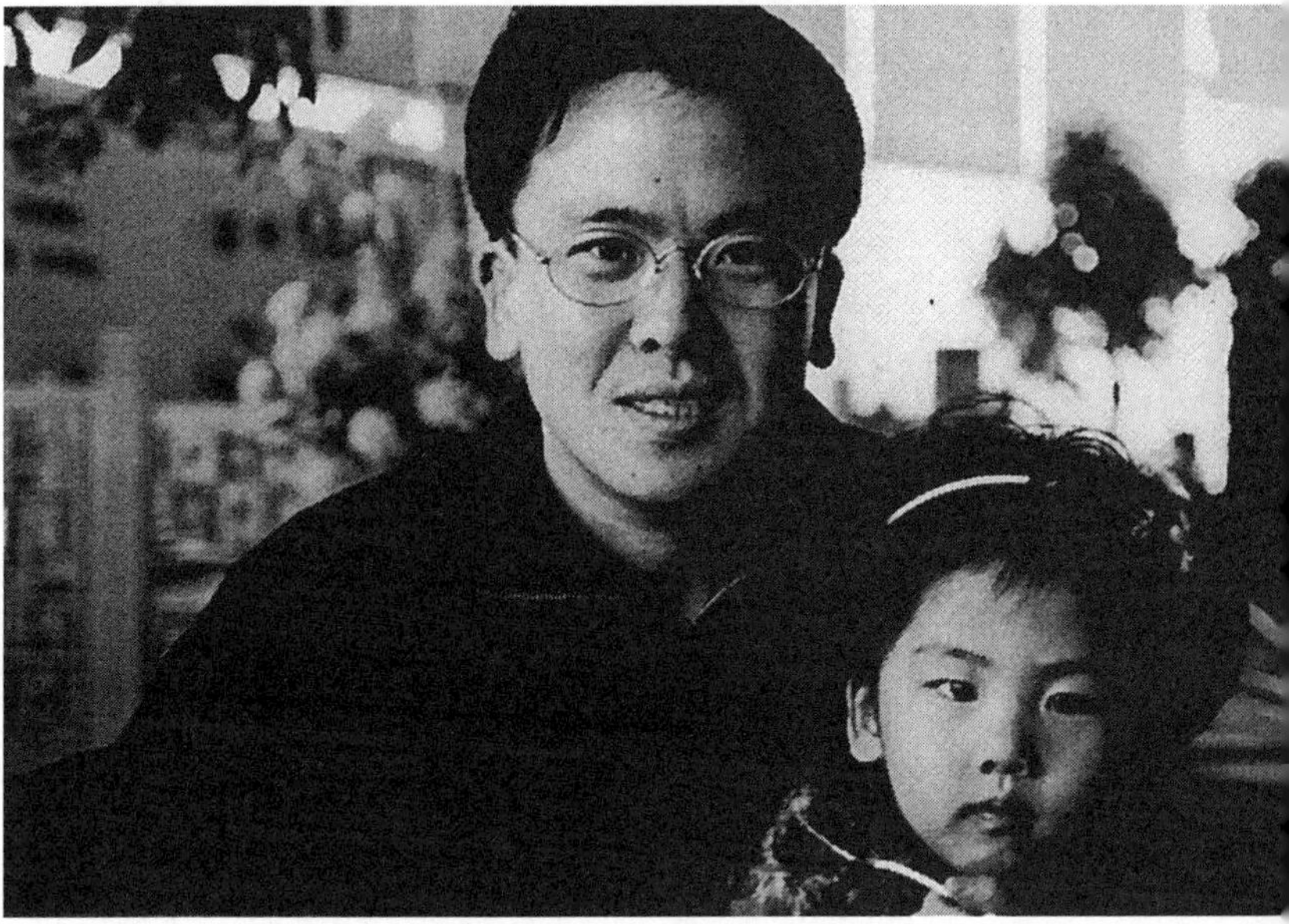

13年前に姿を消した一男から突然電話がかかってきた。
「お母さん、娘（右）の小指も内側にまがっているよ」

がかけさせた電話だということをそのとき私は知るよしもなかった。

数日間、毎日明け方五時に電話がかかってきた。私はふとんをかぶって電話をとり、一週間寝食を忘れた。人がもちこたえられる緊張の限界指数はどのくらいなのか。もうちょっとでもそれがつづいたら、その瞬間私は気がふれてしまったかもしれない。

バビロフ通りの家には部屋がたくさんあった。管理員たちは全員が耳であり、彼らは保衛員以上に思想堅固で、選ばれ訓練された〝死んでも共産党〟たちだった。私は行き止まりの袋小路に入り込んだような気持ちだった……。

それでも私はあのとき息子とことばを交わせたではないか。あのときあの子は生きていた！お母さん、お母さん。私を呼んだ。

あの残忍な十三年間はこうして終わった。しかしもし終わっていなければ、いまでも希望をもてたのではないだろうかと思う。一九九七年二月十三日、息子はソウル郊外で何者かによって頭を撃たれて殺された。

あの子のいない空の下にも陽の光は降りそそぐが、それが何になろう、なぜ風はそよぐのか。もうこれ以上書くことができない。

96　四十七年ぶりの再会

息子と電話でやりとりしたあと、ある日、また息子から電話があった。私の親戚筋のおじさんにあたる歴史学教授がモスクワの学会にくるという。私はとてもうれしくてぜひ会いたいといった。すると息子は、こっそりと伯父さん（私の兄のこと）もいっしょに行くかもしれないといった。対南武装ゲリラに派遣され死んだとばかり思っていた兄の日誌《イルギ》が生きていることを知ったのは、一九九三年に出版された韓国の雑誌のインタビューを読んだときからだった。

電話を置いて考えてみると腑におちなかった。兄がどのようにしてこれるのか？　五十年間、国家保安法の対象にされてきた彼をどのようにしてモスクワに寄こすというのだろうか？　当局が仕組んで送りこんでくるのではないだろうか？

私は国際電話局に行った。十月末ともなるとモスクワは雪が山のように積もる。ソウルに電話がつながらない。

客のくる予定日の明け方五時に電話がかかってきた。

「おれ、おじさんだよ。コスモス・ホテルの二十八階の〇〇号室に入った。きょう会えるか？

九時半ごろに」

「部屋で待っててください、ホールは人目につくから」

「よしよしわかった。おまえ、何着てくるのか？」

「外套よ。毛皮の外套よ」

「ミンクか？　虎の皮か？」といって愉快そうに笑う。その笑いがどこか不自然だ。返事ができないでいると、「おれは黒い洋服に黄色いネクタイをしている」と、その模様まで説明する。

「背の高さはどのくらいなの？」

「ひょろ長いさ、背が高いことはおまえも知ってるじゃないか」

このもののいい方は私の知っている親戚のようではない。私はすぐ電話を置いた。いくら五十年前の昔のこととはいえ、私の知っているおじさんは内向的だったのに……どうして「おれ、おじさんだ」なんていばったいい方をするのだろう？

あとでわかったことではあるが、やはり親戚のおじさんではなくて、兄の日警《イルギ》だったのだ。兄だと名のれば、そしてひとりでやってくるならば、韓国当局さし金の〝特使〟だと見破られて、私が会わないのではないかと思ってそうしたのだと説明があった。

そのころ、モスクワはタクシーがとてもぶっそうだった。外国人の場合、わずかばかりのドルで殺してしまうこともあると聞く。

私は息子を探し歩いたとき、コスモス・ホテルにも何度も行ったことがあった。運転手を選んでタクシーに乗った。

レーニン丘を越えて、車はモスクワ川に沿って走った。いましがた通ってきた吊り橋に大きくかかげられたインコムバンクの看板が刺激的だった。一日に数百個の銀行ができて、数百個が消えていく。銀行は泥棒の群れという噂。何も信じられず、何もうまくいかないモスクワ！　一九九五年の秋だった。

簡易事務室からかけたソウルへの国際電話はまったくつながらず、兄がくるという一方的な通告を止めることはできなかった。

「兄さんがどうしてくるの？　国家保安法はどうするの？」

当局の介入なしにこんなことができるなんて考えられない話である。それなのにこんなに考えなしにやってこられたら、私はどうなるのか。私は北朝鮮公民なのに……。「敵の落とし穴」にはまるという政治的判断が働いて、四十七年ぶりに兄に会いにいくのに喜びや感動などみじんも感じることができなかった。

車はウクライナ・ホテルが正面に見える川岸からアルバート大通りへと曲がって坂道をのぼっていった。澄みきって晴れた空とアルバート大通りにそびえたつ〝現代的〟な紺色の高層ビルが見えると、ふしぎに考えがかわった。何だそれしきのことでくよくよするな。「ほとんど炊きあがった粥だ」〔長い時間かけて成功寸前にあるという諺〕。安企部は安企部、保衛部〔北朝鮮の秘密警察〕は保衛部。私は兄に会わなければならない。四十七年ぶりだ。誰が裁くというのだ！　誰がなんといおうと会うのだ。それでもがまんしなければならないだって？　とんでもない。もうこれ以上、非人間的な生活は送りたくない。

コスモス・ホテルの玄関は坂の上にあった。もちろんそこまで車でのぼれたが、私は下でおりた。兄がどこかで私を見下ろしているかもしれないという思いに歩みを止めて、おびただしい窓ガラスを見上げた。

ホテルのドアを入ると、あたりを見回すまもなく黒いスーツに黄色いネクタイをしめた背の高い東洋人が近寄ってきた。お兄さんだ！　目にどこか母方の祖母の印象があり、十三歳のときに撮った写真の姿がふとのぞいた。しかしなぜ表に出てきたのか。部屋で待つようにいったのに、約束を破って出迎える兄の姿は、私を見届けたい別の目があり、その要求に応えねばならない兄のどうすることもできない立場を感じさせた。

私が写真に撮られることも、それが私を不利にする物的証拠として使われるかもしれないという判断をしながら、私は見ぬふりをして右手後方にあるエレベーターに向かって足早に歩いていった。いつの間にかあの黒い洋服姿が私の前を歩いている。肩幅が少し狭い。幼いころも兄は肩幅が少し狭かった。父はそれを直そうと、兄になわとびをさせた。

大型エレベーターの扉は大きく開いていた。兄が入っていくその広い四角い箱の中に私もつづいて入った。私たち二人だけを乗せてエレベーターの扉が閉まった。私は兄をまじまじと見つめた。ペテンにかけられているのではないだろうか、ふと疑念にとらわれ彼の顔をふたたび確認した。兄はこんな私に向かって小指をとりだして見せた。

「おれたちはみなお母さんに似て小指が内側にまがってしまったなあ……」

顔をゆがめて涙をこらえていた。私も右手を出して、兄のするとおりに小指を見せた。エレベーターが二十八階に上がるあいだ、隣りの兄は泣きながら立っていた！　しかし私は若干めまいがしただけで涙ひと粒こぼすこともなく、時間も空間も消えうせた空虚な世界を冷えきった心で見つめていた。

モンイ兄さん！　五十年間、私たち家族の全生活を支配していた名前。彼が生きていてこうして私の前に立っているのに、私の感情は何も反応することができなかった。話すこともなかった……。

ホテルの部屋。習慣どおり私はテレビをつけた。ソ連に住みはじめてからホテルで話すときには盗聴を防ぐためにテレビをつける習慣がついた。

親戚のおじさんは高血圧でこれなかったという。彼の名前を出したのは、私を引き出すための「カード」だったと思った。

私の前には、大声で騒ぐ中老の男が座っていた。彼はわんわんとひっきりなしに泣いていた。誰それは北に行ったのか？　生きているのか？　と、それほど親しくもなかった人たちの名前まで羅列するかと思えば、脈絡もなく何の意味もない話題を押しはさむ。

私は何を話したのか。うやむやなことをいくつか話したようだ。心は宇宙、ことばはクモの足。五十年という歳月がたってしまえばことばは何の意味ももたない。いかなる意味も……極限を超えてしまった感情は麻痺したまま働こうとせず……。

兄のモスクワ訪問は私の脱出を勧告する韓国当局の〝配慮〟だったのだろう。息子の一男《イルナム》がマスコミにとりあげられたら、私たち母娘の身辺は危険にさらされるだろうから早く脱出せよ、という。

一男《イルナム》の電話、兄の出現、青天の霹靂《へきれき》のようなことがあった直後、正男《ジョンナム》がモスクワにきた。私の表情にそれらが何らかの痕跡をとどめているのではないだろうかと懸念するいっぽうで、私は彼にたいして申し訳なく思った。

私にとって正男は甥というだけではなく、その父親の側、すなわち権力であった。日記帳にも、手紙にも、心おきなく思っていることを書けなかったのは、私の生活にたやすく割りこんでくることのできる正男が怖かったのだ。

彼は鋭敏で、幼いころから政治的であり、早熟だった。気が弱いから面と向かって問いただすことをしないだけで、心の中では伯母の思想が軟弱だから子供が二人とも逃げたのではないかという考えをもっていた。

すでに逃げだそうと覚悟を決めている私の心をおし隠し、好奇心旺盛で新しい情報もなくて退屈している彼に、その情報を隠さねばならないことが申し訳なかった。

いろいろあっても正男は蕙琳《ヘリム》の息子ではないか。ふと見たときの彼の顔には伯父、つまり私の兄の若いころの写真のおもかげがある。一男の顔にもよく似ている。

その子を捨てていくことは、肉と骨をえぐられるようにつらかった。

97　ああ、正男《ジョンナム》よ！

一九九二年五月に南玉《ナムオク》が去ったのち、私が平壌《ピョンヤン》を去るまでのほとんど二年間は、あなたと私の不和にいろどられた、思い出したくもない悲しい日々だった。日記をきちんとつけていたあなたの、そのときの日記帳をめくってごらん。あなたは伯母さんの私をとても憎んでいたはずよ。それもう六、七年前のことね。あなたはいま二十九歳なの？　三十歳なの？

あなたを捨てて去った南玉の背信への憤りを、あなたは伯母さんにぶつけて復讐したかったのね。あの子がいなくなったさびしさと、あの子が自分だけ得た「自由」のために、あなたは狂乱状態になって物を叩きつけた。

「伯母さん、あなたが行かせたんでしょう？　子供が逃げた責任は伯母さんにある」と。そうでなくてもパパの足は遠のいていたのに、母方の家族の汚点をあなたは政治的なことばでこういったわね。

「この地主の娘の反動め！」

あなたの痛みをよりもっと大きな痛み感じていた伯母さんは、頭の中でブルンとうなるエンジン音に狂い死にしそうだった。

あなたが最後にモスクワにきたとき、中国で買ってきた丸い緑茶を思い出す。あなたを捨てて出ていく決心がすでにできていた私の心も知らず、これからは真心こめてこの伯母さんを大切にしようと、緑茶を差し出しながらあなたが素直に悔いているのを見たあのつらい瞬間のことよ。十三年ぶりに一男《イルナム》からもらった電話も、四十七年ぶりにモンイ伯父さんに会ったあの劇的な話もあなたに伝えることはできなかった。

ああ、正男《ジョンナム》よ。あなたはどうしているの、どう暮らしているの。いまもあの囲いの中に囚われて青春を縛られたままなの？　みんないなくなってしまったあの家で。あなたひとりで、正男よ。

なぜなのでしょう、この瞬間、死んだ一男よりも生きているあなたのほうがもっとかわいそうに思うのは……。

98　平壌《ピョンヤン》への帰還か脱出か

私が娘の南玉《ナムオク》と連絡の取れたことから書きたい。彼女が九二年に平壌《ピョンヤン》を出ていって以来、私はその行先もいま何をしているかもまったく知らないまま二年が過ぎた。私が九四年に妹とモスクワに行けることになってとてもうれしかったのは、娘と連絡が取れるのではという期待があったからだ。

モスクワの家で私は十三年間息子の行方を探しつづけながら、電話が鳴るたびにもしやと思ってまっ先に受話器を取った。誰もがそれを知っていて、私の滞在中は誰も先に電話をとらず、私が最初に出られるよう遠慮してくれていた。南玉はその事情を知っていたため、もしかしたら母がきているのではないかと、二年間毎晩モスクワに信号を送りつづけていたそうだ。

モスクワに到着してすぐに私は娘の電話を受けることができた。はじめはロシア語で受け答えし、そのあとはかつて一男《イルナム》がひとりで住んでいていまは空家の二階の部屋に下りていって、その電話で、思うぞんぶん語りあった。

一男の電話があるまでは、娘は私を急いで連れだすつもりはなかった。私が国を出れば正男《ジョンナム》と叔母の蕙琳《ヘリム》がどれほど衝撃を受けるかを知っていたからであり、また私を信頼して病気治療に出してくれたパパ（金正日）への義理があったからだ。

しかし事態はいまや急変した。私は選択しなければならなかった、すべてのことを。一男《イルナム》の電話と兄の出現を指導者に告白し平壌に戻るか、あるいはこの機会に西側に出るか。軽率に電話に出て安企部の作戦にはめられたと、私のわかったことをありのままに報告すれば、正日秘書は格別の処罰を加えることはないだろう。ただ私を平壌から出ていけないようにするだけだろう。私はあの囲いの中で死ぬ日を待つばかりの身となるだろう。

山のように本があり、一日に十二回入浴ができ、山海の珍味を味わえようとも、私にとって官邸は監獄と同じだった。考えただけでも息がつまる。話し相手もなく、心を分かちあう人もなく、判で捺したような内容の宣伝用テレビとラジオ、一年間新聞記事を読んでも国際情勢はおろか国内情勢すらわからない。母もいないあの平壌の家でどう生きていけというのか……。

いっぽうでは、一男からの電話で、私には骨を切られるほど悲痛な息子への思いが渦巻いていた。

「お母さんがそばにいてくれたら、ぼくは破産しなかっただろう」

「ぼくが落ちぶれたから友人も去っていき、みんながこそこそぼくを避けるんだ」

四十に手のとどく齢なのにその純真さはまるで子供のようだった。

「心配しなさんな。今度お母さんがそちらに行ったら、本を書いて食べていこうと思うの」

「ほんと？　いまソウルでは、そちら〔北朝鮮〕の本がよく売れるんだ。お母さんが書きためた短編いっぱいあるんでしょう？　ああ、ぼくも家を買えるんだね。賃貸の家だってかまわないよ……」

いますぐにでも家が手に入るような喜びようだった。

「いますぐはそちらに行けないのよ。でもお母さんがあなたのためにお金を稼いであげるわよ。お手伝いをしてでも……」

かわいそうな息子。賃貸の家が何かということもわかっているんだね。

「お母さん、とりあえずそっちにある神徳水《シンドクス》〔薬効のある鉱泉水〕を少しもらってきて、売ることができないだろうか？」

官邸にいてもそれがどんなふうにして入ってくるのか知らないのに、息子は神徳水をどこで手に入れて売るというのだろう。私はあきれてものがいえなかった。

私がすべてを捨てて国を出る決意を固めたのは神徳水のためだともいえる。息子はこれほどまでに落ちぶれて、これからどうやって生きていけるのか。自分自身しか頼る者のないあの社会で、誰を信じて、どうやって生きるのか。

「そう、私、行くわよ」

もちろん神徳水の話、賃貸の家の話、一男の嘆かわしい状態をみな娘に伝えた。

「じゃあ、お母さん、ジュネーブにきてよ」

娘のことばはつねに私には決定的だった。何くわぬ顔で蕙琳《ヘリム》をおだててジュネーブ旅行に行こうと毎日せきたてた。

そして一九九六年一月五日、私はモスクワを離れたのだ。

99　蕙琳《ヘリム》を捨てて

「私たちはここでこうやって年老いて死んでいこうね」

前年の秋にレーニン丘を散歩していたとき、蕙琳《ヘリム》がふとそんなふうに自分の胸の内をさらけだした。頭がよくて賢明だった彼女にとって、それが彼女と私の運命はひとつであることを表現する最良の仕方だった。私は彼女のことばに何もいえなかった。私が彼女を捨てて出ていくのは、私にとっても思いがけない出来事だった。

すべての脱北者が体験する家族との離別、それがいかにつらいことかを別にして、私には彼女を捨てられない理由があった。蕙琳があのように苦しい病を患い、別の人生を歩む可能性を捨ててしまったのは、父と母、私のために犠牲になったと知っていたからである。

父と母は逝《い》ってしまった。私の子供たちもみな去り、私まで去ってしまったら、あの子は自分が犠牲になったことの意味をどこで見いだせるのか。このことが私を苦しめた。しかし私は行き止まりの路地に入りこんでしまった。息子の電話、兄の〝出現〟……。

私が残ったところで彼女の慰めにはならなかった。私が子供たちのところに行ったほうが彼女の心をより軽くするだろう。ジュネーブに行こうと蕙琳に勧めたのは北を去るためだった。そこから娘と連絡をとっていたジュネーブのあの赤い電話ボックスは、うれしい場所でもあり恐ろしい場所でもあった。娘が私を連れにくるまでの約ひと月のあいだ、私はわれを忘れてぼうっと座っているか、通りをさまよって背信する自分を正当化しようと焦っていた。

いつものように一時に食卓についた。この昼食を終えたら私はショッピングに行くふりをして外出し、十二番停留所で二時ちょうどの電車に乗らなければならない。

向かいあった妹は、いつものように淡々としていてもの静かだった。身寄りのないこの子。私が去ってしまって、そのあとの恐ろしい苦難にこの子はどうやって耐えられるだろうか。

食べたのか食べなかったのか、私たちは二人いっしょに食卓から離れた。彼女の部屋についていって向かいあって座り、それでも残したいことばが頭に浮かんだが口をつぐんだ。彼女は知っていたのか、それとも何かを感じたのか、何もいわずに私をじっと見つめるばかりだった。

一時四十分。彼女がベッドに上がるのをきっかけに私は立った。そして振り返らずに部屋を出た。あの子がベッドに横にならずに私のうしろ姿を注視している視線を感じたが、そのまま出てきてしまった。

何かを残忍に引き裂いているように神経がささくれだつのを感じながら、私はエレベーターまでまっすぐに歩いていった。ハンドバッグはドアの陰で拾いあげた。私の荷物はそれだけだった。

クロベルモントの丘。息子も娘も歩いたその丘の上から、管理員の目に止まらぬよう私は引き返して裏の急な階段を選んだ。時間が少しあまるようなので、スーパーマーケットの二階でコーヒーを一杯飲み、お金を整理した。

二時五分前にマーケットのエレベーターを降り、十二番停留所までゆっくり歩いた。二時ちょうどに電車に乗れという娘の指示がどのような意味をふくんでいるのかわからないため、二時一分前に電車がきたが見送った。一分とはこんなに長いのか……。

私と同様に電車に乗らなかったひとりの若者が目についた。その停留所には十二番の電車以外はこないのになぜ乗らなかったのか。あの人が私の〝護衛〟なのか？　次の電車は二時一分ごろにきた。私は無意識にその若者につづいて同じ入口から乗った。私が降りることになっている薬局の前でその若者も降りた。私は薬局から出てきた黄色いリュックについていった。

………

地下パーキングに私の靴音が響く間もなしに、ヘッドライトをつけた真っ黒な車が私の前に近づいてきた。中から扉を開けてくれた。そこに娘が座っていた。まる四年ぶりに。私たちは抱擁もなく、たったひと言のことばもなく、最高速を示すスピードメーターの針を見ながら高速道路を疾走した。一九九六年二月だった。

100　エピローグ「わが息子、わが国」

私が北朝鮮を出てから四年が過ぎた。すべての脱北者がソウルに行くのに、いまも行かずに苦しみながらここにとどまっているのはなぜかと問う人もいる。読者の中にもそのように思う人がいるのではないかと思って、この四年を振り返ってみたい。

一九九六年二月十三日、ソウルのマスコミが「北朝鮮最高指導者金正日《キムジョンイル》の前妻成蕙琳《ソンヘリム》とその姉成恵琅《ソンヘラン》の北朝鮮脱出」というトップニュースを全世界に流した。

妹が脱出したというのは誤報だったが、ともあれ私の脱出はこうして世間に知られることになった。

当時私は某国に密入国したばかりで、まだ居所も定めかねている状態にあり、現地当局にも知られずに潜んでいた。私はおどろき、かつ失望した。

私のような立場にあって、しかもある程度〝内通〟した——つまり兄がモスクワにきたときのことをいっているのだが、こうした脱北者をこのように仮借なく売り渡すやり方は、敵味方の論理からしてもまったく理解できない。二月十三日に発表されたということは、これは北朝鮮の指導者金正日の誕生日（二月十六日）を前にして、当時の政権が定例行事のようにくりひろげていた反金正日キャンペーンの一環であることを如実に物語っている。

私は、その年の春も夏も誰とも連絡できず、他人の屋根裏部屋に身を隠していた。どこに定住するのかすら未定だった。そんな中で私の頭を占めていたのは、ソウルにいる息子のことだけだった。

しかし怖くて電話がかけられなかった。息子はモスクワに電話してきたとき四つの電話番号を教えてくれたが、どれがどれだかさっぱりわからない。電話番号のメモはふとんの中で書いた。とうとうある日、娘に内緒で公衆電話のボックスに入ってそのうちのひとつの番号をダイヤルした。交換の声がくりかえされるばかりで、不在なのか番号が変わったのか、わからないまま終わってしまった。

私はそのときこの世に携帯電話というものがあることを知らなかった。四つの電話番号の中には携帯電話もあったのだろう。ああ、それを知っていたら、それで話ができるのならいくらでも電話をかけたのに。息子は私と接触していれば、殺されなかったかもしれないのだ！

たまりかねて九六年の秋、兄に電話した。兄の話では、息子はかつぎ屋商売で釜山《プサン》に行っており、消息もわからないとのことである。息子を探してほしい、電話番号を教えてほしいと哀願しても兄の態度は固い。見つからないの一点張りである。

「お兄さん、私を〝売って〟もいいから、なんとか連絡つけてよ」

「絶対だめだ。おまえのためを思っていってるんだ。わかってくれ」

兄の声には何かほかの理由があることを感じさせた。

一九九七年二月十五日、こちらの新聞では十六日付に、「李韓永《イハンヨン》（息子の韓国での名前）銃撃される」という記事と写真が載った。その少し前の二月十二日には、北朝鮮の最高幹部のひとりの黄長燁《ファンジャンヨプ》の亡命ニュースがあった。黄氏にたいする北の報復であり、北の浸透スパイ五万人が暗躍している証拠だとの論評があった。

「生きてる可能性もあるわ。弾が全然当たらなかったかもしれないし……」

「病院にちょっと隠しておいて、出てくるんじゃないかしら？　ともかく様子を見るしかないわねえ」

私は娘とこんなやりとりをしておたがいに慰めあった。

しかし息子はその十日後の二月二十五日に息を引きとった。

この事件の解明なしには安企部は国民の疑念をぬぐい去ることはできない、というソウルのある大学教授の強い調子の意見はいまなお私の記憶にある。この事件を告発するきびしいことばや論調のせいで私の頭は狂いそうだった。

その年の年末ごろだっただろうか、事件の解明と称する新聞発表があった。またもマッチ箱くらいの特大の活字で、李韓永の事件は、北の工作員が金正日の誕生日の贈り物としておこなったものだという。証拠不十分で納得のいかない事件の「解明」だった。

この「解明」にたいする私の反論はこうである。

一体、北朝鮮工作員の誰が指導者（金正日）の誕生日の直前に事件を引きおこして「贈り物」

にすることを考えるというのか。首班の家庭や私生活については、たとえ耳うち話でも厳禁されているのが北の現状である。そんなことをすればすぐ逮捕される。「前妻なにがしの甥」を撃って誕生日の前に世間を騒がせ、それを贈り物だと考える人間は、工作員はもとより北朝鮮の小学生の中にもいるわけがない。北を知らないにもほどがある笑うべき論である。

ともあれ、私の息子の死はいまなお未解明である。ために私はこの本で息子の事件をほじくるまいと心に決めていた。主観を排したいという気持ちと、この事件のすべてを思い出すのがいやさに……。

しかし読者は、私の脱北以後のことについても関心がおありだろうから、こうして「あとがき」として重い心で書いている。心の中深くしまっていたことを書いてみると、いささか気持ちも安らぐ思いである。不幸な私の息子、その無念の死を私が訴えずして誰が訴えてくれるのか。

いままさに南北の和解、統一への歩みを進める歴史的転換期にある。夢にも忘れられなかった統一の希望が開かれようとする現時点で、私は民族和解という氷の割れる音を聞きながらみずからを整理している。何を考え、何を語るべきか。個人のどんな悲しみも怨みも、民族の和解、統一の大勢には比べることができない。この流れ、この感激で私を治癒せよ。

寝ていて一晩に十回以上も起き上がり、いったい誰が殺したのか、私の息子を、あの美しく秀でた額に誰が銃を向けたのか、怨みに身もだえした日々をどんなことばで語れようか……。

しかし私はいまわが国から吹いてくる温かいニュースに涙をぬぐい、いつしか「怒り」を抑えるようになった。怨みを解くことが、憎しみを捨てることが南北の同胞《はらから》の課題であることを私はいま誰よりも実感している。

情に厚く、勤勉で、心やさしいわが民族。過去の日々を昔話とする明日がくる。そのときは私もわが国に戻れよう。わが故郷ソウルの「藤の木の家」にも。私の青春をうたってくれた大同江《テドンガン》にも。この世のどこに行っても忘れることのできないよき友だちにも会えるだろう。

私はインターネットで息子の「現住所」を探しあてた。

京畿道《キョンギド》 広州郡五浦面《クアンジュグンオポミョン》 広州《クアンジュ》公園墓地 李韓永《イハンヨン》

一男《イルナム》よ、もう少し待っていておくれ。お母さんはあなたを訪ねていってあなたの家にマツバボタンの種をいっぱい撒《ま》いてあげるからね。

あなたはいつでも小さくてつまらないものが好きだったわね。足の不自由な子猫とか、コオロギのようなものが。お母さんはみな知っている。みんな覚えているわ。

あなたが去っていく前の日曜日（あなたは火曜日に去っていった）、あなたはしゃがれ声の音痴でドヴォルザークの『家路』をうたったわね。楽譜がないと弾けない、という私に、

「じゃあお母さん、ぼくのうたうとおりに弾いてみてよ」

と、子供のように私の手をピアノの鍵盤まで誘っていったでしょう。ジュネーブの二階の家。秋の陽ざしが西向きの窓に差しこんでいたあの日の午後。

夢に描け　恋しいふるさと
昔のままの香ぐわしい香り
いまは逝《い》った友だちを埋め
玉のような水流れる小川を越えて
蛍を探してさまよったあの日
夢に描け　恋しいふるさと

ああわが息子、わが国、何と遠くにあることか……。

●著者独占インタビュー

涙の激白「私の息子を殺したのは誰だ！」

晩秋のヨーロッパの某所で、私たち取材班は著者成蕙琅《ソンヘラン》さんと会った。以下はそのときの彼女の肉声である。北朝鮮での生活が約半世紀に及ぶとは思えないほどの美しいソウルことばである。ただ今回（二〇〇〇年十一月）は、著者の希望により、金正日《キムジョンイル》とその妻だった妹の蕙琳《ヘリム》さんにかんする質問を避けざるを得なかったことをお断りしておく。

悪魔が書いたシナリオ

――一九八二年にジュネーブで姿を消した息子の一男《イルナム》さんから一九九五年十月、十三年ぶりに、モスクワに住んでおられた成さんに電話がかかってきましたね。そのとき、どんなふうに思われたのですか。

成蕙琅（以下**成**）　そのとき私は、相手が誰かまったくわかりませんでした。しばらくは呆然として想像もつきませんでした。ことばも変わっていました。十三年たつと、北のことばが完全にソウルことばに変わっていました。そのうえ声まで変わっていて、全然わかりませんでした。しばらく電話で話しあって確認する中で、ああ、もしかしたら一男かもしれない、と思ったとき、うれしさよりも恐ろしさを覚えました。

――恐ろしさとは？

成 当局の介入です。息子と話しているうちに、切々とした母性、懐しさ、哀れさ、そんなものを感じながらも、あの子がなぜ電話をかけてきたのだろうか、これは南朝鮮当局の介入なしにはできないことだと思ったのです。国家保安法があるじゃないですか。それを冒して息子が電話してきたということは、これは絶対に政治が介入している、これを私はどう扱えばいいのか。そんなことを前提にした思考と、息子にひかれていく肉親の情とが交錯する複雑な気持ちで、私は慎重な受け答えをしなければならないと自分にいい聞かせながらも、たくさんの失敗をしてしまったのです。

――どんな失敗ですか？

成 そのとき私は、この電話を利用しなければならないと思ったのです。電話の中で、息子が事業に失敗して借金の山をかかえていて、生きるすべもないことがわかったのです。こんな状態で息子を助けてくれるのは南朝鮮当局以外に誰がいるでしょうか。この電話を南朝鮮当局も聞いているだろうから、ある程度、私のメッセージを伝えなければいけないと思ったのです。それで私は、軽率といわれるかもしれませんが、西側世界に出ることを暗示したのです。

――どういう暗示をしたんですか。

成　私が北朝鮮を離れる計画をもっているかのような暗示をしたのです。安企部（現国家情報院）は、これを聞いたら息子を助けてくれるのではないかと思って、私が意図的に情報をもらしたのです。

――電話がかかってくるまで、一男《イルナム》さんが生きているとは知らなかったんですか？

成　あるときからおぼろげながら知っていました。どうやら生きているようだと。

たった一度のチャンスも……

――その電話があってからは、ソウルの一男さんとモスクワにいた成さんとのあいだにひんぱんに電話のやりとりがあるのですね。

成　そうです。ところが、私がジュネーブを経て西側に亡命した直後の一九九六年二月十三日に「北朝鮮最高指導者の前妻成蕙琳《ソンヘリム》とその姉蕙琅《ヘラン》が北朝鮮を脱出」というソウル発のニュースが世界じゅうに大々的に流されたのです。このことは「エピローグ」でも書いています。妹の蕙琳の脱出は誤報でしたが、私の脱出は広く知られることになったのです。私はもう怖くて怖くてソウルに電話する気にもなれず、その年の春も夏も隠れ家で息をひそめて暮らしていました。でも心の中では息子のことばかり思いつづけていました。

――息子さんの電話番号は知っておられたのでしょう？

成　最初に一男がモスクワに電話をかけてきたとき、四つの電話番号を教えてくれました。その当時、モスクワの広いアパートには補佐官や管理人のおばさんたちなど、平壌《ピョンヤン》から派遣されている人たちが大勢住んでいました。誰が聞いているかもわからないので、私はふとんをかぶって一男と話をしました。教えてくれた四つの電話番号もふとんの中でメモしたものです。結局どれがどれだかわからなくなって……。

——人通りのない公衆電話から一度こっそり息子さんに電話をかけてみられたのですね。「エピローグ」に書かれていますね。しかしつながらない。それ以来、息子さんとは何の連絡もとれなかったのですか。

成 たった一度だけチャンスはありました。一九九七年のお正月に兄に電話しました。それまでに何度か息子がいまどこにいるか教えてほしいと頼んだのですが、そのつど釜山《プサン》に行っているようだ、どこにいるのか知らないと。兄はほんとうに知らなかったようです。

しかしそのお正月の電話の際は、一男はいまソウルに上京してきている、きょう娘を連れて兄の家にやってくることになっているというじゃありませんか。おどろいて兄に「私、その時間に電話をかけるから息子につないでよ」というと、兄はとたんにきびしい態度で「それは絶対だめだ。電話するとたいへんなことになる。悪いやつらが一男にくっついていて、いろいろそそのかしている。あの子は気が弱くて、だめだ。電話は絶対にするな」といい張るばかりです。

——なぜだめなんでしょう？　悪いやつらがくっついているというのはどういうことですか？

成 あとでわかったことですが、一男のわきに新聞や雑誌の記者たちがぴったりくっついて、私の動きや、私と息子との接触を探知しようとずっと機会を狙っていたのです。息子をそそのかしてモスクワに電話させ、それを公表した一九九五年十月以来ずっと、商業主義のマスコミに狙われていることを兄はいっていたのです。

――なるほど。

成　私はヨーロッパの隠れ家でその日一日じゅう、電話のそばに座っていました。この電話のボタンを押せば息子と話ができると思って、何度か手が動きましたが、そのつど兄のきびしい注意が心にひっかかって、あわてて手をひっこめました。ああ、あのとき電話できていたら……。ただ一度の、最後の機会だったのに……。

――その二カ月半後の二月十五日に、息子さんは銃で撃たれて亡くなられるのですね。お聞きしにくいことですが、そのときのお気持ちは？

成　（しばらくの沈黙ののち）これは政治的事件だと直観しました。当時は金泳三《キムヨンサム》政権時代です。政治状況はとても複雑でした。ご存知のように韓宝《ハンボ》事件〔一九九七年一月の韓宝鉄鋼の倒産にまつわる大型詐欺事件。金泳三大統領の息子賢哲が深くかかわり、政治問題化していた〕があったでしょう。民心は大揺れに揺れ、たいへんな騒ぎでした。そんな中、二月十六日は金正日《キムジョンイル》の誕生日です。それを前にして、南朝鮮では毎年そのころに反北朝鮮キャンペーンをおこなうのが慣例になっていました。この時期に合わせて私の息子を銃で撃ったのです。（右のこめかみに銃を当てるしぐさをしながら）その銃撃ののち間髪をいれず、これは北朝鮮工作員による、黄長燁《ファンジャンヨプ》亡命うけ入れにたいする金正日の報復だと大々的に発表されました。私はそのとき、奇妙な気分にとらわれました。イデオロギー戦争の仮面劇を見ているような気分でした。私は息子の銃撃事件がどちらの側に有利だろうかと考えたのです。韓国にとっては、これは一石三鳥ではないかと考えたのです。

——一石三鳥とは、ひとつは金正日の誕生日を前にした反北朝鮮キャンペーンと……。

成　二つめが韓宝より安保《アンボ》だと。韓宝事件から目をそらし、やはり北朝鮮にそなえる安保のほうが大事だというキャンペーンです。「ハンボじゃなくてアンボ、アンボだ」——こういう南当局の意図が見えたのです。金正日はひどいやつだ、報復のために若い命を奪った憎い独裁者だという宣伝に、とても効果があるじゃないですか。

三つめは、当時の南朝鮮の国会で、安企部法の改正問題がとりあげられていました。安企部の力を弱めようとする方向で議論されていました。保守層はそれはとんでもないと反対していました。そこへ息子の銃撃事件です。ある新聞は安企部をもっと強化しなければならないと書きました。一石三鳥ではないですか。

——なるほど。

成　私はそのとき、おどろきよりも政治的に解釈したのです。そういう政治状況のもとで息子が撃たれたという効果を狙っているのだ。それならば、嘘の銃撃もあるのではないだろうか、まさか命を奪うことはないだろう。撃たれたという事実が必要であって、かならずしも殺す必要はない、病院に運んで、そのうちに退院させるのではないか、そう思って娘とたがいに慰めあっていたのです。

しかし、毎日の新聞をくいいるように読むうちに息子の容態は悪化し、意識不明のままもとに戻らず、とうとう二月二十五日夜九時すぎに絶命したというしらせを聞きました。(沈黙、涙)

聯合ニュース〔韓国の通信社〕のＥメールを見て娘が、「お兄ちゃん、死んだわ」といいました。それを聞いたとき、私は涙も出ませんでした。悲しみもありません。ただ悪魔が恐ろしいシナリオを書いているという気持ちだけでした。

——朝鮮半島を引き裂き、恐ろしい苦痛を与えている悪魔ということですか？

成　私はそのとき、取り乱してはいけない、落ちつかなければいけない、冷静に対処しなければならないと考えました。この事件が私個人の特殊な運命であると考えるのではなく、五十年の祖国分断の歴史の中、南北の双方でこの種の政治ドラマが数かぎりなくあった。そのように普遍化してこの問題を考えました。そして、母親たちの悲しみと嘆きを共有することによって、歴史の犠牲という不可抗力を受け入れようと思ったのです。

私は全泰壱《チョンテイル》〔韓国労働者の劣悪な労働条件に抗議して焼身自殺した労働組合活動家〕のお母さんのことも思い浮かべました。また北朝鮮の統制区域〔強制収容所〕に連行されていく息子や娘のあとを、泣きながらついていった姜哲煥《カンチョルファン》〔在日帰国者の二世〕のお母さんのことも考えました。こういうふうに考えることによって私の悲しみは、分断の悲しみ、イデオロギー戦争で子供を亡くしたすべての母親の悲劇に合流したのです。

涙を流す母の姿

——お兄さんの日耆《イルギ》さんについてですが、一九四九年に金日成《キムイルソン》大学で勉強できるという希望をもって北朝鮮に行ったのに、南朝鮮にゲリラ部隊として派遣されて以来、消息不明で死んだと思っておられたのでしょう。

成　じつは、私は兄が生きていることをずっとあとになって知ったのです。一九九三年でした。

ソウルのある雑誌が兄のインタビューをのせたのです。それを私は平壌《ピョンヤン》で読みました。兄は生きているると。ほんとにびっくりしました。兄についてくわしく書かれてあることにもおどろきました。妹蕙琳《ヘリム》が金正日《キムジョンイル》と暮らして子供をもうけていることまで、私たちが極秘にしていたことがみな書かれているのです。

いったい誰が伝えたのか。もちろん北からの脱出者も韓国にはたくさんいます。そのとき私は、かすかに息子一男《イルナム》がもしかしたらソウルにいるのではないかと思いました。それはともかく、私は妹蕙琳に知らせて、二人で兄が生きていると手をとって喜びあったものでした。

――九三年といえば、まだお母さんはご存命でしたね。そのしらせを喜ばれたでしょう。

成　それなんですよ。母の五十年というものは、兄のことばかり思いつづけた五十年でした。わが家を支配していたのは兄のことばかり。母が統一を熱望したのも、統一すれば息子に会えるという一念だけでした。生きていることを知って妹とどんなに喜んだことでしょう。

しかし政治的に考えれば、兄が生きているということは変節したことを意味します。先の雑誌のインタビューによると、兄は一九五二年に逮捕されて転向したといっています。でもそのとき、転向だってなんだっていいじゃないか、生きていれば。そう思ったのです。

母はそのとき、もういくばくもない命でした。しかし、生きているうちにこのことを知ればどんなに喜ぶでしょう。そこで妹と話しあったことは、突然ショックを与えれば、母はそのまま死んでしまうかもしれない、これは慎重にしなければならない……ということでした。

――それでどういうふうに知らせたのですか。

成　母は当時、金正日《キムジョンイル》のもうひとつの別宅の東平壌の家にいました。歩けなくて車イスの生活でした。私は牛黄澄心丸という漢方薬、これは鎮静剤ですが、それをもって車イスの母を散歩に行きましょうよと邸の外に連れだしました。そして自然の中をゆっくりと車イスを押しながら、私はそっといいました。

「お母さん、ちょっとしたうれしいことがあるのよ」

これは私が母にいった最初にして最後のことばでした。というのは、母の人生でうれしいことなんてひとつもなかったのですから。哀しいことばかりでした。ですから私が、「お母さん、ちょっとしたうれしいことがあるのよ」とは初めて口にすることばでした。

車イスを止めました。まわりは一面の紅葉です。きれいな水が流れていました。母は私のことばに首を回して振り返りました。私は丸薬を母の口に入れてあげました。母は私の息子の一男《イルナム》の消息がわかったのだと思ったようです。母はこういいました。

「一男が生きていたんだろう？」

母はいつも一男は生きている、どこかにいるとそればかりいいつづけていたので、自分のいったことが当っただろうというように「一男が生きていたんだろう？」というのです。

私は「お母さん、絶対におどろかないでね」といいました。

「お母さん、兄さんが生きているんだってえー」と私はうたうようにいいました。そのまま私は思わず母を抱きしめました。母はじっと動かずに涙を流すばかりでした。

母は、兄は生きている、私はもう会えないだろうがおまえたちは統一したら会えるだろうと、このこともいつもいっていました。そうでなければ絶望のため、生きていることはできません。

——とてもいいお話です。

成　南北分断というものがひとりひとりにどれほどの悲劇をもたらしているか、離散家族の哀しみというものがどれほど濃度のこいものなのか、それぞれの具体的な描写の中で示されるものではないでしょうか。これは私たちだけのことでしょうか。すべての離散家族たち、父母と子供、夫と妻が南北に分かれて、コンクリートの壁にへだてられて生きていかなければならない、その哀しみがどれほど深いものなのか、そのことがわかっていただければ……。

兄からの緊迫した電話

——そして一九九五年十二月上旬、モスクワのコスモス・ホテルに日耆《イルギ》さんが来られて四十七年ぶりの対面となることが、この本の中でも書かれていますね。それからはお兄さんとはよく連絡をとられたのですか？

成　さっきもお話ししましたように、息子と連絡がとりたくて、何か消息がつかめないかと兄にはよく電話しました。向こうからは私にはかけられないのです。私が隠れて住んでいるため、どこにいるのかいっさい知らせていないので。

そんなころ、一九九六年の十一月のある日、兄に電話すると待ちかねていたように、一週間後に兄の長女が、ヨーロッパに研修に行くからどこででもいいから会ってやってくれ、といいました。そのうえ、電話口から流れてくる兄のことばは何かさし迫ったような、切迫感といいますか、ちょっとふつうじゃありませんでした。私はまだ外を出歩ける何の証明書も現地当局からもらっていないことを口実にして、姪との対面を断わりました。

——何か〝背後〟があるのでしょうか？

成 その次の週のことです。私が電話したら兄は突然「おれがそちらに行く」というのです。「おれは来年一月末におまえに会いに行く。絶対に会おう」そして一月末だぞ、と強く念を押すのです。その声といい、もののいい方といい自信にあふれていました。もともと兄は快活な自信家でしたが、そのときの兄の態度は私に〝背後〟を感じさせたのです。

——どういうことですか？

成 なぜ一月末なのですか？　二月中旬の金正日《キムジョンイル》の誕生日に合わせた反北朝鮮キャンペーンに、またも私をかつぎだそうとしているのではないか。そう思ったのです。九六年の二月十三日に、韓国のマスコミが私の北朝鮮脱出を一方的に世間に公表したことに私は気分を害していました。そのうえまた、九七年二月にも私を利用しようとしていることにたいし、私は感情的になっていました。私は断わり、会うなら四月にしましょうといいました。

そしてお正月以降、私は電話を切ったままの状態にしました。ソウルのほうから、私が断わりきれないような何らかの話をもちかけてくる予感がしたからです。たとえばの話ですが、私の息子から、何月何日何時に娘を連れてロンドン塔の下で待っているという連絡がきたとしましょう。ロンドンどころか、私は地の果てまででも行かないではいられなかったでしょう。

——それからどうなさったんですか？

成　九七年の二月十日のことです。この日は、私が亡命申請所でその国の居住許可証を受け取る日でした。私が娘の南玉《ナムオク》といっしょに出かけると、担当者が娘の通訳を介して私にこういうのです。

「あなたのお兄さんが、韓国の情報機関の立会のもとに至急会いたいといってきている。きょうじゅうに返事してほしい」

これは一体どういうことですか？　私が電話を切っているものだから連絡がとれない。するとこんな方法を使って、何としてでも私を引っぱりだそうとしているのだ。そうとしか解釈のしようがありませんでした。なぜ情報機関が立会う必要があるのですか。私は何か訳のわからない脅迫を感じました。そしてなんという露骨なやり方だろうと。私はどうしていいかわからず娘に聞いてみました。

「まだ証明書ももらっていない状態で、そんなことをするのはまずいのではないか」

私は娘の意見をもとに「会わない」と答えました。瞬間、息子に被害がおよぶのではないかという予感が脳裡をかすめました。

――結果的にはその予感が的中したわけですね。

成　でもそのときは、息子に被害がおよぶといってもせいぜい情報機関から無視されるか、援助が受けられない程度のことだろうと思っていました。私は、そのときはああ答えるしかどうしようもなかったのだと自分で自分を慰めていました。その二日後、もうひとつの大事件が起きるのです。

——えっ？　それは何ですか？

成　黄長燁《ファンジャンヨプ》の亡命です。娘が教えてくれました。北の最高幹部のひとりの黄長燁が北を離れたという大ニュースです。そのとき、私はなぜかほっとしてこう思いました。私よりも何倍も大きな魚を釣りあげたじゃないか。私なんかいなくたって何倍も大きなキャンペーン効果があるじゃないか、と。

——その三日後の二月十五日、一男《イルナム》さんの銃撃となるのですね。

成　（沈黙したままでうなずく）

——お兄さんの日耆《イルギ》さんは、モスクワにきたときから終始情報機関の要請で動いているように見えますが。

成　そうじゃないかと思いました。彼らの要請を拒めない立場にあるのだと私は推測しました。

——それは日耆さんが、一九五二年に山岳ゲリラ戦で逮捕されて転向したからですか？

成　それよりも、誰であれ南朝鮮の人で安企部の指示を拒める人がいますか。当時はそんな時期でした。

南朝鮮は腐った社会だ！

——北を脱出したとき、なぜ韓国に行こうとは考えなかったのですか。

成　私は何十年か前にこんな記事を見たことがあります。朝鮮戦争停戦後に捕虜交換がおこなわれたときのことですが、何人かの北に送り返される捕虜が南も北も捨てて、ただのひとりの親族もなく、ことばも通じない第三国に向かって旅立ったということを書いた記事でした。その人たちは、南か北かという二者択一しかないわが民族の悲劇をぶちまけながら太平洋を越えていったというのです。そのとき私は大学生で、私たちの北の体制の優位性を徹底的にたたきこまれ、そのように信じていたいわゆる青年前衛でした。

それにもかかわらず、その記事がとても衝撃的でした。あれから四十年たちました。私は、彼らがとらざるをえなかったその道に先見の明があったといいたいのではありません。私たちの民族の不幸は、当時もいまも何ひとつ変わっていないということを申し上げたいのです。

——そのことと、成さんが韓国に行かなかったこととどういう関係があるのですか。

成　自由な人間として生きたいということが人間の普遍的な希望ではないですか。その希望が、わが国では北も南も同じように実現していないということです。

具体的には、北については私の本の中で書きましたのでここでくりかえすことはいたしませんが、南について申し上げるならば、南朝鮮がどんなに生活がよくなったとしても、GNP（国民総生産）が一人当り一万ドルをこえたからといっても、南朝鮮は諜報政治の社会であり、どんなに暮らしむきがよくなり高度成長したといっても、アメリカの植民地であり、諜報政治という悪の支配する腐った社会と認識しています。

——悪の支配ですか。

成　そうです。悪の支配する腐った社会だと私は思うのです。もちろん私は南の本もたくさん読みました。文化についてもたくさんのことを摂取しました。文化水準も高いし、人びとの教育水準も高いのは認めます。魅力もいっぱいあります。そんなすぐれた点のあることも知っています。また、南の人民は民主化闘争を戦い、長期の軍事独裁政権を倒し一歩一歩、民主主義を勝ちとってきていることも評価します。しかしそれだけではまだ十分とはいえません。いまだに思想の自由や文化の多様性を受け入れることには閉鎖的な構造をもっています。自由人としての生き方が保障されるにはまだまだ距離のある社会だといわざるをえません。

——それは成さんがいま、西ヨーロッパという地で生活しているからとりわけそのように感じるのではないですか？

成　その傾向はないとは申しません。しかし私のいいたいことは、南と北の政治家が、いや、すべてのわが国の国民が外に目を向けて、わが国の外で暮らしている世界の人たちが、世界をどのように認識しているのか、人間の生きる価値をどこに置いているのかをしっかりと見きわめていただければ、と思うのです。

——北の極端な閉鎖社会、統制社会と外部世界とは天と地ほどの開きがあるでしょう。

成　初めて外部の文化と日常生活に接するようになった私にとっては、ごくささいな、とるに足りないことのひとつひとつですら珍しく、涙の出そうなほどうれしいのです。ごくありふれたオープン・カフェの片隅に座って行きかう人びとをぼんやり眺めているだけで、五十年ものあいだ叩き込まれた政治理念や哲学が崩れ落ちていくのは何ゆえでしょうか？　ありふれた通りやごみごみした路地を歩いているときでさえ、私が感じるこの自由と解放感は、一体どこからくるのでしょうか？

人間を抑圧する政治のくびきを脱けだした自由人のこの安らかさ。抑圧政治や諜報政治のもとでは人間はけっして自由でありえないのではないですか。だから私は、北でも南でもない、はるかな他郷で暮らしているのです。

——しかし息子の一男《イルナム》さんがいることについて、親子の情からみればどうお考えですか。成さんが亡命したときは、まだ一男さんは生きておられましたね。

成　もし私を、あの社会で政治的に利用しないという保証をしてくれれば、私はこっそり行って、息子とともに静かに余生を送りたいというひそかな思いはありました。

——一男さんは亡命後、向こうで結婚して小さな娘さんもひとりいますね。成さんのお孫さんになる娘さんが。

成　私の心の深いところでは、息子夫婦や孫とひっそりと暮らしたいという気持ちはありました。しかしすべて妄想でした。

——みんないっしょに暮らすことができれば、どんなにかいいでしょうに……。

成　ええ、ええ、ほんとうに。私がソウルに行かないもうひとつの理由は、北に残してきた妹蕙琳《ヘリム》のためです。私がソウルに行けば、彼女の立場はどうなりますか。彼女のことについてはあらかじめお断わりしましたように、お話しできないことをご了解ください。

チェーホフ短篇集をもって脱出

——話は変わりますが、北朝鮮を脱出するとき、チェーホフの短篇集だけをもち出したという話を耳にしましたが……。

成　チェーホフの短篇は昔から私はとても好きでした。北朝鮮では一九五四年に発行され、それを愛読していました。

――石川啄木の歌もお好きとか。

成　解放（一九四五年八月十五日）直後のソウルで女学校に通っていたころ、啄木を知りました。「東海の小島の磯の白砂に／われ泣きぬれて／蟹とたはむる」という有名な歌ぐらいしか知りませんが。女学生のいちばん感受性の鋭いこころに学友たちのあいだでよくうたわれていました。啄木といえば、いつもこの歌が思い出されます。

――成さんのお母さんの手記がこの本の中でもかなりたくさん引用されていますが、北では自叙伝を書いてはならないことになっているのに、どうやって書かれたのですか？

成　夜こっそりトイレに入って、便器のふたを机代わりにして書いたのです。もしも昼間机の上で書けばいろんな人の目につき、よからぬことをしていると密告されればたいへんな問題になります。

私はずいぶん昔から、母の伝記を書きたいと思っていました。もちろん私も北では自叙伝を書いてはならないし、出版もできないことは知っていました。しかしいつか北でも幅広い政策がとられるようになって、発表できる可能性も出てくるのではないかと予測したのです。この種の政策は変わることもよくあるのです。

でも母は、党が禁じているのに、といってためらっていました。私がぜひ書いてほしいというものだから、仕方なくトイレに入って幾晩もかかって書いてくれたのです。ゴマ粒ぐらいの小さな字で。ですから私はハンドバッグに入れて外にもち出せたのです。

人生最良の時

――北を脱出して、自由な社会に住んでいる現在のお気持ちは？

成　息子の死、北に残してきた妹のことなどの心配、それらをみな抜きにすれば、いまの私の心境はひと言でいって、これまでの人生でもっとも自由な時間を生きているということです。具体的にいえば、なんらの政治の干渉もなしに生きられる社会とはなんとすばらしいかということです。娘の南玉《ナムオク》にも私は話しているんです。「お母さんの人生で、いまがいちばん心安らかな時間を生きている」と。

――南玉さんはどういっているんですか。

成　娘はいつも私を不幸な母親と見て、「お母さんはどれほど胸の痛む時間を送っていることか」と話しています。私は娘を慰めるために、また実際に心からそう思っているために、「私のことは心配しなくていいのよ。政治に干渉されない、安らかな人生をいま初めて生きているのだから」と、つねにいっているんです。

――こちらにきていちばんうれしく思ったことはなんですか？

成　娘が幸せな家庭をもったことです。

――「エピローグ」で南北統一についてもふれておられますね。

成　いま南北に和解の気運が高まり、夢にも思わなかったことがくりひろげられています。しかしみな一致して語っていることは、統一には時間がかかるということです。五十年ものあいだ敵として対峙してきた南北がひとつになろうとするならば、無数にある現実的障害をとり除いていかねばならないでしょう。

私は、統一を早め、現実的な障害を克服するうえで、何よりも重要なことは、韓国が真に民主化されることだと思います。南が民主化し、南と北の民衆を受け入れることのできる受け皿となったときに初めて、南の経済的優位性が統一の主体的な力となることができると思います。私は韓国がもっと民主化し、もっと豊かになることを心から願います。それでこそ統一が早まるからです。

私は自由人の生き方が保障されるようになったとき、わが国に帰るでしょう。南にも北にも私の肉親がおります。五十年ものあいだ、消息すら知ることのできなかった分断の苦しみがあります。私にとってわが祖国は片時も忘れることのできないものであり、見知らぬ街、見知らぬ人びとの中でわが国の未来を心に描きながら、きょうも生きています。

（訳・構成　萩原遼）

解説・訳者あとがき

(1)

個人的な体験から記すことをお許しいただきたい。一九六七年三月、私は大阪外国語大学朝鮮語科の卒業を前にして、卒業記念に北朝鮮の長篇小説『霧の流れる丘』を翻訳しようと思いたち、平壌《ピョンヤン》にいる作者の千世峰《チョンセボン》氏に許可を請《こ》う手紙を出した。

この小説は、一九二〇年代から三〇年代にかけて、当時日本の植民地だった朝鮮における革命運動を描いたものである。千ページ近い大部の本だが一気に読ませるおもしろさを備えていた。

まもなく作者から、六七年三月二十五日付の丁重な断りの手紙がきた。

「『霧の流れる丘』を世にだして以後、自分の作品について少なからぬ不満を感じるようになりました。それは時代と読者の要求に照らしてみるとき、私の作品が数多くの不十分な点をもっていることを、みずから感じとることができたからです。したがって私は、この作品の不足点をなくし、この作品をいっそう完成させるためにいま全面的な改作をおこなっています。私としてはこの改作を契機に、社会的要求にたいして遜色のない、よい作品を創りたいと考えています」

何が不足点なのか当時はよくわからず、がっかりしたものだった。しかしその後わかったのは、一九六七年という年は北朝鮮にとって大きな曲り角の年であり、金日成《キムイルソン》の個人独裁体制の確立に向けて大きく動きだした年であった。これについてはあとでもふれるが、『霧の流れる丘』は、金日成の個人独裁、個人崇拝とは相いれない作品であったのだ。この年から、北朝鮮全土でくりひろげられた金日成の個人崇拝の狂気の運動が、この小説の存在を許さなかったのである。革命闘争といえば、旧満州でおこなわれた金日成の抗日武装闘争しか認めず、そのほかのすべての運動はことごとく分派分子による派閥抗争ときめつけられる中で、朝鮮国内でおこなわれた多彩な革命家と革命闘争を描いている『霧の流れる丘』が棲《す》めるはずもなかった。

その後の北朝鮮の小説は、金日成を称える内容一色となり、私は北朝鮮文学そのものに関心をなくしてしまった。

あれから三十数年の歳月が流れた昨年（二〇〇〇年）三月、思いがけずこの小説が話題にのぼった。成蕙琅《ソンヘラン》さんの『北朝鮮はるかなり』の翻訳の打ち合わせのため、私がヨーロッパの某所で成さんに初めてお会いしたときのことである。

雑談になったとき私は、若いころ心に残った『霧の流れる丘』について彼女に話した。成さんの顔はとたんに輝き、

「あれはすてきな小説でした」

といって子供のように歓声をあげた。そして、

「あれが映画になって、蕙琳《ヘリム》が主役を演じたのよ」

といった。私は映画化のことはまったく知らなかった。あの小説が発行直後に絶賛されたことは知っていたが、映画になるだけの文化の空間が一九六七年以前にはまだ残っていたのだ。ところが成さんは、作品が批判されると同時に映画もお倉入りとなって、その後二度と陽の目をみな

くなったという。

「でも金正日《キムジョンイル》はときどき、ひとりでこっそり観てるのよ」

これも意外な話であった。映画の作られた三十数年前といえば金正日はまだ二十代である。そのころ成さんの妹で女優の成蕙琳を見初めた金正日は、人妻だった彼女を強引に奪い同居生活を始めるのである。主役に抜擢したのも、もしかしたら正日なのかもしれない。金正日はこの映画を観ながら成蕙琳と出会った若い日々を追想していたのだろうか。

ともあれ私は、金正日を義理の弟とする成蕙琅という女性に強い興味を抱いた。

(2)

成蕙琅さんは一九三五年、植民地時代の朝鮮の首都ソウルに生まれた。日本帝国主義の植民地からの解放を迎えた一九四五年は十歳のとき。その五年後の一九五〇年に朝鮮戦争が勃発し、中学生だった彼女と一歳下の妹蕙琳は革命家の母に連れられて北朝鮮に入り、一九九六年に北朝鮮を脱出するまで四十六年間、彼の地で暮らした。彼女の生きた約半世紀に及ぶ北朝鮮生活をもとに、祖父母、両親、自分と妹蕙琳、その子供たちの四代にわたる家族史であり、成さんの個人史がこの『北朝鮮はるかなり』である。

大地主の一人息子だった父。貧窮と封建制の家族のしがらみから男女平等、女性解放を熱烈に求めた母。両親は植民地からの解放と同時に共産党員となり、北の社会主義朝鮮に憧れる。父はこの眼でたしかめてくるとひとりで北朝鮮に行き、金日成と会って激励されて南に戻ってきたとたんに逮捕されて西大門《ソデムン》刑務所に投獄され、朝鮮戦争によって南進してきた人民軍の手で釈放される。その二年前の一九四八年、朝鮮半島の分断固定化の動きを阻止するため平壌《ピョンヤン》で開かれた南北連席会議に、南朝鮮代表団の一員として母はひそかに三十八度線を越えて入北する。そのまま居残り、南朝鮮の武装ゲリラの養成所である江東《カンドン》学院に入り、ゲリラ活動の理論と軍事訓練を受け、朝鮮戦争勃発と同時に政治工作員としてソウルに派遣される。蕙琅《ヘラン》と蕙琳《ヘリム》は母に連れられて北に行き、戦火を避け中国東北部に疎開。停戦。蕙琅は金日成大学の学生として戦後の苛酷な復旧労働に従事する。結婚するがわずか八年で夫は交通事故死。二人の子供をかかえて苦闘の日々。

朝鮮戦争敗北の責任を南朝鮮労働党員に転嫁するため金日成《キムイルソン》は「アメリカ帝国主義のスパイ」が共和国北半部〔北朝鮮のこと〕に多数潜入していたとでっちあげ、朴憲永《パクコニョン》、李康国《イカングク》ら著名な幹部十人を処刑した一九五三年を契機に南朝鮮の共産主義者にたいする大弾圧が始まる。両親も隔離収容され六カ月にわたる査問を受け、「いっそ死んだほうが楽だと思った」というほどの精神的拷問を受ける。母は栄誉ある朝鮮労働党機関紙労働新聞の部長待遇というポストを追われ、わずか一間の小さな家からも追いだされ、みすぼらしい家財道具が恥ずかしくて夜陰に乗じてリヤカーを押して引越していく蕙琅と母の哀れな姿。

しかし状況は一転する。妹蕙琳が金正日《キムジョンイル》の最初の妻となって長男正男《ジョンナム》を産む。初孫の世話のため母は金正日の官邸に入り、蕙琅もまたその後六歳になった正男の家庭教師に請われ、官邸で金正日の家族の一員となって二十年を過ごす。

物質的には何不自由ない生活であるが、そこは高級監獄であり、無期囚の生活だったと作者は書いている。成さんの娘と息子はあいついで北朝鮮を脱出するが、息子一男《イルナム》はソウル郊外で白昼銃撃され殺される。

作者成蕙琅も懊悩《おうのう》の末に一九九六年、娘南玉《ナムオク》の手引で、妹蕙琳も甥正男も捨てて北を去る。いまはヨーロッパのどこかに身を隠して、金正日の追跡におびえながら暮らす毎日である。

こんな人生があるのだろうかと、信じがたいほどの波瀾の人生である。

ソ連など旧社会主義諸国の言論・出版の自由のなさはいまは常識となっているが、北朝鮮はそれを何十倍も悪くした状態である。一般の人にはとうてい理解できないことではあるが、北朝鮮では国家の法律によって「個人史を書いてはいけない」ことになっている。この本『北朝鮮はるかなり』にもしばしば言及されている「唯一思想体系確立の十大原則」である。書いてもいいのは金日成のことだけ。したがって北朝鮮の歴史といえば、歪曲され捏造された金日成の〝革命闘争史〟しかない。まともな北朝鮮の歴史書といえば、北からの亡命者によって書かれたものが数冊ある程度である。

そんな貧寒な状況の中で『北朝鮮はるかなり』は、自身と家族の歴史を語りながら、およそ一世紀にわたる朝鮮半島の歴史を背景に、これまで知られることの少なかった北朝鮮の五十年を生なましくわれわれの前に描きだしてくれた。北に住んだ人ならではの貴重な情報にみちた記録として、きわめて高い価値がある。

なかでもとくに重要な部分は次の三点であろうと思われる。
一　社会主義と北朝鮮に憧れた南朝鮮の共産主義者、とりわけ知識人が大量に北に移るが、彼らに加えられた金日成の仕打ちは冷酷無情の一語につきる。粛清という名の殺人、強制収容所送り、恐怖の思想検討、自殺者の続出という悲惨な結末によって南出身者はほぼ一掃される。これほどの人材の抹殺があっていいのか。すぐれた人から先に消されていっている。

二　著者の体験を通じて、六〇年代半ばに荒れ狂った知識人への弾圧、文化の破壊によって北朝鮮は「無知の王国」となったという指摘。そしてしばしの休息も、考える時間も与えずに労働に狩りたてて人民を統治しようとする金日成《キムイルソン》の政策によって、北朝鮮は「アリの王国」と化したという指摘。今日の経済の総破綻、農業の絶望的な不振もまた、これまでの「無知」と「反文化」の結果であるという作者の見方は重要な視点である。

三　金正日《キムジョンイル》とその息子正男《ジョンナム》についての情報は稀有のものである。これまで金正日について多少とも書かれたものは、南朝鮮から拉致されてきた映画監督申相玉《シンサンオク》と女優崔銀姫《チェウニ》の手記『闇からの谺《こだま》』（文春文庫）や、元北朝鮮の高官黄長燁《ファンジャンヨプ》の回顧録『金正日への宣戦布告』（文藝春秋刊）の二点がある。

いずれも仕事を通じて知りえた金正日の一面を伝えているが、成さんのこの本は、同じ屋根の下で暮らした日常生活の中の〝人間金正日〟の姿を伝えている点で稀有のものである。長男正男を溺愛する金正日。正男がジュネーブに留学するとき泣いて淋しがる金正日の姿や、ガラス窓を震わすほど怒声を発する金正日のかんしゃくに戦々兢々とする官邸の雰囲気、またそれとは逆の繊細でやさしい一面のあることなども記され、きわめて興味深い。

おそらく、あの国が崩壊し、自由にものがいえる時がくるまでは、金正日にかんしてこれ以上の情報は出てこないだろう。

また、一昨年（一九九九年）の「ペリー報告」によってアメリカの対北朝鮮政策が、いわゆる北の体制の〝国体護持〟に転じ、融和政策を採用したために金正日体制の長期化が予想される。

好むと好まざるとにかかわらず、金正日の後継者として長男正男の登場も取りざたされている。その正男について、写真も含めてくわしい情報が公開されるのは、この本が日本で初めてである。各国の外交政策担当者はいうまでもないが、北朝鮮に関心をもつ人たちの重要な研究材料としても本書が使われるのはまちがいないだろう。

この本の価値についてさらにつけ加えたいのは、著者成蕙琅《ソンヘラン》さんは韓国ではなく第三国に亡命している。そのため韓国政府ともどの機関とも無関係に、自分の見たとおり、体験したとおり書いていることである。従来北からの脱出者の本は韓国の情報機関の「バイアス（先入観）がかかっている」といってことさらに忌避する向きもあるが、この本についてそうした言い分は通用しない。金正日についても弟に対するようにむしろ好意的、同情的である。それもまた貴重な情報であり、私たちの認識を豊かにしてくれる証言といえよう。

(3)

著者の成蕙琅さんはこの本をヨーロッパの亡命地で、一冊の参考書もなしに書きあげたといっている。

読者の理解に供するために、北朝鮮の解放後の五十年について簡単に解説する。

一九四五年八月十五日、日本の敗北によって朝鮮は三十六年間にわたる植民地統治から解放された。しかしアメリカとソ連による分割占領となり、北はソ連の衛星国に、南はアメリカの植民地となり、異なる政治体制とイデオロギーがまっこうから対立し、東西冷戦の深まりとともに、ぬきさしならない対決へと走りだしていく。
　南朝鮮内部においても左右の対立が激化し、「十月人民抗争」（一九四六年）や済州《チェジュ》島民の四・三武装蜂起（一九四八年四月三日）が起き、この済州島の蜂起の鎮圧のために出動命令を受けた南朝鮮の軍隊の一部が、麗水《ヨス》と順天《スンチョン》の二つの地域で反旗をひるがえして李承晩《イスンマン》政権に立ち向かう事件も起きる。いわゆる麗水順天事件（一九四八年十月）である。

　分断された国を統一したいという南北双方の人びとの願いとは裏腹に、事態は分断の永久化、固定化の方向へと動いていく中で、一九四八年四月十九日から二十四日まで平壌《ピョンヤン》で南北朝鮮諸政党・社会団体代表者連席会議が開かれた。これは南朝鮮の民族主義者の金九《キムグ》、金奎植《キムギュシク》らが北朝鮮の金日成《キムイルソン》らに呼びかけて実現した会議であり、分断後南北の指導的人物が約七百人（北朝鮮三百人、南朝鮮三百九十五人）も一堂に会する画期的な会議であった。

　この会議に成蕙琅《ソンヘラン》さんの母の金源珠《キムウォンジュ》さんや、この本に出てくる南朝鮮女性同盟委員長の劉英《ユヨン》俊《ジュン》女史なども出席し、そのまま平壌に居残り、南朝鮮解放のためにそれぞれの任務につく。

　一九五〇年六月二十五日、北朝鮮は一年余の周到な準備の末に南朝鮮の武力解放のために三十八度線の全域にわたっていっせい攻撃をしかけ、三年にわたる朝鮮戦争が始まった。緒戦の北の勝利は三カ月後にアメリカ軍の仁川《インチョン》上陸作戦によって逆転され、金日成らは十月十日、首都平壌を放棄して、中国との国境近くの江界《カンゲ》に後退する。同年十月、中国人民志願軍が大挙介入して米軍と対戦する米中戦争となった。

　狭い国土でおびただしい人命被害と国土、財産の破壊をもたらしただけで南朝鮮の武力解放はならず、一九五三年七月二十七日停戦となった。

南朝鮮労働党への大弾圧

これより先、停戦が視野に入った一九五二年十二月十五日から十八日まで、朝鮮労働党中央委員会第五次全員会議が中朝国境に近い別午里《ビョリ》で開かれた。これは南朝鮮を解放できなかったという朝鮮戦争の失敗の責任を、南朝鮮の左翼に押しつける魂胆をもって金日成が画策したものであった。朝鮮労働党の副委員長兼外相の朴憲永《パクコニョン》、李承燁《イスンヨプ》（国家検閲相）、李康国《イカングク》（政府貿易相）、林和《イムファ》（詩人、朝ソ文化協会副委員長）らに、アメリカ帝国主義の指示を受けて北朝鮮に潜入したスパイの濡れ衣を着せて、南朝鮮の革命家たちを一掃するためにしくんだものであった。

第五次全員会議が終わるとただちに決議の学習運動が全党的におこなわれた。翌一九五三年六月からは党政治委員会の決定により、「第五次全員会議文献再検討事業」が展開された。この過程で先にのべた朴憲永ら南朝鮮の有力指導者が次つぎに逮捕されていった。この『北朝鮮はるかなり』の中で、李康国の娘で著者の大学の同級生である李淑在《イスクチェ》が「これ以上生きていて何になるの」のことばを残して自殺する。スパイの大物とされた李承燁と李康国が入党保証人となっている著者の父親にも攻撃の刃が向けられ、母親も若いころの東京留学が親日派の証明とされて執拗に責めたてられ、いっそ死んだほうが楽だとまでいう精神状態に追いこまれる。

裁判とは名ばかり。弁護士もなく、支援者もなく、誰もが恐がって沈黙し孤立した中で軍隊、秘密警察、強制収容所を完備し、それを思いどおりにあやつれる党が人民の上に君臨し、党の決定だけが声高に叫ばれ貫徹する一党独裁国の恐怖は、しばしば発狂者を出したほどである。

朝鮮戦争が停戦なって一週間後の一九五三年八月三日から、李承燁ら十二人が「アメリカのスパイ」とされて裁判にかけられ、わずか四日間の審理で九人に死刑、二人に長期の懲役が科せられ、九人は判決の翌日銃殺された。朴憲永《パクコニョン》の処刑は、与える影響の大きさのため一九五五年までもちこされた。

この恐怖裁判はひとつの見せしめであり、後難を怖れて北の人民は南朝鮮出身者とは結婚の縁組すらさける傾向が強まったと著者は書いている。

八月宗派闘争

次の粛清の大波は一九五六年八月のいわゆる「八月宗派《チョンパ》闘争」である。宗派は北朝鮮では反党反革命分子をさす最悪の犯罪者である。この年の八月三十、三十一の両日、朝鮮労働党中央委員会の八月全員会議でソ連派の朴昌玉《パクチャンオク》、中国派の崔昌益《チエチャンイク》ら指導的な人士が金日成《キムイルソン》の政策に公然と批判の声をあげた。この会議に先だち金日成は、戦後の復旧計画に必要な資金援助をあおぐため、ソ連や東欧社会主義諸国を歴訪した。その報告とともに、一九五七年から第一次五カ年計画を実施することが会議に提案された。反対派たちはこれに異論をとなえた。いま人民は三年間の戦争によって疲弊の極にある。重工業建設よりも軽工業を、人民に食べさせることを、生活の安定と向上をめざすことが切実な課題だと主張した。

まっとうな議論であるが、スターリン型の一党独裁の国にあっては、権力者に異論をとなえることは死を覚悟しなければできないことである。予想どおり金日成は反対派を宗派、すなわち反党反革命分子と断罪した。処刑を恐れて反対者たちは中国に逃げこんだ。社会主義国から社会主義国への亡命という前代未聞の事態である。ソ連と中国の党がとりなして一時収拾されたかにみえたが、金日成はその後、大規模な粛清にのりだした。

　この本の中で著者は、金日成大学の指導教官であった李英弼《イヨンピル》が反党反革命分派の一味とされて大学を追われていく姿を生なましく描いている。そして著者自身も彼との関連を疑われて、きびしい追及を受ける。

五・二五教示

　一連の粛清旋風の集大成ともいえるものが一九六七年五月四日から八日まで開かれた朝鮮労働党中央委員会第四期第十五回全員会議である。これは完全な秘密会議であった。会議が開かれたことすら、党機関紙誌にもいっさい報道されないという異様な会議であった。この会議は、党副委員長の要職にあった朴金喆《パククムチョル》らいわゆる甲山《カプサン》派〔国内に踏みとどまって日本帝国主義と戦った抗日闘争のグループ〕を一掃し、金日成の唯一思想体系という個人崇拝、一人独裁体制を確立することを目的としていた。

　この会議の直後の五月二十五日、金日成はイデオロギー部門の党活動家を前に「資本主義から社会主義への過渡期とプロレタリアート独裁の問題について」と題する演説をおこなった。これがいわゆる五・二五教示である。北朝鮮で教示といえば法律以上のもので、戦前の大日本帝国の天皇の勅語と同じか、それ以上の重みをもつ。

　この五・二五教示は、金日成が独創的にあみだしたと称している主体《チュチェ》思想を唯一の思想としてあがめたてまつり、それ以外のいっさいのものを排除することをうたうと同時に、資本主義から社会主義への過渡期の時期を特定した。それによると、社会主義制度の確立をもって過渡期が終わるのではなく、労働者、農民だけでなく中産階層を完全に自分たちにひきつけ、無階級社会が実現するまで過渡期はつづくという。したがって搾取階級の残存分子と古い思想を克服する階級闘争をいっそう強くおこない、プロレタリアート独裁を強化せよというものであった。

この五・二五教示が出た六七年は、北朝鮮の社会主義化も二十年の年月を積み重ねており、旧搾取階級である地主と資本家は一掃されていた。にもかかわらず、その残存分子と古い思想を制圧せよと全国に号令をかけると一体どういうことになるのか。

著者の成蕙琅《ソンヘラン》さんは自分の体験にもとづいて、厖大な書物が焼かれ、廃棄され、油絵は切り裂かれ、石膏像はことごとく棍棒で打ち砕かれたことを記している。この五・二五教示は「文化にたいする総攻撃」であり、「大々的なインテリの除去」であり、「個人崇拝と首領偶像化の前奏曲」であったと指摘している。この本は一九六七年五月から始まった北朝鮮版の〝反文化大革命〟を内側から初めて証言したきわめて貴重な本である。

唯一思想体系確立の十大原則

五・二五教示を「前奏曲」として、党内の反対派や消極的反対派、動揺分子までことごとく一掃したあとに、金日成《キムイルソン》と金正日《キムジョンイル》の父子体制を確立したのが一九七四年の「党の唯一思想体系確立の十大原則」である。朝鮮労働党中央委員会の名で発表されたが、これをまとめたのが金正日である。彼は一九七三年九月四日から十七日まで開かれた党中央委員会第五期第七次全員会議で党中央委員会書記に選ばれた。書記というポストは書記局メンバーのひとりで、政治委員会委員につぐ枢要のポストである。これが金日成の後継者への最初の重要なステップであった。翌七四年二月十一日から十三日まで開かれた第八次全員会議で、金正日は政治委員会のメンバーに加えられる。

このころ、金日成主席は後継者問題で悩んでいた。七二年七月の南北共同声明発表のあたりまでは弟の金英柱《キムヨンジュ》が後継者と目されていた。しかし政治的野心を抱いた正日が叔父の金英柱や〝国母〟といわれた金日成の後妻金聖愛《キムソンエ》と跡目争いを熾烈にくりひろげていた。

金正日が七三年から七四年にかけて党中央委員会全員会議で順当な昇進をとげたということは、父金日成が息子を後継者とすることを最終的に決断したことを示している。

こうした中で出てきたのが「十大原則」である。二、三紹介する。

一　偉大な首領金日成同志の革命思想で全社会を一色化するために命を捧げて闘争しなければならない。

二　偉大な首領金日成同志を忠誠をもって仰ぎ奉らなければならない。

三　偉大な金日成同志の権威を絶対化しなければならない。

このように十の項目が並んでいる。一つの項目に三つから十ほどの小項目がついていて、かくあらねばならないと、ことこまかに指示している。

金正日は父親金日成の個人崇拝を天までもちあげると同時に自身の権力固めをもしっかりとやっており、この十大原則は金日成・正日父子の権力固めの総仕上げともいえる。それは十番目の項目にもりこまれている。

十　偉大な首領金日成同志が開拓された革命の偉業を代を継いで最後まで継承し完成していかねばならない。

この十番目の項目には五つの小項目がついているが、その最初の小項目はこうなっている。

(一)　全党と全社会に唯一思想体系を徹底的に確立し、首領が開拓された革命の偉業を代を継いで輝かしく完遂するために、首領の領導の下に党中央の唯一的指導体制を確立しなければならない。

「唯一思想体系の確立」とは金日成の主体《チュチェ》思想で全党、全人民を一色に染めあげることである。「党中央の唯一的指導体制の確立」とは、金正日《キムジョンイル》（一九七四年当時は党中央と呼ばれていた）ひとりの指導体制の確立をいう。

このように父子で権力を支えあっていくという宣言がこの十大原則の作成である。

著者成蕙琅《ソンヘラン》さんが作品の中で書いているように、すべての職場で毎朝この十大原則を暗誦させられ、それを物差しにして思考し、それに反する行為を自己批判する「無知の王国」の出現となった。

また金日成《キムイルソン》の権威を損うことがきびしい指弾の対象とされ、人びとはことば一つまちがっても強制収容所に送られることを怖れ、寝言で金日成をけなして妻子に密告されはしないかとおびえる状況まで生まれた。

著者は、南朝鮮出身で北に憧れて入北した著名な画家金瑢俊《キムヨンジュン》の自殺の事実を明らかにしている。自殺の理由は、ゴミとして出した古新聞の中に金日成の写真の載った新聞がまじっていたためである。金日成の写真は折りたたんでもいけないし、踏みつけてもいけない。切りとって丁重にしまっておかねばならない。うっかりそうしなかったことが「首領様の権威を損傷した」としてきびしく責められ、死を選ぶしかなかったのである。

金瑢俊といえば、南北朝鮮を通じて卓越した画家として尊敬を集めている、いわば国の宝のような存在である。金日成や金正日ごとき人間によって、国の宝が命を奪われねばならないこの体制の不条理は、いったい何なのか。

作者はこの本の中では書いていないが、舞踊家崔承喜《チェスンヒ》も五・二五教示以後の六七年の十一月に消えている。その夫で文芸評論家の安漠《アンマク》、娘の舞踊家安聖姫《アンソンヒ》も同じく消えた。崔承喜は一世紀にひとり出るかどうかといわれる天才的舞踊家である。

一九五三年に銃殺された林和《イムファ》は南北を通じて朝鮮文学史上で特筆される天才詩人である。この作中に登場する林和夫人の池河蓮《チハリョン》（作家）、息子の元培《ウォンベ》も、おそらく殺されるか強制収容所で絶命したとみられる。これらすべての人が南朝鮮出身者である。

(4)

十五歳の一九五〇年から北朝鮮に暮らし、四十五年が過ぎた著者に一九九五年に劇的な変化が生ずる。

八二年にジュネーブから忽然と消えた息子の一男《イルナム》が、十三年ぶりにモスクワの母成蕙琅さんのもとに突然電話してくる。死んだとばかり思っていた息子は、ソウルに生きていたのである。

ついで同じ九五年十二月、これも死んだと思っていた著者の兄成日耆《ソンイルギ》が韓国に生きていて、モスクワに訪ねてきて四十七年ぶりに対面するのである。この本の中で、著者の母金源珠《キムウォンジュ》が北朝鮮の金日成《キムイルソン》大学で勉強させたくて北に連れてきた長男の日耆である。しかし彼は「命は枯葉のように掃き捨てられる」南朝鮮武装ゲリラにさせられて南の根拠地に派遣されていく。母は死んだものとばかり思って生涯それを悔いつづけた。そのモンィ(日書の幼名)がなんと生きていたのである。

二人の肉親の意外な出現。それが契機となって成さんは数年前から考えていた北朝鮮脱出を決行することになる。二人の出現の数カ月のちの一九九六年二月である。

この切っても切れない二人の肉親との意外な対面と対話は、本書のもうひとつのヤマであるのだが、著者はあまりにもあっさりと書き流している。そのため読者にとってはわかりにくい部分である。

二〇〇〇年の晩秋、翻訳の最終的な打ちあわせのため、著者とヨーロッパの某所で会い、そのことを聞いた。

「胸がつまって、冷静に客観的に書けないんです」

著者に代わって私が若干の解説を加え、あわせて著者との対話を本文のあとに付けることにした。

まず息子一男《イルナム》の十三年ぶりの突然の電話について。一九八二年九月二十八日、学校に行ってくるといってそのまま消えた息子を追って、ジュネーブとモスクワを狂ったように探しまわる母の姿がこの本の中で刻明に描かれている。四次元の世界に消えたかのように忽然と姿を隠した一男はその三日後にはソウルに入っていたのである。

アメリカに行きたいとジュネーブの韓国大使館に電話をした一男は、説得されてソウル行きに同意する。物理的な拉致ではないが、かどわかされたのである。彼は整形手術までさせられて別人に仕立てられて韓国情報機関にひそかに温存される。

それが一九九五年になって浮上し、母親に電話をかけてきたことは、明らかに韓国政府の工作、すなわち、成蕙琳《ソンヘリム》・蕙琅《ヘラン》姉妹を北から脱出させようという大がかりな作戦がしかけられたのである。これが九五年十月である。

その二カ月後の同年十二月、兄の日耆《イルギ》のモスクワ出現もその一環である。一男が韓国で出版した著書で明らかにしているが、日耆は韓国政府関係者とともにモスクワに行っている。

こうした政府の工作による対面であったため、ふつうの肉親の対面のように自然な肉親の情の交換とはならないのである。本書で成さんが書いているように、兄との対面場所であるモスクワのコスモス・ホテルに入るなり、すでにその筋のカメラが向けられていたのである。

肉親の情が、南北対決の武器に利用されるということが、朝鮮半島の分断の悲劇である。

息子一男の場合はその悲劇性がさらに深刻である。一男の電話によって、成蕙琅さんは数年前から考えていた北脱出を決意するが、韓国は脱北者にとってけっして住みやすい地ではない。さまざまの制約があり、成さん自身も韓国政府に屈服したくないというプライドがある。そのため韓国ではない西側の別の国に亡命の道を選ぶ。

ともに亡命を話しあっていた妹の蕙琳は、自身の重い神経性の病気や、息子正男《ジョンナム》のことが断ち切れず北に残ることになり、姉の蕙琅さんひとりの亡命となり、この大作戦は終結する。

これで終わっていればよかったのだが、事態はもうひとつの展開をみせる。

脱出劇に役割を果たした一男はその工作の発端となった母への電話にはじまって、金正日《キムジョンイル》の家族の一員となった北での十数年のことを手記に記してその年（一九九六年）にソウルで出版した。表紙には彼の顔写真が大きく使われている。ところが翌九七年二月十五日、彼はソウルの郊外で白昼銃撃されて死亡する。いったい誰が殺したのか？

韓国側はただちに「北の犯行」と断定して大々的に発表した。

これにたいし、成蕙琅《ソンヘラン》さんは本書のあとがきの中で真っ向から否定し、金正日《キムジョンイル》の誕生日の贈り物とするために韓国で暗躍する北の工作員による犯行説を「北を知らないにもほどがある笑うべき論」と反駁している。

ではいったい誰が殺したのか？

北の犯行説と南当局の犯行説。いつかかならず真実は明らかになる。その日を期して待つしかない。

南北分断が双方の人びとにどれだけの重い苦しみを与えているか、この悲劇を終わらせるために何がなされるべきなのか、そしてその以前に何がわかればいいのか。この本は私たちにそれを問いかけている。

(5)

暮れもおしつまった二〇〇〇年の十二月二十六日、成蕙琅さんの本の韓国語版が出た。日本経由の国際宅急便で、いま私の住むワシントンに送られてきた。私の訳による『北朝鮮はるかなり』とは内容が若干ちがう。韓国語版のタイトルは『藤の木の家』。全体が四部からなり、冒頭の第一部に「母の手記」と題された成さんの母の金源珠《キムウォンジュ》さんの手記が置かれている。全体の二割近い分量である。内容はほとんど解放（一九四五年八月十五日）以前の話である。

日本語版には、この母の手記はなく、成さんの生い立ちから始まっている。この違いは、成さんの草稿の仮題が『北朝鮮五十年』であったため、題名にふさわしく解放後から始めてほしい、「母の手記」の必要な部分を圧縮して本文の中に成さんの文章でおりこみ、文体を統一してほしい、との私ならびに編集者の要望に沿ったものである。これらの注文を快く受け入れて手直ししてくださった著者に感謝申し上げたい。

したがって韓国語版と日本語版とはそれぞれ別個の作品というほうが妥当であろう。

ふつうは、韓国語で発行された本をもとに日本語の訳本が作られるものであるが、本書は韓国語でワープロ打ちされた生原稿から直接訳された。そのため打ちまちがいやつづり字の誤りが多く、韓国語独特の分かち書きも不正確で、そのぶん翻訳に手まどった。最後の二、三章は達筆すぎる成さんの手書きの原稿がヨーロッパから不鮮明なファックスで送られてきた。成さんの身辺の安全のため何重もの手をへたファックスである。

翻訳には苦労がつきもので、それをいえばきりがないが、韓国の人も知らない、北朝鮮に住んだ人でなければわからない言葉が多く、その言葉の意味を求めて、北朝鮮に長く住んだある人に教えを乞うため三十七度の炎天下の大阪の街を何度となく訪ね歩いたことも、終わってみればなつかしい思い出である。

思えばもう二年近くこの作品とつきあってきたことになる。当初『北朝鮮五十年』と題された草稿を文藝春秋から鑑定を依頼されたのは一九九九年の初めだった。一読驚嘆。激動の朝鮮半島の政治にほんろうされた家族の数奇の運命。こういう人生もあるのかと粛然たる思いであった。北朝鮮の五十年。そこでの著者自身と妹、両親の体験を生々しく描いたものは、私の乏しい知識ではほかに知らない。とりわけ南朝鮮の革命家が北に行って、そこでの生活を描いた実録はおそらく皆無ではないだろうか。

もうひとつ私が魅かれたのは、朝鮮語の文章から立ち上ってくる香りであった。

ただちに編集者と成さんがヨーロッパの某国で会い、本格的な執筆が始まった。原稿が届いたのは二〇〇〇年の七月半ばだった。私は別の取材で半年ほどの予定で、アメリカの首都ワシントン郊外の黒人アパートに暮らしはじめた直後だった。そこへ重さ三キロほどの原稿がどさっと届いた。四百字詰め原稿用紙で千二百枚近い。苦しい股裂きとなった。

しかし成さんが命を賭けて書いた手記から伝わる叫びが私を突き動かした。北朝鮮の生活は、成さんにとっては物質的にはなに不自由のない生活であったが、そこは高級監獄でありその無期囚と呼ぶ生活であることは先にも引用した。たまたま金正日《キムジョンイル》の官邸という特別な施設に入った特殊な人の声だけではない、北朝鮮という巨大な監獄の中で呻吟《しんぎん》する人民の叫び声と私には聞こえた。ましてや餓死者の続出する今日である。苛烈な朝鮮戦争のさなかでもびくともしなかった国の紀綱が根本から揺らいでいると成さんも指摘する今日である。その声が私を突き動かした。

同時に私は、五十年ものあいだ北の理念と洗脳にどっぷりとつかっていた人が、よくここまで書いてくれたという思いがした。それは著者の批判精神があの北朝鮮にあっても失われなかったことを意味する。中学生のとき、母に連れられて北朝鮮に入ったそのとき、石炭ガラを敷きつめたような貧しく暗い黒のイメージ。「これが求めつづけていた私たちの世の中なのか」と感じる中学生の成さん。思想検討という査問に六カ月も苦しめられる両親の監禁場所をつきとめ乗りこむ。自分への不当な批判にはあくまで抵抗する。北朝鮮生まれの彼女の夫はいう。

「立ってるのか座ってるのかわからないような小さな〝子供〟が、党中央の課長に弾丸のようにくってかかるその声にびっくりした」

小柄な成さんの体のどこにそんな情熱が隠されているのだろうか。この長いドキュメント自体も彼女の批判精神の所産といえよう。

専門のジャーナリストや作家ではない人の書いたものの欠点をあげつらうことは易しい。しかし、あのしがらみ。妹は金正日の前妻であり、ふたりのあいだに生まれた正男《ジョンナム》は甥である。父親のあとをつぐ権力者となる可能性もある。あるいは、今後の事態の推移によっては悲惨な末路をたどるかもしれない。そのしがらみのなかにあって、言葉ひとつにもその影響を思い、一行の記述におびえ、あるいは断固として言いきる表現の中に、成さんの置かれたきびしい立場と揺れる心をうかがうことができた。

金正日にたいする成さんの態度を、読む人によっては甘すぎるという人もいよう。逆にここまで書いていいのかという人もいよう。金正日にたいして私自身は一定の考えを持っているが、そのことを成さんにはいっさい押しつけなかった。編集者も同じである。良いように書いてほしいとも、悪く書いてほしいとも。義理堅い成さんが金正日にある面ではたいへんな義理を感じていることも理解し、それを尊重した。こうしてできあがった本書は韓国政府の息もかかっていなければ、どの機関の意思も反映していない。成さんの見たまま体験したままの率直なドキュメントである。

この本の翻訳の過程で、韓国の太陽政策と呼ばれる対北朝鮮政策のあおりを受けたことについてふれないわけにはいかない。二〇〇〇年六月十五日の金大中《キムデジュン》、金正日《キムジョンイル》両氏の首脳会談以後、韓国において北朝鮮や金正日に批判的な言論がきびしい規制を受けるようになった。成さんの本も当初は「金正日」と敬称なしで書かれていたものが「金正日書記」とか「金正日委員長」となっている。ここでの委員長とは、北の実質的な最高権力機関の国防委員会委員長のことである。また部分的に削除されたところも少なくない。一例をあげると、次のようなものである。

「死よりも恐ろしいのは政治的迫害である」

「八〇年代、九〇年代、社会のあらゆる領域で宗教化した首領絶対偶像化は、北朝鮮社会をひとつの巨大な〝忠誠病棟〟と化したと言っても過言ではない」

これらはおそらく韓国の出版社が当局の検閲を受けて著者に削除を求めた結果であろうと推測される。日本語版は、当然ながらその種の検閲など受ける筋合いではないので、すべてもとのままである。

韓国語版のこうした削除は成さんのせいではなく、「北を刺激してはならない」という韓国政府の意向によるものであろう。これまでは、金正日をほめると「北の手先」と迫害を加え、こんどは金正日を批判すると「反統一分子」とか「古い冷戦思考の持ち主」と敵視するこの極端な変わり身には一体誰がついていけようか。金正日との友好を重んじるのはいいが、正当な言論まで抑圧する金大中政権の対北朝鮮政策は、彼のこれまでのいくばくかの功績まで帳消しにする誤りといわざるをえない。

そのあおりなのか、当初予定されていた著者インタビューが実現しなかったことは返す返すも残念である。わずかに、金正日と蕙琳《ヘリム》にふれないとの条件付の限定的インタビューに終わった。

これもまた成さんがもっとも忌み嫌う「政治の干渉」のひとつであろう。北はいうまでもないが、南にも似たような政治の干渉が存在するがゆえに、成さんは生まれ故郷であり、揺籃《ようらん》の地であり、かつ、非命に倒れた息子の墓のある韓国に行くことを拒否して第三国での亡命生活を選んだのである。民主主義国家に生まれ変わったといわれる韓国ですらこの状態である。

朝鮮人民軍最高司令官の金正日が君臨する文字どおりの軍事独裁国家の北朝鮮はいうまでもない。彼女が「わが青春をはぐくみ、歌ってくれた」という平壌の大同江《テドンガン》の豊かな流れを眺められるのはいつの日か。新たな離散家族となった妹蕙琳さんらと再会できるのは、はたしていつのことであろう。はるかなる北朝鮮である。

だがその非情の政治の壁も少しずつ崩れつつあることを確信させてくれるのもまたこの本である。それは、金大中、金正日両氏の会談のためではない。北朝鮮人民自体の抑えることのできない変化のためである。北朝鮮は、五十年にわたって「不倶戴天の敵アメリカ帝国主義」、「その憎むべき傀儡《かいらい》である南朝鮮反動勢力」といいつづけ、敵視してきた両者に援助を乞わねばならないという切羽詰った状態にある。成さんの本の中でも控えめながらそのことが書かれている。金正日の変化を促したのはこれら二千万の北の人民の存在である。援助を求めれば情報も入る。人民をいつまでも見ざる聞かざるの〝タコ壺〟に押し込めておくことはできない。

私たちとのインタビューの中で成さんはこう語った。

「(いま住んでいるヨーロッパの)ごくありふれたオープン・カフェの片隅に座って行きかう人びとをぼんやり眺めているだけで、五十年ものあいだ叩き込まれた政治理念や哲学が崩れ落ちていくのは何ゆえでしょうか？　ありふれた通りやごみごみした路地を歩いているときでさえ、私が感じるこの自由と解放感は、一体どこから来るのでしょうか?」

人間の精神を抑圧する政治のもろさ、はかなさである。人間が住んでいる限りそこに希望はあるということをあらためて示してくれているといえよう。

この翻訳のできるまで、またも多くの方がたのお世話になった。なによりも文藝春秋の編集者の一原雅之氏に心から感謝し、そのご労苦をねぎらいたい。草稿の段階から二年近く、この作品ととりくんで苦楽をともにした。ヨーロッパにいっしょに飛んだのも二度。同氏は別の機会にもヨーロッパで成さんに会って執筆をうながしている。本書は同氏並びにご面倒をかけた校正の方がたとの共同作業により完成したといいうるものである。

パソコン入力はまたも金永玉《キムヨンオク》さんにお願いした。私の手書きの翻訳原稿全五十万字の入力にとりかかっていただいたのは二〇〇〇年の真夏であった。金さんはちょうどつわりの激しいころだった。二〇〇一年の二月、この本が出るころが出産予定日だと聞いたが、どうか元気な赤ちゃんが生まれますように。入力は友人の山口修さんにもお願いした。警備員の夜勤あけの疲れた体でパソコンに向かっている姿。申し訳ない思いでいっぱいだった。

ワシントンに来ていま住んでいるマンションの地下一階のコンビニの主人で、在米韓国人の呉《オ》基洪《ギホン》さんと知り合った。この人にどれだけ助けられたことだろう。一カ月ほどほとんど毎日のように訪ねてわからない言葉を教えていただいた。一人で切り回している店なのに、いつ行っても、どんなにお客が立てこんでいてもいやな顔ひとつしない。韓国の大学を出た、静かな笑顔の四十代半ばのクリスチャンである。

九月に一時日本に帰国したとき、韓国から最近日本にきた韓国語の先生の趙子衡《チョジャヒョン》さんにもファックスと電話のやり取りでいろいろ教えていただいた。また友人である朝鮮文化史の専門家から貴重なご教訓を得た。これらの方がたのご協力なしにはこの翻訳はなりたたなかった。心からの感謝を捧げる。

いまこれを書いているマンションの十四階の一室の広い窓から晴れたワシントンの青空が見える。一望はるかに樹海が広がり、まるで海のように見える。どんな小さな谷川の水もひろびろとした大海につながっているように、この小さな部屋での私の孤独な翻訳の仕事も、この地球上に残された数少ない軍事独裁国家のもとで、食と自由と民主主義を渇望する朝鮮民主主義人民共和国の民衆の解放という世界的な課題につながっていると思えば、また新たな力がわいてくる。

二〇〇〇年十二月三十一日

二〇世紀最後の日に　ワシントンで

萩原　遼

北朝鮮はるかなり　下
金正日官邸で暮らした20年

二〇〇一年二月一〇日　第一刷

著者　成《ソン》蕙《ヘ》琅《ラン》
訳者　萩原　遼
発行者　一原雅之
発行所　株式会社文藝春秋
東京都千代田区紀尾井町三―二三　〒102―8008
電話＝〇三―三二六五―一二一一
印刷所　凸版印刷
製本所　大口製本

万一、落丁乱丁があれば送料当社負担でお取替えいたします。小社営業部宛お送りください。
定価はカバーに表示してあります。

ISBN4-16-357170-1